b小调旧时光

石一枫 著

安徽文艺出版社
时代出版传媒股份有限公司

图书在版编目（CIP）数据

b 小调旧时光/石一枫著. —合肥：安徽文艺出版社，2020.1
（中坚代书系）
ISBN 978-7-5396-6702-7

Ⅰ. ①b… Ⅱ. ①石… Ⅲ. ①长篇小说－中国－当代
Ⅳ. ①I247.5

中国版本图书馆 CIP 数据核字(2019)第 138667 号

出 版 人：段晓静
责任编辑：汪爱武　　　　　　　装帧设计：未　氓

出版发行：时代出版传媒股份有限公司　www.press-mart.com
　　　　　安徽文艺出版社　www.awpub.com
地　　址：合肥市翡翠路 1118 号　邮政编码：230071
营 销 部：(0551)63533889
印　　制：安徽新华印刷股份有限公司　(0551)65859551

开本：880×1230　1/32　印张：11.875　字数：260 千字
版次：2020 年 1 月第 1 版　2020 年 1 月第 1 次印刷
定价：49.00 元(精装)

(如发现印装质量问题，影响阅读，请与出版社联系调换)

版权所有，侵权必究

序

摇摆，一种状态

以前看过石一枫写的几篇短篇，觉得自成一路，特地向他说过我的阅读感受。那几篇短篇留给我的印象是：构思很奇特，甚至很古怪，叙述上很沉着，还有点儿冷酷；主题是含混的，藏在文字的苍茫中，令人难以破解。这些品质，都是我所欣赏的。我以为这些品质都是小说应有的品质。从那时起，我心中就暗暗地期望他以后能不停地写一些小说，因为，他有这个能力。

现在，看到了他的这部长篇。

这部长篇写的是一个亦真亦幻、荒诞而真实的故事。这样的故事往往能使人想到一些具有哲理性的思想，很容易让人进入形而上层面的思考。我很理解现代派小说的兴起——这个兴起几乎是必然的。随着人类对世界的进一步思考，小说家们感到了一种压抑：传统的现实故事，总是无法容纳那些巨大而抽象的思想，而这些思想又是如此重要，它们是我们对这个世界的更确切也更透彻的解读。因此，文学的"变形"就发生了。小说家们将根本不可能汇合与重叠的时间与空间，硬是组织在了一起。实验给了小说家们一个惊喜：那些苏格拉底与老子式的思索，居然在这个荒诞不经的世界里得到了落实与揭示。现代的小说家们得到了哲学家们的满足。石一枫小说中的"摇摆"，其实是一个形象化的哲学概念，它是一种状态，一种基本的存在状态。

石一枫很喜欢中国古代的小说，这一点我是知道的。他也曾与我谈起过，但他的小说好像不是中国小说的路数。这样的小说，还是源于异邦，并且是异邦的现代小说。现在的年轻小说家，特别是有学院背景的小说家，十有八九都是属于异邦小说圈的。这也没有什么不好。源头在哪儿，这并不重要，重要的是水流的浩大——奔流才是一切。也许这样的小说，更容易与现代化的当下吻合。这些小说倒使我想到一个问题：传统的中国式小说与现代的西方式的小说，在表达存在状态方面是否存有功能上的差异？传统的中国式小说似乎更擅长于表达稳定的、古老的、乡村的、形而下的存在状态，而现代的西方式的小说似乎更擅长于表达流动的、新颖的、城市的、形而上的存在状态。石一枫的经验显然不是来自前一种状态而是来自后一种状态，因此就有了这样的选择。这个选择也许是自觉的，也许是不自觉的。他只是觉得这样的构思方式与这样的叙述方式，更能畅通无阻地表达他的思绪与情绪。

这样的小说是为体现现代性而产生的。

这是一部与音乐有关的小说。说到音乐，人们通常想到的是美、高雅、庄严、崇高、圣洁之类的字眼。然而，在这部小说中出现的与音乐有关的人与事，却具有没落、庸碌、卑微、怨毒甚至猥琐的特质。这就使这部小说有了明显的嘲弄、反讽与解构的色彩。这里，有着许多问题：人性的品质问题、人类的困境问题、人的生命本质的问题，等等。小说透露出来的是一个现代人的焦灼、不安、茫然、无所适从。它使我在阅读时想到了20世纪80年代的《你别无选择》，但它将这种不和谐推向了更为绝对的程度。这样的小说，只能来自于一个有学院背景的人之手。他们思考问题的特定性以及他们所沾染的现代的、后现代的情绪，导致了这样的文本的产生。

现在的石一枫需要思考的不仅是问题，还要思考的是关于艺术的问题。

曹文轩

目录 *Contents*

序   001

摇摆，一种状态　曹文轩

出事   001

突然出事，源自一个由单簧管吹出的音符

琴声   013

最初的一段钢琴强音登时将我钉在了地上

铲仇   027

一边打，一边逼问他为什么搞暗算

奇遇   033

我不时看着她，心里明白这一曲已经为她而弹

迷恋   044

有了三千块钱巨款，生活转变之快让我们几乎不能接受

理想   056

在未来的道路上消失了

神秘   076

那个男人长了一张沉默脸

传记   093

我没能充分利用我的人生

魔手   098

那一切巧合与谜团是以魔手为核心的吗

寻找   109

我忽然感到一股强光刺眼

钟声   124

在天穹之下回响起来

逆光   136

我仿佛在哪见过你

归来   155

生活就像故意在我脑中打了一个死结一般

摇摆   165

在一条路上前进，却向往另一条路的终点

梦场 193

他在处理垃圾方面表现出来的天赋简直惊世骇

消失 302

永无再会之期

羽毛 207

如有生命一般在手心微微抖动闪闪发光

真相 334

我想回到现实的生活

潜入 237

在睡梦中我就感觉到他们来了

换魂 345

相忘于江湖

夜袭 256

山上是空无一物的大风,谷里是空无一物的漆黑

相守 361

我们不知道这样握着手,握了多长时间

远行 280

一千头牛等着现代化呢

出事

突然出事,源自一个由单簧管吹出的音符

永远无法逃脱感伤情绪的困扰,这可能是我们的致命伤。

五年前,我还在师范大学学艺术史。那时候我根本没心思听课,一心只想练钢琴,考入俄罗斯的柴可夫斯基音乐学院演奏系:置身于厚达三尺的墙壁构成的建筑物中,房间里光线暗淡,但暖和得令人口干舌燥;寒冷从严丝合缝的窗户外面不易察觉地渗入,窗外是无比广袤的荒凉大地;毛料地毯上空空荡荡的,只有我坐在一架德国钢琴前弹奏。我对未来的期望仅此而已。

如果有那么一天,我弹奏的将必然是柴可夫斯基的作品。一百多年前,那些作品写成之后,立刻被装进了粗糙的牛皮纸信封,信封上写着作曲家的全名:彼得·伊里奇·柴可夫斯基。被撑得如同怀胎十月的信封从此开始了漫漫旅程,穿越白雪皑皑的俄罗斯大地，寄给远在意大利乡间的梅克夫人。梅克夫人听后，流下几滴热泪，再给柴可夫斯基寄上几千法郎。作为一个有钱的寡妇，梅克夫人有着格外丰富的热泪，也有着格外丰富的法郎，她用这两样东西去交换近两千万平方公里的忧愁。这件事情本身就是一种忧郁。

如果我在俄罗斯弹奏，我将在钢琴侧面的窗外看到《静静的顿河》中呼啸而过的哥萨克骑兵，葛利高里挥舞着战刀冲在首列。他们只能向千里冰封的大地与冰雪浑然一体的天空冲锋。十月革命的怒火激荡了每一个人民，但他们的敌人早已不在眼前。在这个背景之下弹奏柴可夫斯基的《第一钢琴协奏曲》，本身也是一种忧郁。

另一种忧郁，则是"如果我在弹奏"。我根本不可能到俄罗斯弹奏，也不可能进入柴可夫斯基音乐学院。

我只能在北京近郊的师范大学里混日子，呼吸着21世纪的空气，每天穿着颜色无法辨认的帆布外套，双手插在兜里，叼着 根香烟，饿了就吃，吃完等着下一顿饭。师范大学是由十三栋一般高矮、一般颜色、一般毫无建筑风格可言的小板楼组成的，楼与楼之间的距离也是一般远近，恰似一手麻将牌——而且是永远也无法"和牌"的麻将，因为地皮有限，没处再建第十四栋。"麻将牌"们的东侧，是一处没铺草皮的足球场，夏天沙土烫得能弄熟鸡蛋，冬天飞沙走石。操场和"麻将楼"之间，分隔着一条林荫道，道旁种满哨兵般的白杨。每逢三月，杨花飞起，路上的人便此起彼伏地打喷嚏。

我对这样一个学校倒也没什么怨言，因为它总比附近那些高耸入云的现代化建筑更适合人类这种小动物生存。

师范大学的琴房很紧张，用于钢琴练习的只有一间。要弹钢琴的人先来的先用，后来的只能等着。这样一个规矩逼迫大家想尽办法早起，甚至有人天没亮就钻进琴房，在那里先补一觉，吃完早饭，然后才练琴。我也想早起，但我上铺那位仁兄精力过人，晚上睡不着觉，不免翻来覆去，在我头顶嘎吱嘎吱响个不停，直到实在不耐烦，才前功尽弃地叹一口气，愤然手淫一下，然后登时鼾声如雷，此时已经夜里两点多钟。我既不能劝他不手淫，又不能劝他早点儿手淫，也没兴趣先他一步，只能服从于他的生物钟，晚上不睡早上不起，于是总占不上琴房。

那一天上午，天色暗淡，我又起晚了，只能抱着碰运气的心态来到琴房。

果不其然，我在走廊里就听见有人在弹琴。那人弹的是贝多芬二重奏中的钢琴声部，手法华丽，但听起来弹得心不在焉，好像微风扫过湖水，连波纹也没漾起。因为弹的不是东欧作品，我对弹琴人没有好感，转身想走。那人却停了下来，弹了两小节肖邦。

我站住脚，侧耳聆听，但那人想必无所事事，随即又换成了莫扎特，然后又是门德尔松。每支曲子都弹了不到一分钟，就马上开始了下一支。我丧失了耐心，下楼出门。

我到了门口点烟的时候，却听到身后噔噔噔地跑来个人："小马！"我回过头，看到尹红手扶着漆色斑驳的门廊柱，微微喘气。她是我的同学，学小提琴，喜爱门德尔松；长得还算清秀，不过下巴有点地包天，眼睛又圆又大，却是单眼皮。也幸亏这两点，否则她的脸就没什么特点了，可以忽略成一块白板。这姑娘老爱盯着我看，盯了一年了也不说点儿什么，大概认为自己的眼睛会说话，弄得我都没机会回绝她。

她依旧盯着我说："你也来找琴房？"

我说："没找到，都排满了。"楼上那位还在"走马观花"地换着作曲家，已经换到了巴赫。他果然弹了不到半分钟就跳过去了。

"我也是。"尹红说。

"哦。"我点上一根烟，试图用楼上琴手的心态去打量她。

尹红被我看得局促起来，像所有需要表现羞涩的姑娘一样，两手扭到背后，并拢两腿，肩膀向后展，微微低头。

楼上那位已经换成了德彪西，尹红还在不屈不挠地扭，同时盯着我。这个场面真够喜剧的，我忍不住笑了一下，说了一句五分钟以前就该说的话："那没事儿我先走了啊。"

我转过身去，听到咔嚓一声，尹红大概累得骨架子都快散了。她略带哀怨地说："我是想告诉你，学校里有间筒子楼出租，我们可以一块儿租下来。"

我惊诧地回头："你也太直接了吧？"

"什么直接？我是说我们可以把它租下来当琴房用。"

"哦，那是我想歪了。"

"你瞧你这人，老爱往歪了想。"她终于有机会展示少女脸上的轻红了。

我只能说："真他妈不要脸——我。"

我和尹红向学校侧门外的一片破败的小区走去，一路无话，两个人都在运着气，制造磁场。她微微颔首，让额头反射一丝阳光，做出走在情人身旁的少女的表情，单方面营造情人之间特有的气氛；我则翻着白眼看着天空，尽量用自己的磁场把她剥离出去。

默不作声，一边走一边斗争，我们来到了她说的筒子楼前。一幢灰色的四层小楼，单薄矮小，大概从建成之日起就没再粉刷过。整个小区都是师范大学年轻教师和职工的住宅楼，里面住满了悲情的小知识分子。房间里没有卫生间没有厨房，大家在散发着霉味儿的楼道里炒菜吵架，有兴趣的话还可以炒股。出租房子的就是那么一位，泡了半年病假，一不留神发了，在附近买了公寓。

尹红先走上楼梯，我在后面跟着，看着她的臀部。千篇一律的屁股反而比变化多端的脸更有内涵，大概是因为屁股不那么急于表达对生活的看法。尹红的臀部被妥帖地包裹在Lee牌牛仔裤里，状如用调子素描手法画出的苹果，随着腿部的运动，光线大明大暗，有节奏地变化。好个丰满又含蓄的屁股！

假如上古发明衣服的先哲规定人类必须将脸裹在衣服里，屁股暴露在外，我想我倒会爱上尹红的。

我们爬上三楼，尹红转弯走进楼道，我只得把视线从美好的屁股上挪开。来到一扇门前，尹红敲开门，向房主说明来意。房主大概是个老校工，脸庞瘦削，棱角分明，眼神玩世不恭。

他叼着一根十年以前街头流氓酷爱的希尔顿牌香烟说："我也不指着租房子赚钱，你们随便给俩就行。"

很快说好了房租，六百块一个月，这在附近也不算贵。房主随后灵机一动般嘿嘿怪笑，对我们说："还是先看看我这床吧，我估计你们也不在意别的——两米见宽，晚上保证施展得开，别看旧点儿，过去的木工活儿都结实，怎么折腾都塌不了。"

尹红登时红了脸，我一看她眼角滑过的笑意，吓得不敢说话。房东侃得兴发，把我们双双拽到床前说："来来，你们俩遐想遐想。"

我这时才进了屋，看到靠窗放着一架旧钢琴，但看样子房东并不弹。因为没罩琴布，琴盖上厚厚的一层灰。我问："您的琴？"

"我们老爷子给我弟弟的。不过你要就留给你用得了，我要这玩意儿没用。"

"能卖给我么？"

"这可是刚解放的时候上海的第一批钢琴，过去的木工活儿……"

"多少钱？"

房东思索了一会儿："三千？"

"行。过两天再给您行么？"

我吹吹琴盖上的灰，露出商标。1958年的星海牌钢琴，物美价廉，经久耐用，很多老演员的家里到现在还摆着这种琴。我小时学钢琴时用的也是这个牌子的，后来还弹过崭新的德国琴和日本雅马哈，但依然怀念陈旧的星海牌。陈旧的钢琴弹出的音色本身具有无与伦比的气质，更何况是中国20世纪50年代的琴，得名于"人民音乐家"。

我掀开琴盖，想弹几个音符，但看到尹红在旁边，就没弹柴可夫斯基，而弹了一段冼星海改编的民歌《二月里来》。抗日时期的延安，根据地人民唱着民歌搞大生产，耕织繁忙；最强烈的愤怒反而以最优美的形式表现出来。这一点放在今天，已经成了忧郁。

房主抽完烟，把烟头扔到对面人家放在楼道的奶锅里，又耐心十足地干咳了一会儿，往锅里吐了一口浓痰："临走再祸害祸害他们丫挺的。每天都往这儿吐，以后换个痰盂儿，我都怕不习惯。"

说完，他把钥匙留给我，哼哼着先走了。我坐在琴前，感到脖子上一阵发紧，尹红又在盯着我了。我砰地合上琴盖说："咱们也走吧。房钱一人一半，你用上午，我用下午，行吧？"

尹红还没说话，我已经出了门，她也只好跟上来。但仅仅过了五秒钟，突然出事了。

突然出事，源自一个由单簧管吹出的音符。毋庸多言，该音符也来自柴可夫斯基笔下，隶属于《第五交响曲》第二乐章。眼前破败、陈旧的筒子楼自从被这个音符点缀，立刻充满了感人落泪的气氛。我对枯枝败叶的环境向来怀有莫名其妙的亲切感，并总感到自己与繁华的表象格格不入。仿佛是柴可夫斯基力透纸背地点下了这个音符，同时这一笔也穿越了一百年的时空,来到筒子楼里,并瞬间击中了我。

我的意识开始恍惚,回忆起幼年的时光。那时我走在一个单位大院里,身边尽是梧桐树和矮小的灰砖楼,天空中回荡着喇叭声,催促大家去食堂吃饭。一辆推土机在有气无力地拆着一幢二层小楼。身穿白衬衫、头戴黑呢学生帽的小流氓跨在锰钢自行车上晃晃悠悠。我站在楼前,黯然神伤。

我两眼模糊,心情激荡,默默靠在墙边。尹红诧异地停下来,从下面仰视我的脸:"你怎么了?"

此时在我眼中,尹红的单眼皮和身边破败、安逸的气氛融为一体。我脱口而出:"我爱你。"

"你说什么?"尹红的眼睛陡然撑大,凸出的下嘴唇微微颤动,让人想起跳水运动员起跳后犹在颤动的跳板。

我不假思索地重复了一遍:"我爱你。"

尹红的嘴巴像鱼一样吧的一声打开,又吧的一声闭上。她也不答话,扭头就跑,楼梯拐角传来小鹿下山般的脚步声。

过了一会儿,我才醒过来,惊异于自己为何如此感动、为何说出那句话、为何不加怀疑地重复了那句话。另外,刚才听到的那个音符是真的存在着吗?现在楼道里没有一点乐声,只有楼外汽车过往的声音。那么那音符从何而来呢?难道真是柴可夫斯基力透纸背、穿越时空了吗?

下午,我在宿舍接到电话,尹红约我第二天在琴房门

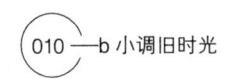

口见。

我打定主意，三缄其口。尹红问我第一遍："你昨天说的那句话，是什么意思？"我想说"你听不懂汉语吗？"，但没张嘴。

她问我第二遍："什么意思？你说啊！"我想说"你还是当我不会说汉语吧"，但没张嘴。

她又盯我第三遍："说啊？"我看着她涨红了脸，眼睛明亮地闪烁，真的不想说什么了，于是还是没张嘴。

但她问了第四遍："啊？"这一次超过了"三缄其口"的极限，我只能开口说话了。我说："我说什么了？"

"你说你说什么了？"

"是啊，你说我说什么了？"

"我说不出。"

"你说不出还让我说，我说什么了？我什么也没说。"

尹红迅速低下头，但仍然可以看见她的下嘴唇，那个部位又在颤动了。

"真的没说。"我生硬地搪塞着，"可能是你幻听吧，我昨天也幻听来着，当然也可能不是你幻听，而是我幻说。所谓幻说，和幻听一样，就是好像说了实际没……"

我看到尹红的头越来越低，下嘴唇也越来越小。她狠狠地把它咬了进去。我陡然停住，等着她抬头。但过了两分钟，她还是没抬头，露给我一头微微飘动的黑发。

她想必也不留意我在不在跟前了。如果这时候我逃之夭夭，大概不会被发现。但我当时愣愣地站在她面前，嗓子干干地咽着唾沫。于是事情真的坏了。

我刚咽了一口，尹红突然弯下腰去。她今天是骑自行车来的。我眼前一花，已经看到她从车筐里抡起一条钢丝锁。好大一条钢丝锁，足有半寸来粗，五斤多重，舞将起来，呼呼生风，恰似一根小型九节鞭。师范大学里小偷猖獗，大家都用这种威猛的钢丝锁。我还来不及多想，尹红已经手起"鞭"落，一家伙砸在我的脑袋上。足有三四两的锁头一声巨响，正中我的头顶。这下我也不能多想什么了，非常配合地一翻白眼，就地便倒。

再接下来，尹红一不做二不休，抡着钢丝锁，照着我身上不分部位地一通狂打，噼里啪啦，抽得我满地打滚。她默不作声地打，我默不作声地滚，不知折腾了多长时间。我的脑袋大概是被打得紊乱了，此刻开始想事情了：这一通打，配以柴可夫斯基《第一钢琴协奏曲》的第三乐章，是否气氛足够热烈？或者改用肖斯塔科维奇第七交响曲《列宁格勒》的鼓点？还是干脆选用斯特拉文斯基的《春之祭》更加切题？还是现代主义音乐更适合表现事件的杂乱？这还是有条理的思绪，再后来就没了条理：我是不是柴可夫斯基？柴可夫斯基是不是肖斯塔科维奇？肖斯塔科维奇是不是斯特拉文斯基？斯基维奇斯基？维奇斯基斯基？斯基斯基维奇？最后进入了终极思索：宇宙是蛋还是鸡？先有蛋还是先有鸡？或者宇宙是个蛋，砰的一声爆炸了，炸出了我们这些鸡？

此刻必然也围过来很多人，大家驻足而观，品头论足。有人说："好粗暴，这一下呈四十五度打过来，臂力与地心引力的合力大概有两百牛顿。"有人说："乾纲不振，得给他找本《驯悍记》看看。"有人说："施虐与受虐，按照弗洛伊德的理论来说，实际上是一组快感的共同体。""你是力学系的？""你是中文系的？""你是心理学系的？"

大家在一起其乐融融，有人表演，有人参观，也是一组快感的共同体。不知道打到什么时候，尹红才一扔钢丝锁，一言不发地跑了。众人轰的一声让道，再看看我口观鼻、鼻观眼、眼观天，大约片刻就要死了，也没什么意思，便又轰的一声散了，留下我一个人摇头晃脑，还在惯性作用下左右乱滚。

直到滚不动了，我才躺稳，呼呼地喘气，看着头上的一片白云。云彩缓缓移动，太阳被遮住又露出，我一动不动，眼睛闭上又睁开。过了多久也不知道，只觉得阳光越来越刺眼。这时头顶忽然多了一个人，他遮住阳光，蹲下来，拍拍我的脸说："哥们儿，用不用我给你铲仇？"

琴声

最初的一段钢琴强音
登时将我钉在了地上

这时我才感到浑身疼得要命,骨节像要断开一样,刚才被打时并不感到疼。据说体长三十米的梁龙如果尾巴被咬住,痛感要过半个小时才能传到脑部神经。在一亿年前的蕨类丛林中,它们总是拖着一只咬在尾巴上的肉食恐龙若无其事地行走,直到尾巴被吃得像兔子的一样短才满地打起滚来。从这个意义上来讲,也许我比梁龙并未进化多少。

而我身边蹲着的那人看到我哼哼地起来,似乎更感兴趣了,他把脸凑得更低,好像观察蚂蚁搬家一样观察着我。我呻吟了一会儿,感到呻吟也没什么意义,便闭上眼睛,想静一静。谁料他却用一根小树枝捅起了我头顶被砸出的大包。

他一边捅还一边说:"哥们儿,别死呀。"

这一下疼得我像过了电的鳗鱼一样乱弹乱跳,嗷嗷乱叫着坐起来，捂着脑袋叫道："你干吗？"

"我没干吗呀。"他立刻扔掉了小树枝，做若无其事状。

"只能看，不能碰。"我没好气地说。

那人又凑过来："哥们儿，要铲仇吗？"

我离远了点儿，打量着他。他是一个二十出头的年轻人，身材消瘦，皮肤棕黑，面貌英俊，此刻的表情非常诚恳，但可以看出大部分时间都不够诚恳。

我说："什么意思？"

"意思很简单，"他像热情的推销员一样又凑近我说，"我给你铲仇，你适当给我点儿酬劳，不多，一次一百。"

"你是谁？"

"张彻，我叫张彻。我的身份只是这个名字，除此之外谁也不是，所以你不必担心受到牵连……"

"你所谓的铲仇是什么意思？"

"铲仇，就是铲除冤仇的意思。冤仇如何铲除？谁打了你，我就帮你打丫的；怎么打的你，我就帮你怎么打丫的；打你多重，我打丫的就有多重。对你对她对我都很公平。"他解释完，两眼如星，盯着我说，"怎么样？怎么样？"

"不怎么样。"我说，"算了吧。"

"哪儿能算了啊？你瞧她把你打成这样……"

"真算了。谢谢你的好意。"我忍着疼，挪挪屁股，背对着他。

过了一分钟,我以为这个男青年已经走了,谁想到我身后却飘来烟味儿。他抽的烟里有股铁锈味儿,呛得我咳嗽了两声。

"都宝?"我回过头来,问他烟的牌子。

"你抽吗?"他把半盒烟递给我,"买卖不成仁义在嘛。"

这种烟很便宜,两块多钱一包,我小的时候,总看到蹲在中学门口的那帮小痞子抽这种烟。我接过一根,他给我点上。挨完打再抽一根都宝牌香烟,人生就是这么容易满足。

抽完烟他又问我:"真不铲了?"

"真不铲了。"我说着爬起来,疼得几乎站不稳,"你要真心帮我,用自行车把我带到校门口的日式料理餐厅去吧。没事儿干的话就一块儿吃饭。"

"挨完打,吃一顿,气儿就顺了?"

"对我来说很有效。"

"别人越打越肿,你越打越肥。"

那天中午,我伤痕累累地坐在梦露餐厅里,享受了一顿悲情的饕餮之宴。我一共吃了三碗牛肉饭、两份炸猪排、三碗酱汤。坐在我对面那位叫张彻的年轻人更有魄力,比我还多吃了两碗茄子肉末饭。吃完之后,我们像两个孕妇一样挺着肚子，一人一根都宝牌香烟。

张彻告诉我，他住在学校边上的一间地下室里，靠替人铲仇为生。每天一清早，他就来到师范大学，在林荫道上、教学楼里、宿舍区里乱转，看到有人打架，立刻跑过去，耐心地等着人家打完，然后凑到失败者跟前问："用不用铲仇？一次收费一百块。"

有一段时间，他还打算印一些名片，上面写上"专业铲仇，服务上门，迅速高效，保守秘密"。但他打算在学校里分发的时候，忽然想起来自己没有联系电话，只得作罢。

我问他："生意好做吗？"

他说："三天不开张，开张顶三天。最多的时候一天铲俩，还有的时候半个月也碰不上一个打架的。"

"这次和上次隔了多久？"

"一个星期了，每天就吃两包方便面。烟也是从小卖部偷的。"

至于铲仇的手法，可谓令人击节叫好。武器通常也是一根又粗又长的链子锁，远远地看准目标之后，他便骑着自行车，冲将上去。两脚疯狂地蹬车，左手扶把，右手高举过头，呜呜有声地抡着链子锁，如同一架直升机。赶到近前，也不搭话，手起"鞭"落，晴天霹雳一般砸在目标的天灵盖上。这一下子打上去，任他是谁，都会立刻躺倒在地，口吐白沫。

而张彻一旦得手,立刻更加疯狂地蹬车,抄小道、钻胡同,甚至翻墙钻洞,转眼之间,不见人影。

这样充满艺术感的手法,只有哥萨克骑兵可以媲美。

张彻看到我满脸钦佩,又问我:"要不要铲仇?要不要铲仇?"

我说:"还是算了。你要是没地儿吃饭,可以跟我凑合着吃。"

"你也是穷学生,那多不好意思。"

"也不请你吃什么好的。"

除了铲仇之外,张彻这个人没有任何经济来源。我问他:"你没有家?"

"当然有,不过把我轰出来了。"他笑嘻嘻地说。看样子倒像是他自己跑出来的。他补充道:"我也上过大学,不到一年就上不下去了。"

为什么没上下去,我不想问他。我认为自己也随时有上不下去的可能,届时别人问我为什么,我也解释不清楚。

解释不清楚的事情可以悬置不管,这是希腊先哲发明的办法。

当然,一个以铲仇为业的人也有铲不了的仇,那就是他自己被人暴打的时候。既打不过对手,又没有第二个提供此类服务的人，只能认倒霉。

每天工作时间结束以后，张彻照例会到师范大学的足球场上踢球。我从来不踢足球，也看不懂，很少去球场，所以从没见过他。

那天吃完足够喂饱一头牛的午饭以后，张彻提出要"业务学习"，即到球场上进行身体对抗。我既不敢回去找尹红，也觉得这么回宿舍不是个事儿，便答应和他一起去。我付了账，坐到张彻自行车的后座上，他吭哧吭哧地骑起来，浑身上下充满斗志。但他的自行车是一辆几乎和星海牌钢琴一样老的女式凤凰，嘎嘎怪叫，颠得我浑身上下的伤处此起彼伏地作痛。

"你这破车哪儿来的啊？"

"新中国第一代大学生——我妈的。"

旋即到了足球场，下午艳阳高照，风在场边为数不多的几棵白杨树树梢疾速掠过，却也哗啦哗啦，如同深秋时节的响动。场上已经围坐了十来个人，年龄不等，还有几个逃学出来的中学生，都叼着烟，神态像这个年龄段所有逃学的学生一样，百无聊赖，蔑视一切。

"废话少说，分拨分拨。"张彻侧过车身，单脚蹭地，走了个半圆刹住了车。这车没闸，几乎把我沿着切线方向抛出去。

"我×，你也来啦？"一个四十多岁的中年人夹着一根烟走过来，我认出他是上午那个房东。

"我不会踢，我就看看。"

"你怎么让人打成这样儿啊？"

我无言以对地眨眼。

"那你到边儿上坐好了，别让球闷着。"房东转脸对张彻说，"是你的新客户？也是我的客户。"

"老流氓。"张彻对他张嘴就骂，"你丫今天把门儿看牢实点儿，关键时刻别老想撒尿。"

房东也不生气，歪着眼笑道："我不是有膀胱刺激征嘛，一紧张就胀。"

大家客套几句，开始踢球。我找了个树根，靠在上面看着他们。社会闲散人员一拨儿，逃学的学生一拨儿。这些人的脚法都很粗暴，基本上不照着球踢，全是奔人去的。张彻尤为激进，刚一开始就把一个中学生铲倒在地。对方吼道："我都没带球！"

"我认为你快接到球了。"张彻站起来，理直气壮地说。

几个学生立刻围上来，房东赶紧跑过去："别一上来就打，我们还没怎么踢呢。"

"滚蛋。"一个留着韩式中分的学生说，"你从来就没踢着过一脚球。"

其他几个人也跑过去说:"算了算了,晚点儿再打。"

"行。反正跑不了你丫的。"一个学生说。

张彻嬉皮笑脸地跑开捡球。房东也挂着同样的表情跑回后场,站在守门员的位置上。大家开始有章有法地踢了几个回合,互有攻防,但都没进球。不到二十分钟,房东便解开裤子,开始对着球门柱撒尿。

"你丫又撒尿。"张彻吼道。

"没辙,我确实憋不住了。"房东弯腰系裤子,同时挥着一只手说,"找一可乐瓶儿套上得了。"

过了二十分钟,房东又走到另一根球门柱边,开始撒尿。一个中学生看准机会,一脚远射,球应声挂网。

张彻再吼:"不行,非得给你找一可乐瓶!"

房东显然进入了看破输赢的境界,他只顾看着自己的尿迹若有所思,半晌吟道:"男的撒尿一条线,女的一撒一大片。"

两伙人踢到太阳偏西,已经累得跑不动了,完全像在球场上进行集体散步。但即便如此,还是打了起来。无论怎么看,这场架都像是每日必尽的义务一般。张彻慢悠悠地带着球,走到一个中学生面前,忽然飞起一脚,球砰的一声,正中那小伙子的面门。大家立刻精神起来,纷纷呐喊着往上扑。但张彻一拨儿的社会闲杂人员扑到近前,却开始互相敬烟,边抽边聊,中学生则一个接一个摞到张彻身上。

"把我兵器拿来！把我兵器拿来！"张彻被压在五六个小伙子身下，声嘶力竭地对我吼道。

我跑到他的自行车前一看，链子锁锁在车上了，便又跑到斗殴地点，在拳脚之下找到张彻的脸说："钥匙。"

张彻左手尚揪住一个中学生往地上按，右手伸到裤兜里掏了半天，掏出一串钥匙。我拿着钥匙跑回自行车旁，一个一个地试，最后终于找对了，打开锁，拎回斗殴地点。可中学生们早已打了个够，呼啸而散，留下一身是土的张彻。

"明儿见，明儿见！"他们边跑边说。

"明儿打不死你们丫的。"张彻捂着肚子，一边拍打身上的土，一边拎着锁找自行车。

接下来的几天，我都睡在租来的筒子楼里。出了那次事端之后，尹红自然和我断绝了联系，只能由我一个人付清房租。没有任何经济收入，还一口咬定要租房子、买钢琴，这个决定对于我来说可谓不计后果。从那以后，我每天窝在房间里弹柴可夫斯基。张彻所住的地下室就在我楼下，早已废弃不用，他用铁丝撬开了锁就住了进去。

房东无所事事，经常来找我们喝啤酒。我们到小卖部买半箱啤酒和几斤包子，在张彻的地下室吃得臭屁滚滚，房东每隔二十分钟就要撒一泡尿，因此张彻给他预备了一个塑料脸盆。这老家伙能够一连几个小时坐在一张从学校偷来的破椅子上，一边满嘴开花地神侃，一边任由尿水滴滴答答地落入脸盆，大珠小珠落玉盘。至于他叫什么，张彻也不知道。

"就叫丫老流氓得了。"张彻说。

老流氓也没意见。

我还是很有礼貌，问他问题的时候这样称呼："老流氓叔叔，您说您这玩意儿，那么憋不住尿，要是干那事儿的时候，干到一半非要撒尿可怎么办？"

"我还能干二十分钟哪？"老流氓伸出一个手指，"一分钟。"

张彻的地下室里除了一张席梦思床垫、三把椅子（十一条腿）、一个塑料脸盆（已变成老流氓的马桶）之外，没有任何家具。决定从宿舍搬出来以后，我将我的书架、暖瓶、两个洗脸盆赠予他。但自从被搬进地下室，这些东西就再没起到过应有的作用。书架被空空荡荡地放在房间一角，既没有书可放，也没有任何需要陈列的装饰物；暖瓶一直空着，他从来不喝热水，甚至连凉白开也不喝，只要渴了就到地下室拐角处的自来水龙头前猛灌一气；脸盆没多久都变成了老流氓的马桶，老家伙解开裤子，随意抄过一个盆来就开始滴答，脸盆数量的增多只能让他不动窝地侃得更久。

我问张彻："你从来不刷牙洗脸？生活习惯岂非和原始社

会的人一样？"

老流氓立刻接过话头："谁说原始社会的人不讲卫生？他们还会刷碗呢。"他用两只手罩住一个膝盖示意，"人家用膝盖刷大碗，用胳膊肘刷小碗，用那玩意儿刷酒盅，特方便，一转就得——这是师范大学考古系对河姆渡人遗址进行研究后发现的，被列为国家'星火'计划重点成果之一。"

"扯淡。"我们一起笑骂。张彻又对我说："我给你展示展示，我是怎么刷牙洗脸的。"

他走出去，来到对面房间的门前，从兜里掏出一根小铁丝，在锁眼里捅了两下，一声弹簧响，门应声而开。那是一间出租给打工妹的地下室，屋子中央摆着一个简易煤气炉，靠门处的铁架子上并排摆着三套牙具。他随意拿起其中一套，挤出牙膏，刷起牙来。

"刷完牙洗完脸，我再把门关上，省得人家丢东西。"他满嘴白沫，呜噜呜噜地说。

"你没见过这屋里的人？"

"没见过，她们上班儿特早，回来特晚。"

那三个披星戴月的打工妹，所用的都是经久驰名的中华牌牙膏。

住进地下室以来，张彻只买过三件家用电器，分别是：

电灯泡、电灯泡、电灯泡。和我混在一起后，我们共同努力，为他添置了第四件。

那是一个昂贵的美国博士牌音箱。

添置此物的缘起，是我的生活费被彻底花完了。老流氓在我们那儿喝了半吨啤酒，吃了一个营的包子，却毫不手软地拿走了我五千多块钢琴钱和房租。每次买包子都是我们出钱，更可恶的是，后来我们得知那个包子铺就是老流氓开的。一怒之下，我和张彻差点用铁丝把他的那玩意儿捆上，让他再也别想滴答尿。

没钱买包子和啤酒以后，老流氓就再没来找过我们。我和张彻空着肚子在地下室里放了几天蔫屁，总结出一句名言："柴可夫斯基不能当饭吃。"于是我们决定去搞点儿违法活动。师范大学里最值钱的东西除了塞满几幢宿舍楼的年轻女性，就属电化教学楼里的设备了。圈定目标，我们立刻动手。行动计划是这样的：白天我先利用学生身份进入楼里，假装到二楼的音像资料室刻录CD，伺机把该房间的窗户插销拔起来；等到月黑风高之时，我们再手持作案工具（砖头）来到楼下，一砖飞上去，砸碎三楼的某扇玻璃，这等响动之下，就算没狗，保安也会叫起来；等到他们到三楼检查是否失窃的时候，张彻便施展身手，顺着漏水管爬到二楼，打开窗户翻进去，把一部巨大的音响拆成零件扔下来，我在底下接着。

此计不可谓不机智，不可谓不周密，但人算不如天算，只偷回来一个独头蒜般的音箱。那天晚上，我们三更起床，五更没饭可吃，饿得瘪瘪地来到电教楼下。空着肚子，又兼风寒，我们像印在报纸上的人一样直打哆嗦，几乎连砖头都搬不动。张彻好歹费尽全力，一砖砸了三楼玻璃，赶紧和我到暗处躲着。保安果然骂骂咧咧地跑上楼去，每人都拿着一根又黑又长的电棒。等到三楼的灯亮起来，张彻像猴子一样扒着漏水管，几个上纵爬到二楼，轻轻拉开窗户进去。我心口扑腾乱跳地站在楼下，等着他露头。旋即，他从窗里探出上身，对我挥挥手，扔下一个音箱。我拼尽全力扑过去，接住音箱，一屁股坐到地上。这东西还真沉，幸亏我的肚子空空如也，否则非得把屎压出来不可。

可就在我爬起来，等着接下一个音箱时，却猛然听到了一记钢琴发出的强音。拉赫玛尼诺夫《第二钢琴协奏曲》的第一个和弦猛然间从敞开的窗户里传出，在一片清凉、几近虚无的夜空传向无穷远的宇宙。最初的一段钢琴强音登时将我钉在了地上，我动弹不得，随后绵密的弦乐如同不大、不快、不冷，但又蕴含着不可抗力的阵风一般，把我推了个跟头。我坐在地上，目瞪口呆地望着天空，此时的夜色充满了深沉的、宗教般的气息。

事后无论多少次回忆起这个场景，我都感到命运是有其强烈的意志力的。但据另一当事人张彻说来，此事完全出于巧合。他手忙脚乱地拆音响时，一不留神按到了某个按钮，音响没拔电源，立刻乐声大作起来。而为何响起钢琴协奏曲，也是因为当天下午这间教室曾上过音乐欣赏课。如果不是后来我遇见拉赫玛尼诺夫本人，这事可能的确是一个巧合。

那天晚上，在莫斯科城一般忧郁的音乐声中，张彻被吓得忘乎所以，他没有想起关电源，却奋起牛力，一把抱起整个音响，喊了一声"接住喽"，便把它从窗户里顺了出来。我一看上面飞出这么大一个家伙，下意识地想上去接，但转念一想，那部美国音响足有二十公斤重，如果砸到我身上，我势必筋断骨折。我立刻又缩了回来，眼睁睁地看着音响在空中做自由落体。因为后面还连着电线，它一边坠落，还一边由中提琴声部奏出一个"la"音。随即电线被扯掉，中提琴声戛然而止，转眼之间，整个儿音响摔到地上，成为一堆破铜烂铁。凭听音能力我判断出，落地的那一声也是"la"音。

在音响之后飞出窗外的那样东西，我就更不敢接了。张彻情急之下，索性从楼上蹦了下来。奇怪的是他一点也没有摔伤，落地之后他立刻对我喊道："快撤快撤！"我一言不发，抓起唯一的战利品就跑。

半个月之后的另一个夜晚，拉赫玛尼诺夫就在我的钢琴边出现了。因此偷音响那天的情形，可被视为一个启示。

铲仇

一边打,一边逼问他为什么搞暗算

那天晚上有惊无险,却也白忙活了。单个的音箱根本卖不出去,使用博士音响的人很少,大多是有钱的发烧友,他们只买配成套的。我和张彻把音箱装在一个日立牌电视箱子里,鬼鬼祟祟地在师范大学附近的旧货市场里溜了半天,也没找到买主。一个小贩看出我们饥肠辘辘,便提出用两盒盒饭交换,我们想起昨夜两条仓皇走狗的冒险,愤愤地拒绝了他。那小贩也许是为我们的气节感动,也许是买多了盒饭无法处理,便将盒饭送给了我们。

我们登时气焰全消,卑躬屈膝地接过饭来,放在电视箱子上蹲着大嚼。对于饿坏了的人来说,一顿饭固然能带来无与伦比的享受,但更会加剧对饿着肚子的将来的恐惧。吃完由西葫芦、土豆丝、焦熘丸子组成的盒饭之后,我们更加迫切地意识到钱的可贵。

"钱难挣,屎难吃。"我感叹道。

"我们还有勤劳的双手。"张彻绝望地打着饱嗝说。

"遍地都是勤劳的双手,勤劳的双手过剩了……"

"重操旧业,重操旧业。"

回到筒子楼,我上楼去弹琴,张彻耷拉着眉毛把音箱放进地下室:"只能留作纪念了,证明昨天不是屎壳郎碰上拉稀的——白跑一趟。"

我愤懑地在琴键上挥舞手指,弹奏德沃夏克的《斯拉夫舞曲》。德沃夏克是东欧作曲家中唯一开朗乐观的人,长相酷似新疆财主"巴依老爷"。我衣带渐宽,弹起这位胖子的作品未免力不从心,不一会儿便放慢了节奏,陷入呆滞之中。

张彻噔噔噔地跑上楼,对我重复了一遍:"重操旧业,重操旧业。"

对于铲仇这个工作,我无论如何也提不起兴趣。倒不是受到"冤冤相报何时了"的传统思想的影响,而是感到照着人家天灵盖猛敲一下就逃跑这种行为过于荒诞。其实细想起来,那样敲天灵盖倒也拥有某种艺术的美感,就像柴可夫斯基所言,不和谐音也是值得歌颂的。但是我本身已经是一个不和谐音,再去制造新的不和谐音,未免失去了"不和谐音"应有的价值。

当然，如果世界上只剩下大三和弦、小三和弦，全然没有减七和弦的存在，也情理不容。

张彻倒是对敲天灵盖这一行为情有独钟，说起来好像在夏威夷海滩上打西瓜一样。他威逼利诱，再三宣扬良心无用论。我表示这不是良心的事儿。他说那不更简单了？说干就干。

毕竟不能就这样弹着琴饿死，只能说干就干。张彻的行动计划是：主动出门拉生意。所谓拉生意，就是我先头戴连裤袜，手持一块砖头，躲在暗处，看到哪位仁兄落单，便突然杀出，飞起一砖，将其拍倒就跑；被拍那位正在堵鼻血的空儿，张彻就过去问人家需不需要铲仇。对方想必会心存疑虑，表示不知道是谁拍的砖，他便可以拿起砖头给人家看，砖头上早已写好了字：此路是我开，此砖是我拍，你要不服气，请找某某来。某某可以是张三，也可以是李四，总之随便写一个我不喜欢的人就可以。接到定金之后，张彻再拿出看家本领，飞车击之即可。此举还有反间计的效果，能够造成互不相识的两个家伙结仇，他们都挨过打，一旦见面必然还要拼命，无论谁赢谁输，我们都还有一次生意可做。

但实际执行起来远不是那么回事。那天下午，我躲在理科实验室外的拐角处，头上戴着一只捡来的浪莎牌丝袜，蒙住脸部，等待过往行人。这条路甚是僻静，除了成天泡实验室的家伙买饭之外很少有人走。我等了将近一个小时，才听见拐角外有脚步声。我也来不及多想，一个箭步冲将出去，也没看清对方，抡起砖头就扔。谁想到砖头飞出去，砰的一声，对方却没倒，再定睛一看，却见到一个身高一米九五、体重一百公斤的壮汉正搓着胸部看着我。那一下拍到他的胸上去了，而他大概是一位肌肉爱好者，壮得像头公牛，看到情形不对，立刻隆起两块小山一般的胸肌，生生将砖头夹在了中间。

"变态，变态！"肌肉男身边一位发育得像初中生的女孩看到我的丝袜，立刻叫了起来。

"我×，你丫活腻歪了？"肌肉男波地松开胸肌，砖头随即落到地上，摔成两半。

我腿一哆嗦，想跑也跑不了，生生让他给揪住，拽离了地面。肌肉男一手掐住我的下巴，一手抓住我的衣领，上下两只手朝相反的方向用力，我的脖子立刻咔咔地响起来。看来他是想把我的颈骨拽断，那样的话，脑袋和躯干只连着一层皮，岂不变成一个流星锤？我正在翻白眼、流口水，张彻赶了过来。他一看，需要铲仇服务的却是我，哭笑不得，只好一跳两尺高，一链子锁砸到那家伙的天灵盖上。得亏人的脑袋顶是没法练出肌肉来的，任他是个肌肉男，也只好手舞足蹈，仰面而倒。

旁边那个女孩一看我们胜利了,立刻联想到变态应做的种种行为,她捂着胸口蹲到地上:"不要!不要!饶了我吧!"

"我还懒得要你呢。"张彻心灰意冷地说,拉着我就跑。

"没想到你这么没用。"他摇头叹息地说。
"废话,你没看那家伙有多壮吗?"我辩解。

两天以后,我听说被我把名字写在砖头上的那个家伙遭了厄运。那家伙是我的上铺,特别爱好花样翻新地手淫,每晚都搞得床晃晃悠悠,我睡在下面像坐船。肌肉男把他捆成一个肉粽,吊在上铺床架子上用皮带打,一边打,一边逼问他为什么搞暗算。他当然是丈二和尚摸不着头绪,但被打得身上的道子比老虎都多,熬不住了,只好违心招了,说自己嫉妒肌肉。

但即便如此,我们也不敢再向那个手淫狂拉生意,因为肌肉男的架势实在可怕,上次打中他的天灵盖,纯属侥幸。我对张彻说:"你看,你也厌了吧。"

"这个计划确实不适用于男性。"张彻说,"不过那天那个小妮子给了我一个启发,你能不能找女性下手?女的你总对付得了吧。不一定拍板砖,猥亵一下就可以。"

"能不能别提这事儿了?"

"财色双收你都不乐意?耍流氓还赚钱,多好的工作。"

"我还是自己想辙吧。"

奇遇

> 我不时看着她,心里明白这一曲已经为她而弹

这一次我没和张彻商量,便兜里插着一双能弹钢琴的手,走出筒子楼,绕着师范大学兜了半个圈子,来到一条酒吧和咖啡馆云集的街上。

世界上有一种名叫小资的奇特动物,频繁出没于名叫酒吧的场所。这种动物不具有本质上的特点,其存在的唯一目的就是使事物失去原有意义。

比如说酒吧这种东西,它应该是拿破仑革命以后,法国农民进城买醉、说废话、骂老婆的地方,或者是贩运非洲奴隶和美洲白银的英国水手勾引女人、打群架的地方。酒吧里应该挤满粗俗、喜欢惹是生非的人,酒吧里的音乐应该类似于《金银岛》开头独腿海盗唱的"十五个汉子爬上了死人胸哟"之类的歌曲。

但此时此刻，由于小资的大量产生，酒吧已经面目全非。这里满是意大利咖啡、法国音乐、伊朗电影，文质彬彬、顾影自怜，一切都包裹在一层无形之墙里，让我和张彻这种人无法进入半步。

爱好模仿外籍华人的中国人在屋里聚集，他们为了追求扬扬自得的感觉而故作冷漠。黑边眼镜、女士香烟，两只手指夹着小瓶啤酒对嘴儿喝，难分彼此。

我一家接一家地逛过去，从窗户往里看，找着哪一家放有钢琴。大多是用音响放着蓝调音乐，也有一家雇了一个女孩拉小提琴，手笔最大的一家用的是全套的四人电声乐队。直到走到街拐角，不远处老百姓居住的破烂平房已经出现，才找到一家摆放着钢琴的。

这是一家巴黎风格的复古酒吧，地板、桌椅、窗帘都用半旧的，墙上挂着20世纪初法国名伶的黑白照片，但这种照片大概不太好找，最里面居然挂了一张玛丽莲·梦露来充数。玛丽莲·梦露血口大张，用手按着莫名其妙往上翻的裙子，堪称史上最美的一坨肥肉。

我推门进去，一个男服务员过来问我："一位？"

我摇摇头，径直向吧台走去。屋里的顾客全然没有注意我，他们虽然脸上长了两只眼睛，但是真正的眼睛已经被挂在头顶之上一米五左右的半空中，时刻欣赏着自己。除了自己以外，他们什么也不看，这也是小资这种动物的特性之一。只有一个女孩似乎与其他人相异，她脸朝下趴在桌上，右手伸出去，像溺水者抓住救命稻草一般握着一只方杯。她每隔一段固定的时间——大约是二十五秒——就会猛地仰起头，往嘴里灌一口杯里的威士忌酒。头发挡住了她鼻子以上的部位，看不清容貌，但她的姿态总让我想起某种动物。具体是哪种动物呢？又判断不出来。

吧台内侧，调酒师身边坐着一位貌似经理的男人。我走到他面前说："您这儿缺弹琴的？"

"弹琴？弹什么琴？"

"我看见您这儿有一架……"

"你是说钢琴？对对，是有一架，不过那只是摆设。"

"既然有钢琴，那么找人弹一弹，也能烘托气氛——"

"我明白了——你是来应聘钢琴师的吧？"

"是。"

"我们确实想找一位。不过马马虎虎可不行，以前来应聘的家伙，要不只会弹流行歌曲，要不翻来覆去就是《致爱丽丝》。"

"我是专业学钢琴的。"每当这么说，我都不好意思。

"那我们得听听才行。"

"好、好。"

我走到钢琴前，刚要坐下，那经理又喊道："现在不行，现在客人太多，等客人都走了再说吧。"

我看看表："那得几点呢？"

"你还有事？"

我想了一想，确实没事。"我等着，行吧？"我说。

于是我孤身一人坐在吧台上，眼巴巴地看着钢琴。八成新的雅马哈，也许从来没人弹过，音有些不准，但做工的确精良，也比我的星海牌贵上几乎十倍。我无所事事，一秒一秒地数着墙上挂钟的秒针，又一个一个地数着琴键。外面黑白键，里面长短弦，一律默不作声。我盯住键盘，在意识内弹奏了几首东欧作品。现实弹奏中非常困难的地方也变得轻而易举，我游刃有余，仿佛变成了生活在往昔的天才音乐家，比如拉赫玛尼诺夫。拉赫玛尼诺夫天赋异禀，手指跨度惊人，所以他的作品对于常人来说难度过大。弹肖邦最好的，被公认为齐默尔曼，柴可夫斯基也许是 N. 鲁宾斯坦或阿什肯纳齐，但拉赫玛尼诺夫的《第二钢琴协奏曲》只属于拉赫玛尼诺夫本人。

想象弹琴的间歇，我不时打量趴在桌上的那位女孩。她一成不变，间歇性抬头猛饮一口酒，然后将脸部摔向桌面，极富规律性。每喝完一杯，服务员就上前添上一杯。她到底像是哪一类动物呢？灵长类、奇蹄类还是啮齿类？依旧看不出来，只感觉她像动物，或者说具有和动物极为类似的气质。

既让人联想起动物而又并不显得恐怖，甚至有些可爱的姑娘，未免有些诡异，也极其诱人。

夜里一点，客人陆陆续续地起身离开，剩下的几桌叫了三明治、意大利面、火腿煎蛋之类的夜宵。看到这么多吃的，我馋得舌头几乎掉出来。调酒师看到我弯着腰坐得可怜，递给我一个三明治。我饱含辛酸地吃了下去，香得哽咽不止。

两点多钟，客人都走干净了，只剩下那位不停喝威士忌酒的女孩。

"好吧，随便弹两首听听。"经理瞥了瞥女孩，做出"随她去吧"的表情。

我走到钢琴前坐稳，无声地摸了摸琴键，开始弹奏柴可夫斯基钢琴三重奏中的钢琴部分。N. 鲁宾斯坦死后，柴可夫斯基为这位让他既憎又爱的钢琴家写下了这首挽歌。《日瓦戈医生》中也曾出现过这段乐曲，是拉拉的母亲去世时，日瓦戈在音乐沙龙上听到了它。"如泣如诉的三重奏"，帕斯捷尔纳克这样写道。

虽然没有帕尔曼的小提琴和哈勒尔的大提琴声部，我也不是阿什肯纳齐，但我弹得依然很动情。琴声像融化的雪水一样悲伤，这不是说我的手法有多精湛，而是柴可夫斯基的天才所致。

当我弹出第一个三连音的时候，趴在桌上的女孩蓦然抬起头来，瞪着眼看着我。她的五官过于整齐，甚至可说是雕刻出来的一般。眼神悲天悯人，即使长时间盯住某一事物，也好像是在遥远的天空做局外旁观似的。这种姑娘不属于令人感到容易接近的类型，但我并未觉得和她存在丝毫隔膜，而是出乎意料的熟悉。我不时看着她，心里明白这一曲已经为她而弹。

后来我才了解，这种没来由的一见如故也可以被称为"一见钟情"。

对视不久，我发现她的眼神中也有类似动物的成分。并非可以用词汇形容的"狂野""温顺""冷静"，而是一种绝对的漠不关心的态度，仿佛并不认为自己生存在眼下的世界上一般。动物为什么会显得如此冷漠呢？这也是我无法理解的问题。

一曲终了，女孩还在看着我，这期间她一口酒也没喝。我低下头去看着琴键，等着经理发言，还是等着她发言呢？

"弹得不错。你是专业学钢琴的吧？"经理象征性地拍着巴掌说。

"我说过我是学钢琴的。"

"音乐学院的？"

"不是。"我说。我曾经投考过音乐学院，但没成功。

"但这种曲子不太适合在这里弹。"经理说,"你还弹别的风格?"

"不多,一直练东欧作品。"

"没尝试过爵士乐?百老汇风格的?"

我摇摇头。我并不是对爵士乐有什么偏见,只不过觉得当下社会所谓的"爵士乐"是一种让人无法忍受的东西。

"那太遗憾了,假如你愿意试试,我们倒可以——"经理说到这里,不再开口,让言下之意在沉默中延伸。

我也没有开口,让言下之意进一步延伸。气氛被心不在焉地推向了尴尬。一个服务员像为了解救冷场一样对动物般的女孩说:"小姐,我们要下班了。"

这时,在座的所有人都清楚地听到:"我没带钱。"

"我没带钱。"这是我听到她所说的第一句话,声音如同盛夏树叶的纹路一般清晰、充满水分、清脆悦耳。她说得既无愧意也不紧张,不担负任何压力。假如初生婴儿会说话,所说的第一句也应该是:"我没带钱。"说得想必也像她那样坦然。

经理大概被她的态度弄蒙了,一时没反应过来,只是把目光从我身上移向了她。能开酒吧的基本上都不是什么善主,逼迫她卖淫还账当然还不至于,但也绝不会让打定主意白吃

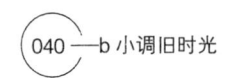

白喝的客人太好过。

我脱口而出:"我给她还。"

经理把本应该对女孩的疑惑转移到了我身上:"洋酒很贵的——"

我不知道何以这样说,但话已出口,只能尽力编圆了:"我可以弹爵士乐,用报酬还给你。"

经理反而笑了,他看看那女孩,又看看我,若有所悟:"流氓假仗义,你真是年轻啊!真年轻。"

这时,女孩再次开口。她对经理说:"你跟我出来一下。"说罢站了起来,向吧台后面的办公室走去。经理一头雾水,只好随后过去。

这姑娘想干什么?难道她一进门就会解开裤子:"没钱,这个行么?"据我所知,很多客串妓女和女嬉皮士都有这么一手。当然这不是说高雅一些的女白领女知识分子之类的不会,只是表现形式没这么直接而已,她们经常说的是:"希望你对我负责任。"

我告诉自己,得等她出来,要不然就干脆冲进去。但门关上不到二十秒钟,就再次被拉开了。经理先走出来,一脸困惑。女孩若无其事,神态冷淡。她走路的姿势毫无破绽,但总使人想起不知名的哪种动物。

"走吧,走吧。"经理挥挥手,颓然地说。他既是对女孩,同时也对我说。

我不得其解,只好从钢琴上下来,往外走去。爵士乐是不用练了,但卖艺计划也算告吹。

"你弹得的确不错。"经理没话找话地补充说。

我往门外走时,脊背发硬,因为感到那女孩就跟在身后。出得门来,夜凉如水,我打了个冷战,随后又是一个冷战,因为肩膀被人拍了一下。

刚才的事情委实诡异,所以我被拍之后,不自觉地吓了一跳。我回过头来,正对着女孩仰视的眼睛。她身材不高,在半米之内,我需要微微低头看着她。

"你弹得不错。"

"哦,"我回答,"并不算出类拔萃,只是中游水平。不是谦虚,实事求是地说。"

"对我的胃口,我没听过更好的。"

"那谢谢你。"我还想着方才的一幕,感到微微不安。

"他们不用你,为我弹怎么样?"

"我是没钱吃饭才到这里的,你刚才说你没钱——当然免费为你弹也不是不行。"

"我现在有钱了。"女孩拿出一个信封,从里面抖出半截钞票。一百块一张的一沓,不厚不薄,如果是整数,大概三千块钱。

"这么说你带着钱,可为什么对他们说——"

"刚才没钱,现在才有。他们给的。"

"那你等会儿,我也进去管他们要点儿,只要进办公室就能要来对吗?"我开玩笑说。

"那当然不行了。"她也笑道。笑容明明是人的,但还是有动物的感觉。

我简直对这种半是人、半是动物的形态着了迷:"或者你的身份很特殊?"

"自然也不是,只不过我知道一些事情。"她压低了声音说,仿佛愿意和我共同保守秘密,"我知道他们漏税,做假账的方法和数额都知道。"

我不想问她是谁、何从知道,也不想再说这个话题。这些事情还是不知道为妙,我惹不起事。我岔开话头:"你刚才说让我给你弹琴是开玩笑?"

"不是。"她说,"这些钱给你,算我雇你给我弹。"

"我从没想过自己有这么高的出场费,音乐学院的副教授也就这样了。"

"假如你觉得不合适,可以多弹。"她把信封装进我外套的口袋里。我赶快把手拔出来,以免和她的手发生接触。虽然迷她,但过于奇特,我还没做好摸她或被她摸的准备。

我说:"明天就开始弹?"

"当然可以。我没事干。"

我说:"弹到什么时候为止?"

"以后再说。"

她向我问了住址,然后执意让我坐出租车先走。如此深夜,我应该送她才是,但今天莫名其妙,实在感到那是冒险。于是我拦了一辆车,向她挥挥手走了。车灯之下,她的脸像玉雕的一样。

直到车开出很远,我还看到那女孩静静地站在路边。

迷恋

有了三千块钱巨款,生活转变之快让我们几乎不能接受

首要任务当然是苦大仇深地吃。我们挨个走进街上的快餐店和饭馆,把驰名全球的垃圾食品一样一样地吃了个遍。尽可能让嘴巴感受丰富性,否则它就会退化成肛门。

而后,我到二手市场买了一个没有音箱的 JVC 音响,插在博士牌音箱上面,音色委实震撼。钢琴的重音振聋发聩,小提琴如同在耳边拉响。我一张一张地听着东欧人的作品,手指不由自主地颤动,仿佛正在伴随着乐队演奏。

张彻终于添置了几件衣服:条绒裤子、棉布衬衫、有帽套头衫。他也开始听音乐。"没钱的时候,爱好不起这个。"他买了大摞的盗版摇滚乐 CD,其中以甲壳虫、老鹰乐队、皇后乐队、收音机头和地下丝绒最多。听过一遍之后,他摒弃了其他,只听甲壳虫。地下室里终日响彻约翰·列侬的声音。"其他乐队有一句潜台词：现在的生活就是现在的生活。唯独已经和'现在'脱离关系的甲壳虫，让人走进从没经历过的往日时光。"他哼哼着《黄色潜水艇》和《昨日之爱》对我解释。

"从没经历过的往日时光"是一个耐人寻味的概念，一言以蔽之：生不逢时。这和我热爱东欧作曲家不谋而合。我这才知道，我们为何能成为莫逆之交。

吃饱之余，我和他一起在地下室里听甲壳虫。我们的身边再次堆满瓶装啤酒，香烟也换成了走私的万宝路牌。窝在行将报废的筒子楼下面，心照不宣地对瓶喝啤酒，想着外面的一切窃笑，这就是当代寄生虫的快乐生涯。受了那么多罪，可算让我们赶上了。

张彻也曾问我钱是从哪儿来的，我实言相告并坦白了不安的感觉。他吼道："不要不就白不要了吗？"

一连两天，我都在等待动物般女孩的造访。

独自坐在楼上的窗前时，我不禁向斑驳的水泥路尽头眺望。动物般的女孩从未出现，除了张彻，也没人敲响我的房门。贝多芬《第五交响曲》的头四个音被称为"命运的叩门声"，我此刻的心境仿佛是坐在即将上演这部交响曲的舞台下，百无聊赖地翻阅着节目单。

我重新弹起柴可夫斯基为 N. 鲁宾斯坦而写的三重奏，想象着一双动物般的女性眼睛正在冷漠地盯着我。初次与她见面的背景音乐竟然是一支挽歌。此刻房间内的灰尘味儿变得格外明显，这种味道暗示着岁月的流逝。

有些人一经见过，便再也不会出现。就像站在铁路旁边看着缓缓开过的列车，忽然发现车窗里的某一张脸似曾相识，但还没细想，列车早已呼啸而过，一切终成浮光掠影。直到某次午夜梦回中再次见到那张面孔，才会感到元神脱壳般的失落。

时光不能逆转，河水不能向西流淌，列车的车轮不能倒行，人生的遗憾大抵如此。从这个角度说来，刻舟求剑者也许是最勇敢的人，守株待兔者也许是最聪明的人。

我独自下楼，在一层楼梯口听到地下室轰鸣着甲壳虫的《嗨，裘德》。如此迷恋一样东西，必然是在酝酿着什么后果。张彻、我，任何人都是一样。

我沿着水泥路走向师范大学。路边的自行车横七竖八地摆放着，不少车座被雨淋得锈迹斑斑。小区里几乎空无一人，《嗨，裘德》的音乐声一直传出很远，走到了师范大学门口，似乎也未消失。大学生们进进出出，迎着阳光或逆着阳光地传达着两种截然相反的情绪。我到学校门口的一家小卖部买了几包骆驼牌香烟，看看时间已经接近中午，又向食堂走去，想买一份烧茄子、一份排骨和两个馒头作为我们的中午饭。学生们每到此时都饥肠辘辘，吃完饭又会心满意足，生活异常充实。女生们端着浅黄色、浅蓝色，印有卡通人物的塑料饭盒，由于几年如一日的程序而显得很文静。我远远地看到了尹红，她一言不发，和一个女生低着头，默默地走着，脸上和肩头树影斑驳。怎么想也想不出她如何会一链子锁将我的脑袋开了瓢。她有一双圆圆的单眼皮眼睛，一片地包天的下嘴唇，面相清秀，无论怎么看都是人类。

我在食堂买了饭，在橱窗里随便看了几眼社团活动的海报和寻物启事。素食协会将在今晚召开辩论会，讨论吃鸡蛋是否有罪。一个女生丢了西方哲学笔记："望速还，有重谢。"

楼间花园里的老子像被擦得一尘不染，假如没有文字标题，任谁也不会想到这个额头巨大的老人是老子。说是罗丹雕刻的巴尔扎克被穿上了中国古装也有人相信。老子一手伸出，手指蜷成一个半圆，但里面空无一物，总令人感到缺点什么。我曾经用一个啤酒瓶子来填补这一缺憾，将酒瓶子正着插进手的下方，老子如同拎着瓶啤酒边走边喝，如果将酒瓶子反着插进手的上方，就变成了要敲谁脑袋的架势。

我把盛饭的塑料袋扎紧，以免凉了。在转身向筒子楼走去时，忽然想到，这一路连一个动物也没看到。无论是猫、狗、鹞鹰、鸽子，哪怕是一只麻雀都没看到，更别说美洲豹

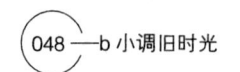

或湾鳄了。即使是城里，怎么会没有一个动物出现呢？以前从未感到诧异，眼下微微有些震撼。

回到筒子楼，上了几段楼梯，拐进楼道里，我在靠门一侧的墙边看到了静止不动却又酷似动物的女性身影。

楼道纵深狭长，光线应该暗得可以，七八米之外能辨出男女就算不错，但我明明感到她如同某只动物靠在墙上。她半弯着腰，一条腿向前伸出半米，两手插在兜里，耸着肩膀。这种姿势，很多不拘小节的女性等人时都会摆出来。看到我走过来，她嗖地转过头，盖住脖颈的短发像只开一秒的花一样绽开又收拢。她目光明亮而又冷漠，仿佛天生的无可期待、无可怀念一般。

"如约而到。"她说。

"确实没说好什么时候来。"我说，"所以就是夜里踢门也算如约而到。"

她侧身闪开，让我掏出钥匙开门。进门后，我把饭放到没有抽斗的木桌子上问："还没吃饭？"

"没吃。从那天你走后就没吃。"

"别说得那么可怜，你可给了我三千块呢。"

"确实没吃。"她声音不大，但一口咬定。

"那吃，那吃。"我拿出一个馒头给她，把饭盒摊开放好，又拉过两把椅子。说得这么不苟言笑,看来是真想开玩笑,我还没见过谁两天没吃饭还能照常行走的。

我更没见过谁两天没吃饭,见到食物还这么冷静的。她简直像履行任务一般小口咬着馒头,用筷子夹排骨吃。吃得不紧不慢,无动于衷,而且只吃了一个馒头就停手了,菜基本没动。

"是专程来听弹琴的?我随时可以弹。"

"你先吃饭,我不着急,反正随时可以听。"

听别人弹琴还"随时可以听",我只好说:"我也随时可以弹。"说罢也吃起来。

"你这儿有什么酒?"

"只有啤酒,瓶装的,而且不多。"我想起她无限量畅饮烈酒的模样。她已经从地上捡起一瓶啤酒,找到起子打开,把酒倒进杯子里咕咚喝了一口,随即又问:"有烟吗?"

"你还抽烟呢?"我把刚买的骆驼烟拆封,递给她,"劲儿有点大,估计女生抽不惯。"

她无所表示地唔了一声,从兜里拿出火柴点上。我看看放在桌上的火柴盒,是一家高级宾馆套房里提供的蜡杆火柴。用这种火柴的点烟人,无缘无故给人三千块钱固然荒诞,但也不是没有可能。我拿起火柴盒端详了一会儿,发现上面写的宾馆位于云南昆明。

我问她:"你是云南人?"

她微仰着头吐烟,头也没转:"不是。"

"最近去过云南?"

"倒是。"

"就这两天?"

"对。"

"在云南什么东西也没吃?在飞机上也没吃?"

"没吃。"

我不想问了。她一口一口有条不紊地把烟抽到根部,我也草草吃完了饭。暴饮暴食之后,好了伤疤忘了疼,我的食欲反而又变小了。她把烟按到用作烟灰缸的酸奶杯里捻灭,在细长的大腿上蹭蹭手,从兜里拿出一块折叠得整整齐齐的布来。布展开之后,原来是一幅长约一尺的蜡染,她双手举着布,按到钢琴对面的墙上比了比。

"干吗?"

"墙上什么东西也没有么?"她说。

我听任她从桌子里找了两个图钉,把蜡染钉在墙上。这表示她从此以后会经常来这里也未可知。蜡染的图案抽象迷离,看不出是什么东西。她钉好蜡染之后,歪着头端详了一会儿,然后转过头来看着我,一言不发。

"我抽根烟,就开始弹吧。"我也抖出一根烟点上,透过淡蓝色的烟雾看着她。屋外的阳光温暖而强烈,照在屋里的部分如同晶体般具有质感。烟雾灰尘善于反射蓝色光谱,因此烟雾呈淡蓝色。

一个姑娘抱着双臂站在木地板上,一侧是明亮的木窗,背后是白灰墙面,一动不动,面无表情。其自身的鲜活与陈旧的背景形成反差,如同文学杂志封二经常刊登的油画。题目大多是:《秋韵》《阳光》或《青春》。

我们之间只有夹烟的手指与烟雾是动态存在。在这种默默无声的站立中,一瞬间晃过了几十年,也大有可能。假如不能判断出她像哪种动物,那么或许能够找出她与"人"这种东西的差异。抽烟的时候,我尝试做这个角度的努力。但烟抽完时,以失败告终。

"想听什么?"我坐到星海牌钢琴边,打开琴盖问她。十秒钟之后没听到答复,我便自己弹起来。从柴可夫斯基弹起,先是钢琴曲《四季》,然后是《第二钢琴协奏曲》中的某一部分,接着是肖邦的两首夜曲,之后挑战了拉赫玛尼诺夫暴风骤雨一般的《帕格尼尼主题变奏曲》。由于最后一首曲目难度太大,其间出现了两次失误。

弹琴的时候,我不知道她是否还在蜡染壁挂下方静立。也许她找了个地方坐下,也许像来时在门口那样靠着墙。她是否又喝了啤酒或者抽了烟，也不清楚。更有甚者，她是否悄悄溜出门去上厕所，我也未曾察觉。

弹完这一轮曲目，阳光已经没那么明亮，窗外出现了橘黄色光线。我头也不回地拿出一根烟点上，休息休息手指，抽完烟开始弹奏第二轮。这一次的曲目有斯美塔那、德彪西将《天鹅湖》改编而成的钢琴曲和俄罗斯"强力五人组"的某些作品。我的眼睛一直盯着键盘上的手指，时间久了竟感觉手指在自行弹奏。最后一曲终了，我才发现琴键几乎看不清楚了。抬起头来，已近黄昏，窗子右侧出现大片大片的如同泼墨染就的红色，晚霞如血。

这就是动物般的女孩将手搭在我肩上时窗外的景色。此后的几年里我再也没见过色泽和血那样相似的晚霞，直到通常意义所谓的"生命"终结以后，这一景色才再次重现。

下面的事情无不与"动物"这一具体感觉发生隐约关联。我停止弹琴，一阵头晕眼花，但还是感到肩膀上多了一只手。我也把手伸到肩膀上，按住了她的手，随即和她的手握在一起。我想站起来抱她，无奈两腿发软。她不作一声地坐到我腿上，和我接吻。对于接吻这个行为，我一向习惯于做技术化的分类处理：有唇与唇相触的、唇与舌头相触的，还有舌头与舌头相触的；各种技术的应用要根据时间、场合、对象做进一步区分，比如说与女孩的头三次接吻不会涉及舌头，一般女孩除去做爱时不会接受纯粹的舌吻。但这次接吻摆脱了技术的束缚，接吻就是接吻，接过之后，究竟是哪些部位相触我全无印象。最强烈的感受是和人类不可能完成这样的接吻，感觉自然美妙无比。

我喘了两口气，从弹琴的疲倦中恢复过来，一把把她抱住，搬到床上。再次接吻、将外衣解开之后，我忽然停住，对她说："有两个问题要解决一下。"

第一个问题是我需要站起来，到窗边拉上窗帘。但看到浓墨重彩的夕阳景色，我放弃了这个念头。享受景色的条件是甘当景色的一部分，而为了做爱这件需要良好气氛的事情，我愿意做这个交换。她也全无异议，大概不谋而合。

"第二个问题，需要你的配合才能解决。"我说，"你叫什么？"

"没名字。"她用肘侧着撑起上身说。

"不可能。"

"没必要。"

"你是说有名字没必要还是告诉我名字没必要。"

"你觉得这两者哪个有必要？"

"还挺有必要的，做着踏实，就像古代名将经常说的那样：刀下不斩无名之鬼。"

"那就叫、叫、叫林素算了。"

"林素?"

"对,对。"

我将信将疑,但也只好不再多说。但我重新趴到她身上,吻着她的脖颈时,她却也说:"我也有一个问题。"

"什么问题?对对,我叫小马,如果你在这时候叫我'铁鸡鸡阿童木'可能更有助于调动气氛,当然我也可以给你起个艺名叫'大咪咪桃乐斯'。"

"不是这个问题。"

我有点失落:"那是什么?"

"跟你没关系,是我自己要调整一下。"

我爬起来,坐在床边看着她。她躺在床上,呆呆地盯住天花板。

"怎么了?"我说,"以前没干过?"

她看到我笑也无动于衷:"没在秋天试过。"

"不会吧,秋天不冷不热,多合适——"

"确实没有。"她也笑了,"不过现在调整好了。"

"这事儿还要调整?"我嘟囔着俯下去吻她。我本来都要偃旗息鼓了,但旋即又被动物般的气息激发了动力,气喘吁吁的。

外衣衬衫,扣了从前面找,胸罩的扣子在后面,大多数人类的都是这样，她也不例外。但解开胸罩后，我看到了大多数人类都不具备的特点：乳房上布满了褶子，好像放了一个多月的苹果。

看到这个奇观，我目瞪口呆。她闭着眼，毫无察觉。褶子有深有浅，但都确实存在，密密麻麻地爬满了乳房，有些地方平行分布，有些地方纵横交错。乳房顶部的乳头毫无异样，小巧、鲜红。乳房之外的部分也堪称精彩：皮肤白皙、腰肢柔软，锁骨随着呼吸颤动，楚楚动人。

犹豫了一下，我还是脱光了她和自己的衣服，很快就忘记了乳房的问题，被前所未有的激情冲昏了。只有动物到了等待了一年的交配期才会如此快乐，我仿佛置身在西伯利亚积雪厚达一米的树林，赤身裸体，忘我投入。能够这样的不可能是人类。

如果我没爱上她，也不可能这样。

理想

在未来的道路上消失了

天已经彻底黑了,窗外透进来的是对面楼房和路灯的灯光。我躺在她身旁,如同躺在昏暗的混沌之中。我点上一根烟,也递给她一根,静静地看着两个烟头忽明忽暗。轻烟也不再显现出蓝色,而是几乎看不见,就像一缕一缕密度不同的气体。

张彻来敲过我的门,我没出声,她也没说话。敲了一会儿,他吹着口哨下楼去了。片刻,底下隐隐传来甲壳虫乐队的乐声。

"今天晚上不走了吧?"我问她。

"随便。"

"那就别走啦。"我说着坐起来,打开一瓶啤酒喝。一箱啤酒二十四瓶,还剩五瓶,明天再去买新的。这个时候我也饿了，但她若无其事地躺着，似乎非常疲倦又绝口不提吃饭的事，让人隐隐想到去云南却没吃饭的事儿是真的。

又躺了二十分钟，她终于站起来，两手撑在窗台上，看着窗外的灯光。天上的星星亮了，好像地上的街灯，地上的街灯明了，好像天上的星星。她手臂纤细，躯干富有弹性，脸部曲线柔和，发梢微微颤动，在窗前犹如一尊完美的雕像。乳房的形状和大小也恰到好处，在暗处无论如何也无法让人相信布满褶子。古代的维纳斯雕像被断掉两臂，据说是因为"残缺"更能使美扣人心弦。同理，她的乳房也可以被称作：维纳斯之乳。

我忽然想起了什么，在暗处猛然叫："林素。"

她没有反应。我又叫了一声，她才如有所悟般地回过头来说："干吗？"

看来她没告诉我真名。但她真的没有名字，我也不会惊讶，这姑娘的一切都很诡异，只好权且称其为动物般的女孩。我说："晚上吃什么？"

"什么都行。"

"那吃饭吧，你不饿么？"

我穿上衣服，在琴键上随便按了两下，等她收拾停当，便一起出门。到了一楼，我让她等一会儿，独自下地下室去找张彻。好不容易在音乐声中敲开了门，满屋子的烟直呛嗓子。张彻把两个装满尿液的啤酒瓶子往外拎，老流氓消失后，他把脸盆都扔了，但自己也懒得上公共厕所，便用起了这玩意儿。小便时对准那么小的瓶口大概不是一件容易的事情，不过熟能生巧，他很快就做到了，还向我表演过，一边尿得滴水不漏，一边背诵了两句古文《卖油翁》中的句子。但尿完的酒瓶子放在屋里，很容易和喝剩下的啤酒混淆，吃过两次亏以后，他才养成了把瓶子整齐地排列在门口的习惯。

"你跑哪儿去了？中午差点儿把我给饿死。"

"到图书馆找两本书看，忘了给你留纸条了。"我说。

我们走上地面，我快跑两步，去找动物般的女孩。但她已经不在那里，我又走出楼道，到附近看了两眼，也没她的影子。张彻跟上来说："找什么呢？"

"好像没带钱包。"我说着跑上楼去，回到我住的那层楼，走廊里空无一人。我默默站了会儿，忐忑不安。

回到楼下，我只得和张彻往师范大学门口的小饭馆走去。一路上，我四下寻觅。这个小区不大，又没有什么障碍物，除了楼就是路，如果她无心躲藏，一定会被我看到。但一路上也没发现踪迹，我心神不宁地来到了饭馆。

"明天陪我买个吉他，学生里头有没有卖二手'红棉'的？"张彻一边点着肉丝肉片一边说。

"你买它干吗？"我说着，仍不时往外瞟着。

"我要学弹甲壳虫。"张彻郑重地说,"学吉他,然后找人组乐队,哥们儿也要当艺术家了。"

"够牛×的。"我敷衍一句。一个决心无所事事的人除了当艺术家似乎也没什么更好的借口了。

"哥们儿真是当真了啊。"他感叹般地强调说,然后看了看我的脸,"老寻摸什么呢?外面有熟人?"

"没有。"我说着给自己倒啤酒。

"还说没有?"他说。

我身边人影一闪,坐下一个人来,动物般的女孩不知何时出现了。张彻对她点点头,又冲我们俩做出夸张的"心照不宣"的微笑。

"你干吗去了?"我呼出一口气问她。

"想在那几幢楼之间绕一圈,没想到走丢了,碰巧在这儿看见你们俩。"

我绝没有怀疑她的想法,只不过感到她没说真话。

当天晚上,我们回到住处。这一次我把她放到钢琴的键盘盖上,自己跪在椅子上,从下面搂住她,脸深埋入她的脖颈之间。屋里一片蓝黑墨水瓶般的幽暗,远处灯光闪闪,不时有夜航飞机驶过。风吹动白杨树的影子,无声摇曳。此时我已经不再将她的乳房视为小小的障碍,反而感到那是造物主的神来之笔。假如不是这样一个动物般的女孩，这种感觉是无法想象的，"维纳斯之乳"正式显现出了惊世骇俗之美。

据说小约翰·施特劳斯被灵感击中，在衬衫上记下了《蓝色多瑙河》的乐谱。我突然涌起冲动，极想掀开键盘盖，弹出一首《乳房波尔卡》。乐谱可以记在她的乳房上，褶子是现成的五线谱。

能够正视如此这般的乳房之后，我也可以与她就此进行交流了。我让她坐在钢琴上不动，自己也坐了上去。我问她："你没在意过自己的乳房吗？"

"遗传病。"她像陈述"一瓶可口可乐有五百毫升"之类的事实那样说道，一边说一边点上根烟。轻烟顺着发梢缓缓升起。

"也就是说，你们家的女性都是这样？你们可以被称为皱乳家族？"

"不是。特点不一，并不一定表现在乳房上。在乳房上还算幸运的，除了不能做内衣广告以外没有影响。还有人长在脸上，那就比较可怕了，每天早晨都要做一次拉皮手术，晚上又会复原。"

我尽力想象脸上布满皱纹的漂亮姑娘的形象，但没法使想象和真人挂上钩。其效果大概类似于将印有明星玉照的杂志封面揉得皱皱的。

我又担心这样的讨论会使她不愉快,但也没法收回,只能说了两句"人无完人""瑕不掩瑜"之类的套话。

她轻轻一笑表示毫不在意。

那天晚上入睡之前,我们还在不停地接吻,耳鬓厮磨。

第二天早上,我们刚穿好衣服,梳洗完毕,张彻就在外面一边敲门,一边吆喝:"把不该露出来的东西收起来啊!"

我用一件 T 恤衫把脸罩住,脱下裤子屁股冲着门,反手打开门锁:"不该看的一件都不能让你看见。"

张彻一定对着我的屁股彬彬有礼地微笑:"一夜没见,面色挺好。"

我撅着屁股乱扭,不让他进屋。直到他掏出烟来说"您一定得抽一根",我才提上裤子跑开。

动物般的女孩笑得不行。我点点剩下的钱,还有不到一千。给张彻买完吉他,大概还能维持一个星期的生计,那就一个星期后再做打算也不迟。

我们步行到师范大学相邻的一条街上吃了肯德基的早餐,然后回到师范大学,找即将毕业的学生买吉他。挑了几个,终于挑中了一个物理系学生的蜻蜓牌。1999 年出厂,琴身没有一处划痕,唯一的缺点是音不准。由于不会调音,那家伙从买来就没怎么弹过——也正因此,琴和新的一样。我们给了他三百块钱,又让他把一本《吉他入门》算作附赠品。书自然也是新的。

"那厮天生就不是学乐器的料。"拎着吉他回来以后,我对张彻说,"连音也听不准,当然调不好。"

"一看就是假装行吟诗人长一脸青春痘还不管那叫青春痘愣叫'沧桑'的傻主儿。"

张彻这么刻薄地讽刺人家,孰料他也是个音盲。他喜气洋洋地背着吉他回去,我把音调好,让他照着教材练:"弹拨乐器我也不会,不过知道应该先识谱。"

"你是说这些黑色的小精子?"

"我小时候学琴的时候,老师告诉我,它们是小蝌蚪。"

"我小时候上生理卫生课的时候,老师告诉我,精子就像蝌蚪一样。"音符等于蝌蚪等于精子。我说:"随便理解吧。"然后给他详细讲了一遍五线谱的规则,也就是小精子爬梯子。

讲完之后,我让他在吉他上找出标准音"la",他顺利弹了出来。我弹出一个"so",问他:"听得出区别么?"

"听不出来。"

我又弹出一个低得多的"do",问他:"这次呢?"

他茫然地摇着头:"听不出。"

我苦笑一声,看来这把吉他要一直新下去了。我没见过对音高这样不敏感的人,但也不忍心打击他。毕竟从理论上来说，长着此类耳朵却能练出一手好琴的可能性也不是没有，贝多芬中年之后还是个聋子呢。但以常理判断，他会在最长一个星期后放弃征服六根琴弦的努力。

从当天起，我和动物般的女孩或者在房间里弹琴，或者到街上闲逛，张彻则把自己封闭在地下室，一门心思追随约翰·列侬的伟大足迹。他练一会儿琴，听一会儿音乐，再练一会儿，再听一会儿，周而复始，可以持续十几个小时，直到我们给他带饭过去才告一段落。他吃饭的时候也是左手拿着汉堡或三明治，右手练习指法。如此努力，成果却基本是零。一个星期下来，他连八度音节都不能弹下来。

张彻不仅听音能力一塌糊涂，而且手指的协调性也有问题。对于他这个身手矫健的人，这倒难以想象。他可以坐在飞驰的自行车上，稳、狠地用链子锁击中某人的头顶，百万军中取上将首级如探囊取物，却死活无法将五根手指合理地运用在琴弦上。不是按错弦，就是按不到弦，情急之下，他还会整个手掌在琴上一阵乱抓，好像要碾死一只老鼠。

青蛙用长着肉蹼的手掌弹琴，大概也就这个效果。发出的也不再是吉他的声音，甚至完全就不是弹拨乐器的音色。

对于这种情况，只能理解为上帝不允许他弹琴，或者他上辈子曾以回收销毁破旧吉他为业，所以这辈子吉他与他为敌。

他却不为所动,相信有志者事竟成,下定决心和吉他较上了劲,还预备四处拜师。

"哥们儿以前没理想,现在有了,那就是当一摇滚艺术家。"

一个耳朵和手指对于音乐来说基本是残废的人居然确立这种理想,确实也可歌可泣。

一个星期过去,张彻更加废寝忘食,完全变成了所谓的琴痴,并在意识形态里正式将约翰·列侬推到了神学的高度。徒劳无功的练琴之余,他会背上蜻蜓牌吉他,流窜于师范大学西面的平房区。

那片平房里,居住着一些自诩为摇滚艺术家的闲杂人员,靠在酒吧街弹琴唱歌维持生计。此类社会贤达,生活内容倒也简单,白天练琴,晚上到酒吧演出,等待被唱片公司相中:一贫如洗,潦倒不堪。据说也有几个被音乐制作人叫到公司去当过伴奏,甚至还有混出点名气来的。但幸运者总是少数,而且一旦有人获得这种机会,马上就会被圈里人鄙斥。

"傻×一个,根本不是西方学院派的路子。除了媚俗之外没别的长处,要不怎么能被唱片公司看上?"

盼着被"发掘",一旦被"发掘"了又立刻变成傻×,这大概是中国地下摇滚界特有的悖论。

不过这些平房里的社会贤达也不是完全浪费粮食,他们对社会还有一些贡献,就是协助派出所破案。一旦发生丢自行车、家庭主妇钱包被抢、打工妹被强奸之类的案件,警察就会把他们请过去。熟门熟路的,他们进屋就打招呼:"政府,您好。"

警察也很和颜悦色,对他们说:"来啦?那边儿请吧。"

他们便大模大样地走到墙根儿,解下裤腰带递给警察,抱头蹲下。双方开始就最近的治安情况进行探讨。警察一般会问:"某天下午,你在哪儿混着呢?"

"不要说混,"摇滚艺术家说,"我当然在搞艺术。"

"时间地点。"

"一点到五点,在屋里练琴。"

"真的假的?那包子铺的小姑娘让谁×啦?那你们对门老太太的三轮车让谁撬啦?""政府,我真练琴呢。"

"口说无凭,你们先在这儿交流交流,一会儿人到齐了就知道啦。"于是蹲在墙根儿的艺术家就叽叽喳喳地讨论艺术,搞金属的骂搞朋克的是傻×,搞朋克的骂搞金属的是傻×,大家一起骂和唱片公司签了约的是傻×。骂了一会儿,平房里的全体艺术家陆陆续续地到齐,几乎占了北京摇滚界的半壁江山。蹲得长了,未免有人提出要求:

"政府，我想拉屎。"

警察说："你瞧，心虚了吧。"

"不是，纯粹是蹲的，蹲久了肚子里的东西往下坠，绷不住劲儿。"

"那快去。"

去之前，还要把鞋带解下来。摇滚艺术家提着裤子、趿拉着鞋去拉，拉完了未免又动了点儿心思，妄图像鸭子一样一摇一摇地溜掉。谁想到警察早料到这一招，守在厕所拐角："想跑？自绝于人民。"

"不是"，艺术家解释说，"我拉完才发现没带手纸，想回去拿。"

"不用擦了，反正裤子都穿上了，回去接着蹲着吧。"

蹲得差不多每个人都拉了一泡，事主才被警察带过来指认，这确实是一个类似于摸彩票的过程。摇滚艺术家清一色是脏兮兮的长头发，两三个月没洗过，如同脑袋上顶了一团墩布；浑身又脏又臭，好像一条癞狗。事主往往看了几遍，也看不出，摇滚艺术家则在乱叫："大姐，强奸您的真不是我。"

"大姐，您要真想指认我，就把我算成偷自行车的算了，我赔您一辆自行车。指认我强奸我能赔您什么？贞操能赔吗？"

"大姐,您好歹也算当上回原告了,够牛×了,牛×牛×算了,别连条生路也不给兄弟们留啊。"

事主被搅得晕头转向,只好随便指出一两个完事。被指出来的大叫冤枉,但也无法,跟着警察上分局。没被指出来的胡乱领条裤腰带,被打发回家。临走警察还说:"谢谢合作破案啊。"

摇滚艺术家边走边说:"见天的把我们叫来开会,干脆把这里改成文联下属机构算了。"

张彻背着蜻蜓牌吉他到平房区拜师学艺,如果直奔派出所等着,绝对可以把吉他高手一网打尽。无奈他不知道这个窍门,而且万一进了派出所,也会被警察扣下。他只好顺着胡同,一间一间地找过去。

只要一听到琴声,他就凑过去敲门,门一开,他也不搭话,直接鞠躬:"大师,您教教我!"

一般百无聊赖,都会好为人师,何况人家开口就叫"大师",可摇滚艺术家偏不如此,他们无聊的时候喜欢搞党派斗争。张彻还没抬起头来目睹尊荣,就被劈头一句问道:"你是搞金属的,还是搞朋克的?"

这个二选一,很难作答,不知道怎么才能投其所好。刚开始,张彻实话实说:"不知道啥叫金属啥叫朋克,我是搞甲壳虫的。"

"也就是 Beatles 对吧？香港那边翻译成披头士对吧？"对方立刻显得很懂的样子。

"对对，听您一说真长见识。"张彻拍马屁。

孰料对方却道："滚吧。"

"为啥滚？"

"都他妈什么年头的玩意儿了，别出来丢人现眼。你丫太幼稚！"

听到人家这样说约翰·列侬，张彻自然有点不乐意，但对大师也不好说什么，他只好说："那您教我点儿深的。"

对方又绕回问题的起始点："那你先说，金属和朋克，你支持哪个？"

事到如今，张彻只好蒙一个"金属万岁！"或者"朋克万岁！"既然是蒙的，总不免有错的时候。假如他说金属，不幸对方又是搞朋克的，或者他说朋克，不幸对方又是搞金属的，立刻会被一通大骂："你丫这傻×，懂他妈什么叫摇滚乐么？屎壳郎卜马路——假装小吉普，屎壳郎坐飞机——臭气熏天，摇滚乐就毁在你们丫这帮狗×的手里啦！"

不仅要骂，还要动手，很多大师看到张彻是个并不凶悍的小年轻，都情不自禁地抄起酒瓶子、折叠椅、半块砖头向他乱打一气："为了中国摇滚，我跟你拼啦！"

刚开始,张彻还看在艺术的面子上,也不还手,一边躲闪一边说:"大师,您息怒!"后来那帮孙子给脸不要脸,越打越凶,他只好翻脸,从自行车筐里抄起链子锁,一个旱地拔葱,跳起两尺多高,一家伙敲在对方天灵盖上,致使其口吐白沫,歪在门框上两脚抽搐。

打完以后,张彻推车就跑,再去寻找下一个大师。但下一个大师也逼他回答"金属还是朋克"这个二选一的问题。

后来张彻发现,即使答对了,他蒙的答案和大师所属的流派一致,也于事无补。比如说他回答"金属万岁",正好大师也是搞金属的,本以为可以拜师了,大师却会进一步细化问题:"你也是搞金属的?那咱们也未必见得是同志。你是搞重金属、速度金属,还是死亡金属的?"

如果答错了,还是连骂带打,为了中国摇滚拼了,最后张彻只好再把这位也打得口吐白沫。这样看来,他的师是拜不成了。不过也是天作巧合,他歪打误撞,把精神病患者黑哥领了回来。

当时他已经快要转完那片平房,打了接近二十个摇滚艺术家,正要心灰意冷,打道回府,却听到胡同口还有一个弹琴的。反正已经转到这儿了,就算不成,无非也是一链子锁的事儿。于是他跑过去拍开那扇龇牙咧嘴的木门:"大师,您问吧!"

里面走出一个黑得像非洲人、头发脏得像涂了猪油、白眼球占据眼眶十分之九的家伙。那家伙看看张彻，迷惘地说："你让我问？问什么？"

张彻没想到这位没有问题，反而不知如何是好了，他顺嘴说："您想问什么就问呗。"

那家伙便问："安眠药、刀片还是麻绳儿？"

安眠药、刀片还是麻绳儿？这就是黑哥向张彻提出的问题。问得没有来由，自然也就无从答起。后来黑哥和我们混在一起，经常会问出此类选项组，比如说：电门、氰化钠还是钻头？京广大厦、昆明湖还是永定河？生鸦片、金镏子还是五四手枪？无论他怎么问，都是没法回答的问题。

当时张彻找不着北，问黑哥："问这些干吗？"

黑哥高深地说："我自有用处。"

张彻想了想，黑哥所说的那三样东西，其共同作用大概只有两个：杀人或自杀。而无论是哪种用途，都不大好乱出主意。他问黑哥："你要干吗？"

黑哥郑重地说："要自杀。自杀嘛，就是自己把自己弄死。"

张彻说："这个我知道。但你为什么自杀呢？"

黑哥说："多简单，活腻歪了呗。"

张彻说:"那你为什么活腻歪了呢?"

黑哥说:"更简单,活着活着就腻歪了呗,活了这么多年,当然有可能活腻歪了。"

张彻说:"这个问题还是很复杂,怎么就活腻歪了呢?"

黑哥回头望望,如同望着往日时光:"大概过去的每一秒钟都在酝酿这个结果,而究竟怎么酝酿的大概很难说清楚,我只能牢牢记住结果而已。"

张彻说:"那你是从什么时候有了这种想法的呢?"

黑哥说:"不知道。总有几年了吧。"

张彻说:"连什么时候开始想自杀都不知道,你这自杀也太糊里糊涂了吧?"

黑哥说:"就是嘛!我也觉得糊里糊涂,而且一直都没想好,究竟怎么自杀呢?比如说我屋里只有这三样东西好用:安眠药、刀片和麻绳儿。究竟用哪种好呢?我选来选去,也拿不定主意。你给帮忙出出主意。"

张彻说:"这三样东西,你琢磨多久了?"

黑哥说:"怎么也有五六天了吧。"

张彻说:"看来你并不急着死?"

黑哥说:"倒是也不太着急,又不是赶火车嘛。不过自杀还是得自杀的。"

张彻说:"既然不着急,咱们还是再琢磨琢磨吧。"

黑哥说："可不是！自杀可是人生大事，一辈子就一回，不像结婚什么的，一次不行还有第二次。所以自杀可得一定选好方式，否则后悔都来不及。"

张彻说："那既然不着急，你帮我个忙行么？"

黑哥说："干什么？"

张彻说："你会弹吉他？"

黑哥说："那自然。"他把张彻让到屋里，屋里一片霉菌肆虐的味道，桌上摆着一把吉他、一瓶安眠药、一个剃须刀片和一根麻绳。看来他刚才正在一边弹吉他，一边看着三样道具，反复考虑应该用哪一件。

张彻说："您空有一身好手艺，就这么死了岂不可惜？我倒不是不同意您自杀，我是想，您如果死之前把手艺传给我，岂不也算对后人有点儿贡献？"

黑哥说："无所谓，教你就教你。不过有两条——"

张彻说："金属还是朋克？"

黑哥说："我都不想活的人了，还会在乎那套虚头巴脑的吗？我是说，第一，如果我想好了怎么死，立刻就得去死，你别拦着我。"

张彻说："绝不拦，我还帮着你。"

黑哥说："不用不用，那就是他杀了，不算自杀。我对自杀要求很严格的，必须保证品质，毕竟是那么重要的事，一辈子只有一回嘛——"

张彻说："那第二件呢？"

黑哥说："在决定死法之前，我没钱吃饭了。我已经排除了饿死这种死法——"

张彻说："这个没问题，我虽然也没钱，可我有一哥们儿；我哥们儿虽然也没钱，可他有个有钱的情人——"

黑哥立刻拎起吉他，把安眠药、刀片和麻绳等杂物放进破烂帆布包："咱们走人。"

就这样，张彻和黑哥回到地下室和我们见面。见面以后，黑哥劈头盖脸便问我："安眠药、刀片还是麻绳儿？"

我只好说："都不合适都不合适。"

黑哥说："那你说什么合适？"

我说："人死有的轻如鸿毛，有的重如泰山，我自己的看法是，总得死得轰轰烈烈点吧？我觉得抱着一颗核弹头，飞到某个大城市，轰的一声化成齑粉，如此死法最壮烈不过，可谓死得其所。"

黑哥说："我到哪儿去找核弹头？找到了人家也不发射。这种死法的前提是打起核大战，缺乏实际的可操作性。"

我已经看出黑哥眼神木讷，表情僵硬，是个精神有毛病的人士，便也不再逗他。黑哥却认真地唠唠叨叨："而且你说的这种机会，千载难逢，很可能我都已经自然死亡了，还是没赶上。这不就自杀失败了吗？什么事情都要在理想性和可行性之间取得恰当的结合，此法实在不足取。我还是回到既有的思路上来：到底是安眠药、刀片还是麻绳儿？我排除了近两百个选择，只剩下这三个，但又难以取舍。"

他转向动物般的女孩："你说呢，哪个好？"

动物般的女孩说："你哪个都用不着。"

黑哥说："什么意思？你怀疑我不敢死？"

动物般的女孩说："不是，我知道你确实想死，不过用不着就是用不着。"

黑哥不得其解，动物般的女孩也不再说，兀自点上了一根烟。我又拿出老论调："想不明白的问题就先搁着吧，这是希腊先哲教给我们的。"

黑哥说："反正早晚得自杀，搁着就搁着好了。"

动物般的女孩说："反正早晚难逃一死。"

暂时摆脱了这个死结般的问题，黑哥拿起吉他弹了起来。那确实把我吓了一跳，因为他的技艺实在精湛。虽然不会弹吉他，但我可以确定，在我所听过的吉他手里，没有一个比他弹得好。通常所谓高手，对待吉他可以像庖丁对待一条鱼一样，但黑哥不存在"对待吉他"的问题，吉他变成了他手的一部分。通常高手和他的差距就像我和鲁宾斯坦在弹钢琴上的差距一样，那是不可能以人力飞跃的鸿沟。

我瞠目结舌，张彻大概听不出来，动物般的女孩无动于衷。我认为，黑哥完成了技艺上"人力"与"神力"的跨越，只有一个原因，就是他真的活腻歪了。万念俱灰之下，天人合一。

而我还认为，人之所以会选择一死，大概是看到理想世界在未来的道路上消失了。内心变成灰烬，手上却因此弹奏出天籁般的声响，音乐与生活不可兼得。黑哥的幸运与不幸都在于此。即使张彻崇拜的约翰·列侬没有死于意外，他也终有一天会选择自戕，因为约翰·列侬的理想世界已经被现实彻底否定了。

约翰·列侬的幸运与不幸也在于，他还没来得及走到那一步，就在1969年被发疯的歌迷用手枪击中了胸膛。

神秘

那个男人长了一张沉默脸

心如死灰的黑哥在地下室教张彻练琴。黑哥作为一个老师的好处，在于他对任何事物都没有"希望"或"失望"一类的感情，因此即使张彻弹得一团狗屁，他也不会烦躁。

"再练练，再练练。"做过示范后，他只会说这一句。其他时间，他继续看着安眠药、刀片和麻绳发呆。而这三者用在自杀上究竟有什么本质上的区别，我永远也无法理解。也许正因为没有本质区别可言，黑哥才会长久踌躇不定。

在此期间，我们再次迫切需要一般等价物——钱。

卑贱是卑贱者的通行证，高尚是高尚者的墓志铭。卑贱与高尚之间的界线，聪明人也搞不清楚，不过傻子都知道一般等价物是这个世界上的通行证，如果没有它，剩下的只有墓志铭。

长久以来，我一直隐隐感到，眼下的生存环境并不是久留之地。我无法也无心融入其中，相信自己终有一天会远走高飞。至于离开这里去哪儿，却模糊不清：希望是到柴可夫斯基音乐学院学钢琴。

认为自己不属于当下，却不知从何处而来；一心想要逃离现状却不知该向何处去，就像一个捡来的孩子，我与外部世界之间隔着一堵无形之墙。

动物般的女孩大概是我的同路人，她的行为举止充满诡异、暧昧不清，却能以空洞的眼神穿透我的心扉，使我感到两滴水溶合在一起般的同质性。

我盘算着，假如与她一同远走高飞，需要多少一般等价物作为保障呢？那大概不是一个小数目。具体多少我也无法估算，但蝼蚁一般的白领一年的工资肯定不够。

归根结底，还是一般等价物的问题。无论你的想法有多少，无论你的感觉有多微妙，无论你的处境有多荒诞，那些复杂的东西全都不起作用，起作用的只有一个：有或没有一般等价物。

花光了一般等价物，又无法为别人提供无差别人类劳动，脑子里想的一切都是扯淡。这段时间，不要提柴可夫斯基音乐学院、横亘欧亚大陆的火车旅行和靠着厚砖墙静看莫斯科的雪景了，我们的吃饭都成了问题。三千块钱像自来水一样从手缝间淌走，我、张彻和黑哥本就一贫如洗，动物般的女孩当初出手大方，但和我在一起后，我发现她身上一分钱也没有。

没有来历、没有住处、没有名字也没有钱的姑娘，是如何生长发育到这般年纪，无论如何也是个谜。虽然她可以变戏法般地搞到厚厚一沓纸币。

"也许你实际上是一女大款，要不就是某大款的女儿或姘头，逃出封建家庭，追求理想爱情——这么猜想是不是太老套了啊？"我叼着都宝香烟恋恋不舍地嘬着，对她说。

她也拿着半支都宝香烟，不置可否，一心一意地抽着烟，仿佛在进行一项高技术作业。

"或者你干脆是个仙女，就像黄梅戏里的那种，私自下凡，留恋人间繁华乐不知返，连累我跟着一块儿遭天谴——也特别老套吧？"我笑道。

她吐出一口烟："你那么想探我的底？"

"没那个意思，说着玩儿嘛。"

"你要是想不明白，就照你说的那样理解算了，反正你怎么理解我也无所谓。"

"实在没辙的话，也只能这样。"我说，"否则你让我怎么理解你的来历？"我忽然想到奥黛丽·赫本演的《罗马假日》。那电影的情节实在是假得不能再假，不过赫本近乎不真实的美与之相得益彰。每当看到赫本的黑白海报,我都会蓦然想起小时在动物园看到的鹿的形象。但眼前的女孩并不像鹿,而像一切动物。

"咱们又没钱了,"她轻轻把烟头扔进可乐罐子说,"再去弄点儿吧。"

"你瞧,还想隐瞒自己的出身?"我说,"说得那么轻松。不过按照传统剧情,我是不是也应该表现自己是一个有志青年啊?否则你怎么会爱上我——不,我不能用你的钱,我有一双勤劳的手,我要劳动!"

"别逗了行不行?今天晚上跟我出门。"

我不再开玩笑,换成正经八百的语气说:"其实我好好找找,也能找到弹琴的地方,你依靠我一回行么?"

"不是谁依靠谁的问题,而是谁弄钱更方便的问题。"她说。

我放松语气:"既然你那么仗义,我只能被你说服了。"

晚上,空气湿润,仿佛酝酿着小雨,我和她穿好衣服走到楼下。黑哥在地下室里铿铿锵锵地弹琴,我把两包方便面放到张彻的自行车筐里。"你听得出来,黑哥的技巧是不是非同一般?"她问我。

"简直不是凡人弹的,那是一双魔手。大概只有活腻歪的人才能达到这种水平。"我说。

"也有这种情况。"不知她指的是魔手还是活腻歪了，因此技巧高超。

我们并肩而行，向初次相遇的酒吧街走去。她把手深深插进兜里，我搂住她的肩膀，感到她头发飘动轻拂着我的脖颈。猛然之间，我紧紧搂住她，几乎把她挤进胸膛，但两人都没说话，调整好脚步后继续走路。

到了酒吧街，她伸出一根手指，轻轻数着灯火辉煌的门脸。两家欧洲乡村风格、一家模仿巴黎塞纳河畔、两家典型的纽约酒吧中国翻版、两家音乐主题，但一律粗暴地用高音喇叭播放着电声音乐。动物般的女孩一家一家地点过去，又从尾到头点回来，最后在一家挂有巨大的喜力啤酒广告的门脸前停下，放下手说："就这家吧。"

"这儿的买卖全是你们家开的？"

"要是我们家开的，我直接进去要钱就是。"

"你不就是直接进去要钱么？"

"才不是。"她说着走过马路，擦着一对怎么看怎么像偷情的男女的肩进去。

我紧跑两步跟上，拉着她的胳膊："你先告诉我，你是怎么弄钱的？"

她说："你想干吗？你学不会。"

"你告诉我，我心里有了底，也好配合你。"

"什么时候用得着你配合了？"她已经走到经理室门口，拍了拍门。

一个剃寸头、穿梦特娇牌 T 恤衫和黑色毛料西裤的男人开了门，典型的做生意的粗汉的模样。他看着我说："干吗？有事儿找吧台。"

动物般的女孩向后一挥手，把我推开两步。我不知道她哪儿来的那么大劲儿，不由得退开。她一侧身滑进门里，门砰然而闭。我上前握住门把手，心里犹豫着是否应该拧开它，但没过几秒钟，感到有人从里面开门。我赶快拉开门，看到她惊慌失措地跑出来，头发遮住了半边脸。

"不灵了，奇怪。"她哽着嗓子说道。

门里面，那个膀大腰圆的经理吼叫着冲出来，对服务生喊道："拦住他们！"

我拽上她，撞开两个不知所以的顾客，向门外冲去。一个梳着小辫的男服务员守住门口，虚张声势地挥拳踢腿。我助跑两步，一脚踹到他的肚子上，连人带门一起踹开，然后踩着他的肚子跑了出去。

我们在落花飘零般的霓虹灯下奔跑，我紧紧抓住她的手，生恐滑脱。一边跑，我一边问她："什么不灵了？"

"要钱的办法不灵了。"

"什么办法?"

"不灵了就是不灵了,而且麻烦大了。"

我松开她的手,站住脚,向后眺望,并不见酒吧里的人追上来。这样繁华的街上,他们也不敢动粗。

"没事儿了,把他们甩开了。"我对她说。

"麻烦大了。"她睁大眼睛重复,眼神空洞得连灯光也反射不出。

"赶紧回去就行了呀。"我说着转过身去,想再拉住她,却拉了个空。回头一看,她已经不见了。我四处乱看,身边只有表情悠闲的路人,他们并不注意我。

我想叫两声,却想起来她没有名字,只能喊道:"你在哪儿?"惹得路人慢下脚步,侧目而视,也没回音。

我拦住一个身穿黑皮裙的姑娘说:"刚才有一个梳齐肩短发、穿牛仔裤的女孩,她跑到哪儿去了?"

"没有啊,你不是一个人在这儿跑么?"那姑娘大概怕上了釉一样的彩妆受损,绷着脸毫无表情地说。

"不可能!绝对有!"我说。

"那你接着找吧,反正我没看见。"姑娘用怪异的眼神看着我,然后慌忙扭开。

我又拦住一个身穿短袖羊绒衫、披着薄风衣的典型女白领:" 个这么高的女孩,刚才跟我在一块儿,你看见了么?"

这位姑娘干脆地说:"有病啊你。"

"我是有病我是有病,我就问你看见没有。"我追着她说。

她身边一个团委书记风格的男青年霍地闪出来,像等待登台等了很久的B角演员一样,正义而洪亮地朗诵道:"不要纠缠她!"

我说:"那我就纠缠你,你看见没有?"

那哥们儿说:"不知所云!"

我又试图拦住一个壮实得像柔道运动员的姑娘,但没想到那姑娘真是柔道运动员,而且身旁还跟着一个男柔道运动员。还没说话,那位五大三粗的汉子就一拳砸到我脸上:"滚!"

我眼冒金星,感到鼻子里有什么东西汹涌地奔腾,叫也没叫一声,仰面而倒。此时天清月朗,街上灯如流水,屋檐上方树影婆娑,街上弥漫着时代特有的快乐与百无聊赖。这就是动物般的女孩失踪的经过。

二十分钟以后,我捂着花瓜一般的脸跑回去,拍开地下室的门,失魂落魄地呼噜不清。此刻,张彻正抱着吉他,咬牙切齿地苦练最简单的指法,脚边散落着两三根弹断了的弦。黑哥安详地握着刀片,在左手动脉上比来比去,不时摇头叹息。

"我×。"张彻看到我，条件反射般地蹦起来，从枕头底下抽出链子锁，一边往外走一边说，"铲仇铲仇。"

"不用了不用了，人早跑了。"我从烟灰缸里拣出两个相对干净的烟头，把过滤嘴部分剥离下来，塞进鼻子里。

黑哥抱过张彻的吉他，随手扫了几个音，美妙无比。张彻往门外看了看，又问我："你那个女朋友呢？"

我无法解释，只能让他骑上车，跟我再到街上去找。我坐在自行车后座上，深深垂着头，预感到这次必将无功而返，仅仅是形式上的寻找。

我们在街上遛了三圈，逢人就问，没打听出任何消息。几个酒吧的门童眼睁睁地看着我挨过打，却一致否认当时曾有个女孩和我在一起。路上的行人早已不是原来那些，问他们无异于刻舟求剑。第三次经过今晚进去的那家酒吧时，我忽然想起什么，拉上张彻推门进去。

酒吧里已经恢复正常一如既往，服务生和客人像舞台剧布景一样或坐或立，不动声色地看着主人公奔忙。我趁他们还没反应过来，几步跑到经理办公室门口，拧开门进去。

标准糙汉一般的经理端坐在巨大的仿红木老板桌后面，面前放着一盒"三五"牌香烟、一个酷似硕大的花朵的玻璃烟灰缸、一支小瓶装的嘉士伯啤酒。

而桌上最醒目的摆设还是一个袒胸露乳、穿着黑色连裤袜和长筒皮靴的女人,她毫不惊慌地点上一根烟。

"人生极乐。"我忍俊不禁,对经理说。

"也就是没乐找乐,其实也没劲。"经理无可奈何地站起来,又无可奈何地坐下,因为他的裤子没有随着臀部上移。

"适当来点儿威慑,我觉得这气氛不严肃。"我对张彻说。张彻便呜呜呜地抡起链子锁,边抡边寻找目标,最后一家伙砸到烟灰缸上。哗啦一声,玻璃花变成一片乱琼碎玉。但是经理不为所动,稳如泰山地系着裤子,又从抽屉里拿出一个同样的烟灰缸:"哪拨儿流氓进来都砸这个,真他妈形式主义。"

我也笑了,这年头什么事儿都透着形式主义。"你严肃点儿。"我对他说。

经理果然是常在街面儿混的人,一瞬间便形式主义地严肃了起来,对我说:"我见过你。你胆儿还挺肥,还敢来呢!"

"我来这儿不是为别的,就是问你点事儿。"

"也怪我胆儿太肥了,没叫点儿人过来,否则非弄死你们小丫的。"经理嘟囔着说,"那你问吧。"

"今天那女孩儿没再来过你这儿?"

"没有。跑了之后我也没追你们。"

"她进来的时候跟你说什么来着?"

"还说这事儿呢。"经理烦躁地说,"一进来就跟发了癔症似的,死盯着我眼睛看,我不看她还不行。看了一会儿,她突然来这么一句:扫黄办的,拿钱来吧。差点儿把我给乐死。有那样的扫黄办么?说幼稚我倒信。"

"就说这个?你确定是跟我一块儿跑的那个女孩?"我怀疑他弄错人了。

"绝对是她,今天晚上除了你们再没人进来过。我也劝你们一句,以后流氓勒索也讲点儿职业规范行么?让女精神失常患者打头阵,亏你们也想得出来。"

"哦。"我说。如果那经理说的是真的,他当时想必如堕云雾,我现在也是,"那就先这样吧。"

我拍拍张彻,想往外走。经理却在后面说:"这事儿就这么算了?"

"那你说怎么着?"张彻又抡了一次链子锁,把新烟灰缸也敲了个稀巴烂。

经理说:"你们大哥是谁?哥们儿在这条街上做买卖,总得知道名儿吧。"

"没大哥,今天纯属误会,您忙您的吧。"我说。

"不行不行。"张彻说,"既然他非把咱们当流氓勒索的,咱们好意思空着手回去么?象征性地拿点儿吧。"

经理从抽屉里拿出一千块钱,凛然放在桌上:"你们要有胆儿,就把这钱拿走。"

我把钱揣到兜里:"拿了怎么着?"

"别再打了别再打了。"经理看到张彻又在抡链子锁,"我也就是诈诈你们,既然你们不吃这套江湖规矩那我也没辙,求你们别再来了,行吧?我们做买卖的就怕这个。"

"行行,谢谢您啊。"

我们和经理客气地道了别:"你们慢走。"

"别送了,还得提裤子,怪麻烦的。"

走出酒吧以后,我看着瞬息万变又一成不变的街景,忽然感到一种脚下平地变成悬崖般的慌张。她没有来历没有姓名自称扫黄办的,还那么像某种说不出名字的动物,还长着布满皱纹的乳房——这都是哪跟哪啊——更关键的是,当我迷恋得无法自拔的时候,她却像烟一样散开不见了。

我从烟盒里磕出一根烟,掐掉过滤嘴,把纸烟部分放到嘴里点燃。火柴像礼花般凭空绽放,又像流星般随着手腕一甩陨落。我深吸一口,将烟抽掉足有三分之一。在黑夜的幕景下,缓缓吐出的浓烟犹如草原上的白云一般。我试想着浓烟可以根据意识幻化成不同的形象,并试着在烟里找到动物般的女孩的身影。但令人恐惧的是,我已然记不清她的脸庞。我曾在温暖的窗下久久凝视过她,也曾在黑暗中与她贴面而眠,但此刻只记得她的身上带有某种动物的气质,除此之外我一无所获。

黑哥在地下室里幽幽地弹出单音，似乎是约翰·列侬与大野洋子单飞后创作的曲子。我坐在筒子楼门口的台阶上，静望夜空，努力回忆属于我的那部分音乐。当年柴可夫斯基曾前往意大利的佛罗伦萨，谒见常年与他书信往来的梅克夫人。由于阴差阳错，他这次又与梅克夫人擦身而过，未能谋面。恋人似乎生活在虚幻之中，永远不可触及，柴可夫斯基的一生中，从未正式与梅克夫人见过面。他大概产生了咫尺天涯的恍惚感，从而写下了弦乐六重奏《佛罗伦萨回忆》。

张彻点上一根烟，坐在我身边。眼前的小区昏暗空旷，骑自行车的人们有条不紊地来往，一个手持木棍的小孩沉浸在幻想之中，煞是威严地走过。

我又抽了一口烟，烟烧到根部，手指都烫得发疼了。

"也许她是有什么急事，过一会儿就会回来。"张彻对我说。

我轻轻一笑，摇摇头。他又说："也许她是一诈骗惯犯，这次失手之后照例要躲一阵子。"

我把烟扔到地上，下巴顶到膝盖上。看不出她有什么急事，也没有那样的诈骗犯。看到我不说话，张彻把烟丢给我，起身回地下室去了。再过两分钟，美轮美奂的单音将变成狗屁不通的弹棉花，但是我认为弹棉花也独具美感，起码具有非常强的现实性。

夜风在头顶掠过，虽然无声胜似有声，树影在眼前摇曳，看似移动实则静止。我呆若木鸡地坐在台阶上，像很多夏日乘凉的人一样，不知不觉进入了半梦半醒间。一瞬间，似乎有一串钢琴的声音在耳畔滑过去，我以为出现了幻听，便更加疲惫地坐着，想听听脑海里到底能产生什么音乐。

一直坐了不知多久，那琴声还在隐约回荡。低沉、阴郁，虽然若有若无，但重音极其有力，几乎洞穿我意识中的耳膜。树声和风声自然而然地与它配合起来，汇成一支虚无缥缈的协奏曲。几栋楼宇之间已经没有人走动，野猫像鬼魅一般开始出没，不少窗子里的灯光颓然而灭。我意识到她今晚不会再回来，便起身上楼。

刚站起来时脑袋发晕，几乎摔倒，腿好像不是自己的，木然认着路往楼道里踉踉跄跄地走。等到脑部充血完毕意识恢复过来之后，我猛然发现：刚才听到的琴声确实存在。

确实存在，而且就是我的"星海"牌钢琴发出的声响。这楼里再没有第二部钢琴，也没人会弹钢琴。我循声而上，离我住的那层楼越近，心跳越快。诡异的事情一件接一件发生，居然有人在这种夜晚出现在我的房间里弹琴。钥匙只有一把，就在我的兜里，摸一摸，它硬硬地还在。难道是钢琴自己弹奏了起来？一想到暗无一人的屋中，钢琴自己对着空窗弹奏，我的腿几乎迈不动了。这完全是一个典型的恐怖片的情节。

当年恩格斯曾嘲笑贝克莱说，他是一部发疯的钢琴。假如唯物主义没有登上哲学的王座，那么眼下这个景象也许没那么可怕。我爬完楼梯，站在楼道口一动不动，听到琴声千真万确地从我的房间里传出来。

但必须承认，弹琴人——假如钢琴不是自动弹奏的话——的手法精妙无比，而且充满了无与伦比的深沉的力量，远非寻常的炫技派琴师所能。而到现在我才听出来，源源不断传出的琴声正是拉赫玛尼诺夫的《第二钢琴协奏曲》。

神谕正在慢慢实现。我在空无一人的楼道里走过去，每一步都记得清清楚楚，似乎从冰河纪走到全球普遍变暖的今天，才走到自己门前。拿出钥匙，插进锁里，居然忘了向左还是向右扭，试了两下，门才被打开。锁簧轻轻一响，琴声戛然而止。

我推开门，看到拉赫玛尼诺夫本人坐在钢琴前，正侧过身来看着我。

那个男人长着一张沉默的脸，上身消瘦，头发极短而且略为谢顶，眼袋很大，目光疲倦，虽然看人但也给人盯着脚下的感觉，鹰钩鼻子下面，薄嘴唇一丝不苟地抿着，似乎千年万年也不曾张开。一副苦行僧般的长相，无论从哪个角度、处于哪种光线、在哪个时代看来，他都是拉赫玛尼诺夫本人。

更何况还有粗呢子西装和黑领结穿戴在身上,西装上兜里垂出一根怀表链。这些也与拉赫玛尼诺夫的演出照毫无二致。

最具确定性的就是他方才弹出的琴声。我早该想到,除了拉赫玛尼诺夫本人,没人能这样弹奏拉赫玛尼诺夫《第二钢琴协奏曲》。

那首曲子我听过无数遍,密纹唱片、磁带、CD都听过,但从未在星海牌钢琴上听过作曲者本人弹奏。

我当然恍惚不已,不知道自己身在何处。眼前的景象震撼性太大了,我甚至认为自己身处20世纪初的莫斯科国家剧院排练厅。

还是拉赫玛尼诺夫本人打破沉默,给我注入现实感的针剂:"不好意思,擅自闯入。关门进来吧。"

他说的是中文。我神经错乱地横着挪进来,动作比螃蟹还不协调。这时候如果窗外探进一只史前暴龙的头颅,我也不会感到出乎意料了。

我咽了几口唾沫,才说出话:"请问你?"

"你以为我是谁?"

我把自己摔倒在床上,哆哆嗦嗦地拿出烟,但点了两下没点着,索性两手一摊道:"如果不是说胡话的话,您是拉赫玛尼诺夫……"

"那当然了。"对方放下键盘盖说,"你可以这样理解,也可以叫我拉赫玛尼诺夫。"

我没能充分利用我的人生

传记

"也许正是因为涉足太多的领域,我没能充分利用我的人生。"这是拉赫玛尼诺夫对自己一生的评价。

谢尔盖·瓦西里耶维奇·拉赫玛尼诺夫于1873年出生在俄国诺夫戈诺德省奥涅格村的一个贵族家庭里。他的父母都弹得一手好钢琴。母亲是谢尔盖五岁时的钢琴启蒙老师。姐姐索菲娅在被莫斯科歌剧院录取为女低音演员的同年死于白喉病。父亲是个豪杰人物,但生性好赌,而且嗜酒如命,将妻子继承的巨额财产挥霍一空。谢尔盖九岁时,他们不得不将奥涅格的庄园拍卖掉来偿还债务,并举家搬往圣彼得堡。不久,父亲离家出走。

拉赫玛尼诺夫在圣彼得堡音乐学校继续学习钢琴。和他挥霍无度的父亲一样,他不遗余力地挥霍天赋。1885年,他没有通过学校的任何一门考试，被校方劝令退学。他的表兄亚历山大·西罗提（乌克兰钢琴家、指挥家）得知这一消息后，向当时在莫斯科音乐学校教书，且是俄罗斯一流音乐教师之一的兹尔列夫介绍了谢尔盖的情况。兹尔列夫同意接收他为自己钢琴班上的免费生。兹尔列夫对学生的要求十分严格。为提高学生对作品的理解和演奏能力，他经常组织他们进行四手联弹。

在此期间，拉赫玛尼诺夫结识了一代伟人柴可夫斯基，当时他年仅十三岁，就改编了柴可夫斯基的《第一交响曲》。柴可夫斯基对他赞赏有加，但从此之后，两人没有太多联系。对于柴可夫斯基来说，最令他青睐有加的要算是梅克夫人介绍的学生德彪西。

1888年，拉赫玛尼诺夫在阿连斯基的高级班上学习和声和作曲。兹尔列夫希望他成为钢琴家，而他渴望创作的心情越来越强烈。1889年，拉赫玛尼诺夫要求一个私人的房间，以便在作曲时不受同学的打扰，兹尔列夫拒绝了他，两人的关系破裂。直到拉赫玛尼诺夫毕业时，两人才又激动得重归于好。

离开兹尔列夫后，拉赫玛尼诺夫师从塔涅耶夫学习作曲。他在一年时间里创作了大量作品，并逐渐受到重视。1892年，拉赫玛尼诺夫提前一年以优异成绩从音乐学院毕业，他的毕业作品——歌剧《阿列可》获得了最高金质奖章，并受到柴可夫斯基的亲口赞扬。柴可夫斯基原想指挥他的《岩石幻想交响曲》，不幸年高辞世，未能遂愿。拉赫玛尼诺夫为他的去世写了一部挽歌三重奏以示哀悼。无独有偶，柴可夫斯基为鲁宾斯坦之死所作的挽歌也是一首三重奏。

1894年，他的第一次个人音乐会取得成功。在这段时间里，他对朋友彼得的妻子，有吉卜赛血统的安娜产生了爱情，写了《波西米亚随想曲》献给彼得。

1895年，他创作完成了d小调第一交响曲。这部作品在1896年的俄罗斯交响音乐会上首次公演。但一些评论家把他的作品归为"第九流"，嘲讽接踵而至。这件事在拉赫玛尼诺夫心上投下了阴影。

1897年，他应英国皇家爱乐协会邀请，去英国访问演出，获得成功，并答应协会再创作一部协奏曲，后赶回国为纪念普希金一百周年诞辰演出《阿列可》。他的好友夏利亚平担任阿列可的角色。拉赫玛尼诺夫回忆道："在演出结束时他啜泣了。只有一个真正的男子汉，才能体会到阿列可那样的悲伤，以至于流下泪来。"这以后，他患了肺病，结束了与安娜的关系，意志消沉。给英国的承诺也使他忧心忡忡，在三年的时间里他几乎没有创作任何作品。四处求助后，还是催眠师达尔通过治疗使他恢复了自信。1900年，他去意大利旅游，南方的阳光不仅治好了他的病，还燃起了他创作的欲望。他开始创作《第二钢琴协奏曲》,先完成了第二、第三乐章,第一乐章在首演以后才完成。

1902年,拉赫玛尼诺夫与表妹结为夫妻。在这段时间里,他逐渐获得来自世界各地的普遍赞誉。《第二交响曲》、交响诗《死之岛》等重要作品都在以后的几年内写成。1910年,他成了伊瓦诺夫卡庄园的主人。1909年,拉赫玛尼诺夫为他的第一次美国巡回音乐会创作了《第三钢琴协奏曲》,回国后,他连任三届莫斯科爱乐乐团的指挥。1911年,他收到一封以Re署名的信,逐渐与这位神秘朋友建立起友谊。后来他才得知,信的作者是女诗人玛莉塔·夏金妮亚。

1917年十月革命以后,拉赫玛尼诺夫暂住在斯德哥尔摩,1918年迁往纽约,并买下了一处房产。在他的自我放逐之前,他创作了一百三十五部作品。而之后,他创作的作品不足十部。他在与《音乐时报》的记者最后一次谈话时说:"不管怎样,总有一副担子压在我身上,它比任何担子都沉重。我年轻的时候不懂这些,这副担子就是我没有祖国,我不得不离开那块生我养我的土地。在那里我度过了青春,在那里我挣扎奋斗,经受了青年时代的一切痛苦,最后在那里取得了成就。全世界在欢迎我,胜利到处在等着我,只有一个地方把我拒之门外,那就是我的祖国。"

谢尔盖·拉赫玛尼诺夫死于1943年,3月28日,离他七十岁生日只有五天。有没有充分利用人生，只有他自己知道。

　　以上资料来自××网页的《音乐家生平》专栏，我曾看过不下十次。

魔手

那一切巧合与谜团是以魔手为核心的吗

"如果没错的话,您就是上述那位拉赫玛尼诺夫?"我终于点上了一根烟,坐在苦行僧般的男子面前问道。一边抽着烟,我一边观察此人形象的细微部分,譬如下巴上残留的胡楂、衬衫的褶子以及手背上的色斑。这些东西能够显示出一个活人近在眼前的实感。毫无疑问,此人确实是一个活生生的人,而非鬼魂、幻影或能说话的画中仙。

"世上哪有第二个拉赫玛尼诺夫?"苦行僧般的男人说道,"传记只是流于表面的平庸复述,敷衍了事又无伤大雅。正是这种记述将我变成了不需深刻理解即可拥有的符号。"

"又不是每一个人都有机会和拉赫玛尼诺夫坐在一间筒子楼里。"我不知所以然地说道,"这才是问题的关键。我现在的感觉真是见了鬼了 ——"

"你所说的见了鬼了,就是见了我了?"拉赫玛尼诺夫说道,"我不了解你们所谓的'鬼'指的是什么状态的生物。"

"见了鬼的意思就是,眼下的情况使我有点儿精神紊乱,不能确定世界上出了什么乱子——"

"那么这样呢?"拉赫玛尼诺夫说着伸出手,拍了拍我的肩膀。手掌宽大,手指奇长,保养得干净整洁又充满力气,典型的钢琴家的手,而且是毋庸置疑的活人的手。身体接触使我更没法怀疑眼前是一个活人了。"这样是否让你觉得踏实一点?"

"这样我更害怕。"我的嗓子不禁走了腔,"拉赫玛尼诺夫是我崇敬的钢琴家之一,假如我也配算作他——您的后辈的话,说对您高山仰止也不为过。《第二钢琴协奏曲》和《帕格尼尼主题狂想曲》我也不知苦练了多久,每一次弹都有潸然泪下的冲动,不过现在问题不在这里。按照常理也好,历史记载也好,拉赫玛尼诺夫本应死于1943年,即第二次世界大战结束的前两年,而不应该在这个时间这个地点出现在我的面前,弹我的钢琴、和我说中文、拍我的肩膀。今年是什么时候?北京申奥都成功了吧?"

"这个问题嘛,"拉赫玛尼诺夫撇撇嘴,"按照常人的逻辑,确乎也可称为问题。"

"那当然。不仅是问题,而且是我对世界存有信任感的基础。"我索性哽着嗓子说道，"所以请您别开这么离谱的玩笑，大爷。"

拉赫玛尼诺夫轻轻耸着肩膀，无声地打开钢琴盖，手指轻轻弹出《帕格尼尼主题狂想曲》中的舒缓段落，电影《时光倒流七十年》正是被这段音乐贯穿始终。"那么你相信不相信音乐能穿越时空？"他边弹边问我说。

"这个我自然相信，因为有唱片存在嘛。在您的晚年，录音技术已经很发达了，因此在您死后，美国留下了大量您亲手弹奏的珍藏版。还有一套名为《拉赫玛尼诺夫弹奏拉赫玛尼诺夫》的唱片，《第二钢琴协奏曲》就是我在那里面听到的，虽然是单声道录音，但是原汁原味。"我说。在说后半截话的时候，荒诞感越来越强烈。

"这不就结了嘛！"拉赫玛尼诺夫潇洒地弹出一组高音，"所以穿越时空也不是不可能嘛。"

"就像常说的'科学没有国界，但科学家有国界'，音乐虽然能穿越时空，但音乐家毕竟还是人，人都是要死的，您怎么能在此时此地冒出来吓唬我呢？"

"这也不能怪我嘛。"拉赫玛尼诺夫带着讽刺的歉意说道。

"那是，确实也不能怪您。"除了说这个，我无话可说了。

"我何以能在此处出现，何以偏偏出现在你的面前，个中原因实际上很复杂，以后我再慢慢给你解释吧。"拉赫玛尼诺夫停止弹奏，在似有似无的余音中说道。

"这么说我还得在荒诞的感觉里生活一段时间。"

"习惯了就不觉得荒诞了。"他说的这句话倒是真理，因为近期的生活就是如此。但他接着又说道："还有更多的荒诞等着你去习惯呢。"

"我穿越时空的荒诞旅行，说得简单些，实际上就是以音乐作为向导的。"夜色完全深沉下来，对面楼里的灯光已经近乎完全熄灭，从窗户往下看去，路灯也一盏不剩，大地如同无底深渊般漆黑。此时已经换成我坐在钢琴前，伴奏般地弹着拉赫玛尼诺夫的即兴小品，而拉赫玛尼诺夫本人则坐在床上与我交谈，间或就琴技指导我两句。

他说道："我只能出现在某些能弹奏我作品的人身边，或者不弹我的，能弹柴可夫斯基、穆索尔斯基和里姆斯基·高沙科夫等人的也行，总之，必须得是俄罗斯音乐。"

由于乐曲早已烂熟于心，我得以像他一样一边弹琴一边说话："是否可以这样理解：十月革命后，您虽去国离乡，但仍无法割舍俄罗斯情结，所以即使穿越时空也会追寻着俄罗斯音乐而行？这个思路是不是太像知识分子的一厢情愿了？"

"很多问题都是这样：随你怎么理解都可以，否则你就无法理解。如果我告诉你，实际原因是一种心灵感应，你岂不又该觉得荒诞了么？"他说。

我叹口气："那也没关系，眼下的事情难道不荒诞么？再多点也无所谓了。"

"实际上，在时空之旅的路程上，我并不仅仅在你这里停留。你这里不是目的地，你也不是我唯一要找的人。大约在你们意义上的'四十多年以前'，我还在北京停留过一次，但那一次过于投入，造成的后果是，差点儿把我给毁了，所以这次要格外谨慎。"

"什么意思？过于投入是指什么？差点儿毁了又指什么？大概您就是在那时候学会北京话的吧？"

"北京话当然是那时学会的，因为那次停留的时间格外长，就连身份都改变了。至于'投入'和'毁了'指的是什么，现在还不能告诉你。也就是说，我注定要在荒诞的处境里浸泡一段时间，连揭开层层面纱的权利也没有。"我岔开话题道："那时的北京是什么样的？"

"冬天吃大白菜，夏天吃小豆冰棍。据我所知，你倒觉得那时的生活更具有美感？"

"大概是这样，不过真的活在那时，也许美感就会消失了。"

"确实是有美感。"拉赫玛尼诺夫微微抬起头看着房间半空，做出追忆年华的神态。一个随意穿梭时空的人也会追忆年华？他所追忆的感受是否和我们一样？

"对了，"经过长时间相处，我有些许轻松了，恢复了开玩笑的能力，"那么您也还会说俄语吧？说一段儿我听听——说不出来我可认为您是假的哟。"

"说什么？"

拉赫玛尼诺夫眨巴眨巴眼睛，布噜布噜地说了一段，结尾处还加上一句"乌拉"，说完以后道："在我观察过的人里，还没人像你这么无聊。"

我感到些许愉快，轻快地弹完了一段乐曲，问他："我弹得怎么样？大师评价评价。"

他随意指出了几处力道不对和节奏上的纰漏，然后说："实际上也没什么可以指点的。每个音都很准确，每个小节都很清楚。"说着让我把手拿开，他自己弹了一段我刚才弹过的乐曲。这时我明白，所谓"没什么可以指点"也就是差距太大，无法指点了。我的每个音都是照着乐谱一丝不苟弹的，接近于分毫不差，但弹出的每个音在拉赫玛尼诺夫看来都是错的。在"准确弹出乐谱"与"弹出拉赫玛尼诺夫的精髓"之间存在着天渊之别，而那却不是可以依靠人力跨越的。一瞬间我想起黑哥，甚至嫉妒起来，他在吉他上做到了这一点。

"无论如何，我弹的只是乐谱而不是音乐。"我说。

"能看到这一点，已经远远高于一般人了。"

"那么如何才能弹出您这样的美感呢？就拿您的作品为例。"

"前提只有一个，忘掉那是拉赫玛尼诺夫的作品。"

"对于您来说，也就是忘掉自己就是拉赫玛尼诺夫本人？"

"可以这样理解，对于一般人来说，也就是忘掉生命本身。但说谁都能说出来，真正做到几乎是不可能的。"

我想到自己曾经将钢琴确立为理想，不免悲伤起来，同时于心不甘："假如说我一定要做到，那么如何才能做到呢？"

"需要一样东西，也就是魔手。"

"什么是魔手？"我问他。

"所谓魔手，并不是再往身体上安两只手……"他慢悠悠地说。

"我也没那么理解，手太多了那是哪吒。您别卖关子了行么？"我打断他道。

"魔手实际上是一种不具有具体形态的存在物，但又不是纯粹抽象的理念，而是确确实实飘浮于这个世界上的物体，只不过普通人无法感知，地球上的科学研究又无法真正了解它的形态。作为一种物质，它最有意思的地方恰恰在于和艺术的关系，它能让一个普通人掌握远胜于常人的艺术才能，据我所知，地球历史上所有伟大的音乐家都从魔手那里汲取了超常的能力。从音乐的角度来说，你也可以把它理解为一种气质或者一种感觉，也就是使人和音乐融为一体的能力。"

"那么说来，您、鲁宾斯坦、帕格尼尼这些人都是拥有魔手的了？"

"不能说'拥有魔手'，而是魔手附身。魔手不是人通过刻苦练习形成的，而是外在于人体，客观存在于世界上。如果现代物理学的理论成立的话，魔手也许是一种能量场。"

我想象着空气中飘浮着被称为"魔手"的无色、无形、无声的物质，当某位幸运儿被它附身，即可变成拉赫玛尼诺夫、鲁宾斯坦和帕格尼尼这样的天才。如果这话是真的，那么整部音乐史都将被改写，而变成《对魔手无规则运动的研究》。在所有音乐家中，也许莫扎特是最早被魔手青睐的，可以推测，他还在母亲子宫里的时候，魔手就神不知鬼不觉地钻入他母亲的身体找上门去。

"然而魔手并不是无限多的。魔手有着具体数量，而且相当少。否则的话，伟大的音乐家就将满地都是了。"拉赫玛尼诺夫继续说道，"有限的魔手在不同人之间转移，在有的人身上停留得短，在有的人身上停留得长，在有的人身上毕生停留，可以说与附主融为一体，直到附主死去，才另找归宿。仅在某些人身上停留一时半刻，这也就是许多天才的艺术寿命难以为继的原因，最典型的例子就是被称为'俄罗斯音乐之父'的格林卡。"

格林卡比柴可夫斯基时代略早,出生于一个富有的贵族家庭。他拥有可以与普希金相提并论的地位,是俄罗斯音乐崛起的先锋军。但他还停留在贵族的玩票阶段,作品也大多参差不齐,有些令人惊叹,有些则让人大倒胃口。"我很难相信,这些东西居然是格林卡这个天才写出来的。"柴可夫斯基也曾皱着眉头评论道。

我问拉赫玛尼诺夫:"假如说真有魔手的话,那么如何才能使魔手附着在身上呢?"

"魔手作为外来的寄生体,势必与人自身原有的'自我'排斥,所以方法只有一个,就是彻底忘掉一切私心杂念。"他说。

"也就是一种'无我'的状态?"我说。

"对,'无我'。'我'的里面没有任何东西,甚至连灵魂都没有,才能容纳魔手。所以在神学的范畴里来讲,音乐家都是浮士德,用自我的灵魂去换取天才。"

"用灵魂来交换魔手。"我说。

我想象着一个人把躯壳掏空,再来容纳魔手的状态。这跟把可乐瓶子倒空了装啤酒有区别么?

面前的拉赫玛尼诺夫一直很冷静,说话滔滔不绝,语音不高不低,语速不缓不快,使人感到他所说的完全是客观叙述，不含有恐吓人心的成分。我却因此感到困倦，有些敷衍地问了最后一个问题：

"说了这么半天魔手，我还是不知道它究竟是一种什么东西。魔手是从哪儿来？如何形成的呢？是从宇宙大爆炸的那一刻就有，还是在某一个地方产生的？"

"这个现在也不能告诉你。能告诉你的只是，目前有一些魔手飘散出来，流落在世界上。我此行的一个目的就是探访这些魔手的流向。魔手数量有限，必须善加利用，但这只是目的之一。"拉赫玛尼诺夫不动声色地说道，然后对着我心照不宣地点了一下头。

我像接到许可一样，睡意铺天盖地涌来，转瞬趴倒在琴键上睡着了。睡之前，几个念头滑过脑海：这个世界上的魔手应该不止一双，那到底有多少呢？恐怕谁也不清楚。假如说有的魔手"流落在世界上"，那么还有一些应该处于某些人的控制之下，眼前的拉赫玛尼诺夫也许就是控制魔手的人；今天造访的拉赫玛尼诺夫绝对不是通常意义所谓的拉赫玛尼诺夫，但也不应该因此否定他的身份，也许拉赫玛尼诺夫确实具有世人所不知晓的另一面也未可知；假如音乐天才与魔手相伴共生，黑哥应该也是一个魔手附身的人，但拉赫玛尼诺夫为什么要找到我呢？难道仅仅以我奏出的东欧音乐作为时空穿行的着陆点么？还有，他说寻找魔手只是目的之一，那么我是否与他的其他目的有关?假如是那样的话,动物般的女孩、黑哥、拉赫玛尼诺夫等等,我周围的人也许恰恰构成了一个复杂的巧合与谜团。而那一切巧合与谜团是以魔手为核心的么?

最主要的是,我依然心存狐疑,对今天看到、听到的一切都心存狐疑。没有人会轻易相信这些东西,不过这个时代的人除了一般等价物以外也不会再相信什么了。我是否真的见到了拉赫玛尼诺夫,真的与他边弹钢琴边谈话来着?或者说我一直就在屋里睡着,方才所见只是梦境?

随后我意识到,真正的梦境开始了,或云我从一个梦境进入了另一个梦境:动物般的女孩走进我屋里,我已然记不清她的面容,但确信是她。动物般的眼睛、表情和姿态毕现无遗,我们一面默默接吻一面四手联弹,随后翻倒在地。我把脸埋在她的胸前,清晰地吻着她乳房上的每一道褶子。

我 忽 然 感 到
一 股 强 光 刺 眼

寻找

次日清晨,阳光明媚得嗡嗡有声,窗外的灰砖楼、白杨树和自行车棚的绿帽子被照得纤毫毕现。我趴在钢琴上睁眼醒来,刚一欠起身,钢琴键盘便杂乱无章地响了一通。昨晚我不知不觉就趴在琴键上睡着了,但不记得趴倒时听到震耳欲聋的巨大和弦。我活动活动上肢,找出一根烟点上,环顾房间。

钢琴、桌子、木椅、木床、两个暖壶。除了毛巾和散落在墙角的啤酒瓶子以外,全是20世纪90年代以前的产物。木椅上漆着"师范大学教"的字样,木床床头早已被摸得像瓷器一样光滑。就连楼都是20世纪90年代以前的产物,对面楼的一角隐约涂着标语:备战备荒为人民。

拉赫玛尼诺夫已经不在屋里,不知道他是什么时候出去的。我抽着烟检查地面,总共找出两个烟头,是昨天晚上抽的，其中有一个就在床腿下方。但并不能由此断定我曾经一边抽着烟，一边和拉赫玛尼诺夫谈话。

除了这个烟头之外，再也找不出别人来过的迹象。但也找不出一个朝夕与共一段时间的人离开的迹象。动物般的女孩留下的蜡染画仍挂在墙上，她用过的毛巾、梳子、小镜子等小物件也摆在桌上。

莫名其妙的女孩莫名其妙地失踪，莫名其妙的男人莫名其妙地造访。而且我迷上了那女孩，也一直崇拜着那男人。最近的事情让我头脑发乱。

可现在屋里除了我，没有别人。这么待下去也不会有什么转机，而且昨天晚上熬夜，我饿得厉害。

我开门下楼，去找张彻和黑哥。就拉赫玛尼诺夫奇异的出现而言，黑哥也许是唯一有关联的人，因为我确定魔手——假如真有这种东西的话——一定存在于他的身上。

不知道昨夜我睡着之后，拉赫玛尼诺夫是否拜访了黑哥和张彻。如果去了的话，楼下的两位流氓无产者将报以何种反应？假如话不投机，张彻故技重施地抡起链子锁，照着拉赫玛尼诺夫毛发稀疏的脑袋来上一下的话，其场面必然震撼人心，足以写进艺术史。

另外，每次见到黑哥之前，我都要做好一个准备，那就是这人可能已经在多种自杀方式中选好了适合自己的一款，付诸实施了。我要做好准备见到挂在门框上舌头吐出半尺长的黑哥、倒在血泊之中翻白眼的黑哥以及酣然入睡但永远无法叫醒的黑哥。

还好,这次我见到的依然是木然坐在床上,盯着二十五瓦电灯泡思索的黑哥。张彻坐在床边的椅子上,摇头晃脑地苦练扫弦,坚韧不拔地制造噪音。

我走进屋里,发现墙角多了几塑料袋食物饮料,便打开一个KFC汉堡的包装袋大嚼,同时小口吮着犹自滚烫的巧克力饮料。他们用在酒吧敲诈的成果补充了给养,大概生活还处在正常状态之中。

"昨天你丫够悲情的,钢琴弹了一夜。心情特奔涌吧?"张彻放下吉他,掏出万宝路香烟给我一根。

我正吃得摇头叹息,把烟夹到耳朵上:"你也听见了?我弹到什么时候?"

"具体时间我不知道,反正我半夜撒尿的时候听见你弹来着,后来又大便,你还跟那儿弹呢。"

"我没事儿干,瞎弹呢。"

"自己给自己用背景音乐烘托情绪,特过瘾是吧?用不用我再给你吟两句'人面不知何处去,桃花依旧笑春风'什么的?"看来他说的还是动物般的女孩失踪的事,可能尚未见过拉赫玛尼诺夫。

但这个问题我更不愿提起："你丫不要老这种态度行么？再怎么说那也是一大活人，说不见就不见了我担心一下还不行啊？"

"我对面还有仨呢，不也说走就走了么？"张彻笑着指指对门的地下室，那些披星戴月的打工妹前一阵搬走了，屋子一直空着，"没听说过这句话么？相逢何必曾相识，相识何必长相聚，适用于一切迅速滥交关系。"

张彻笑吟吟地说着，打开装食物的塑料袋，把苹果派、土豆泥、油光四射的鸡翅均匀地摆在床上，请黑哥享用。宽不足半米的床转瞬成了KFC和麦当劳的快餐食品展览橱窗。他一旦有钱就毫无节制地暴饮暴食，而且可以一次性地吃下数量惊人的食品，让我怀疑他体内长有猴子的颊囊或牛的多余胃一类的储存器官。

"黑哥昨天睡得可好？他可一趟一趟地出来进去。"我盯住黑哥，问道。

"一直在思考电灯泡的妙用，别无他顾。"黑哥面无表情地说。

"又考虑摸电线了？这种死法也没什么创造性，不比吃安眠药更艺术。"我说。

黑哥一本正经地说："不不，我是考虑把电灯泡嚼碎了再咽下去——通着电嚼碎了。"

"哎哟妈呀。"我做打寒战状,"我觉得你现在在自杀这个问题上走入了误区——并不是越残忍越合适你。"

张彻一边吃,一边对两大快餐巨头做出评判:就像他们自己说的那样,麦当劳在种类的丰富性上占优,但 KFC 对鸡这种食品的加工技术更精益求精。不过 KFC 存在一个概念上的错误:既然是仅供生成脂肪的垃圾快餐,追求精益求精又有什么用呢?当然麦当劳也有类似的错误:垃圾快餐又何必假惺惺地搞出那么多品种呢?苹果派、吉士汉堡、猪柳蛋汉堡、麦乐鸡、麦香鱼……品种再繁多不也就是仅求一饱么?

按照他的逻辑,索性做出填鸭用的饲料棒,往排着队的顾客喉咙里塞进去,那才是快餐的真谛。此举一旦实行,势必受到依赖于廉价劳动密集型的跨国公司的欢迎。

我趁他不弹琴的工夫,打开只有一个音箱的音响,播放甲壳虫的 *You say goodbye, I say hello*。当我说你好的时候,她却悄然离去,连"再见"也没说一句。

还没听完,黑哥说:"我要尿尿。"他走到门口时回头往我这儿看了一眼。

我会意,跟着走出去,对张彻说:"我去看着黑哥,别让他真死了。"

"只要他没带电灯泡,就不用担心。"张彻吃得正酣,头也不抬,"他现在的兴趣集中在那玩意儿上。"

我走出地下室，黑哥正在暗无天日的走廊里等着我。

"昨天晚上，有什么人找你么？"他对我说。

"看来是同一个人。"听完我复述了一遍昨夜拉赫玛尼诺夫的造访经过，黑哥说。

"他找你谈的可是魔手的事儿？"我问他。

"不只是这件事，更多的是关于你，还有失踪的那个女孩儿。"

我一直隐隐感到最近发生的诡异事件之间存在关联，现在看来果不其然。我对黑哥说："关那女孩什么事？他可告诉你为什么找我？"

"他问我，你一直以来处于什么状态，又问我那女孩是什么时候出现、什么时候失踪的。"

"你怎么说？"

"还能怎么说？我不知道什么拉赫玛尼诺夫，但一看那人就知道他具有和我相同的某种属性，于是把我所知道的一切坦言相告。对于你，我说你长期以来是个社会贤达——"

"这说法，对公安局讲也合适。"

"说你不愿上学、不愿打工、不愿学习一技之长，不屑于做世俗事务，就连想搞艺术，也长期不能付诸行动，基本上的状态就是待着。"

"明眼人。"我无奈地笑了。

"人之将死，其言也善嘛。"黑哥继续说，"至于那女孩，我只能说我不清楚，但无论怎么看也像是个奇怪的人。"

黑哥这种人也会说人家奇怪，我哑然失笑："他有什么反应？"

"他毫不诧异，仿佛一切尽在意料之中。看样子他对那女孩的事情很清楚。也许你们三个人之间存在着什么复杂的关系也未可知。"

这么说，拉赫玛尼诺夫起码知道她的来历，我想。至于为何为她而来，只有鬼才知道。我关心的不是这些，我只想知道她的去向、她目前在哪里，还有没有重新在我面前出现的可能。

我说："也许是我们四个人之间的关系。他也拜访了你，也把你卷进来了。"

黑哥说："我倒不这么觉得。问完你们的情况后，他也没再跟我多说话，只是让我弹了一段吉他。"

"那大概是想验证一下魔手在你身上的作用吧！"我说，"你弹的是什么曲子？"

"甲壳虫的《黄色潜水艇》。弹的时候，我发现他的手指有动作，仿佛正在按下钢琴琴键。我知道这是他在心里和我重奏，耳边立刻响起钢琴的声音。合奏完了，他点点头对我说：'果然正合拍。'"

"也就是说两双魔手起了反应？"

"虽然我对魔手这种说法仍然将信将疑，但当时确乎感到某种力量从身上淌过，与他的手指连在一起。虽然他没有真的弹琴，但这一曲合奏可谓知音，即使高手也很难如此心有灵犀。"

"弹过之后他就走了？"

"是。他起身告辞，但我又问了他一个问题。"

我哧地笑出声来："又让人家帮你选择自杀方式？"

黑哥严肃地说："我特别看不惯你们这种态度，好像我是在开玩笑似的。人家是真的活腻歪了，只不过将死亡看得比生活更可贵，才想以最恰当的方式迈过那个门槛。这种心情你理解么？"

"理解理解。"我说，"就像新娘子总会为婚礼上穿什么衣服发愁，无论穿哪种都不尽兴。"

"跟你们没法谈形而上的问题，你们老爱庸俗化，要不就岔开话题。"

"那人家大师给你出什么高招儿了？"

"他说的死法究竟有什么含义呢？他对我说：'从四层楼跳下去，一次不会摔死，这时你再爬上四层楼，重新跳一遍，就算功德圆满了'。"

"你为什么不想试试?"

"我觉得投机性太强了。不是每个人都会摔两次才死,假如一次就死了那不是没完成技术动作么?很难圆满,只进行到一半,那将给我的死留下多大遗憾啊!"

"对于那女孩的失踪,他有什么表示?"我忽然想起来。

"什么也没说。"

我登时有了一种预感:动物般的女孩还会再次出现。

我穿过绿塑料顶子的自行车棚,穿过攒动着无数青春屁股的师范大学校门,穿过毫无主题的主题酒吧,来到熙熙攘攘的大街上。社会上总弥漫着一股沙土扬灰的味道,让人联想起两种截然相反的景象:热火朝天的大工地和挨过炸弹之后的废墟。成功人士开着外国品牌的汽车,在大路上遥遥领先,后富一步的人奋勇地蹬着自行车努力追赶,但注定望尘莫及。仅仅在筒子楼里躲了一个月,我就对这一切都感到陌生了。

我目光如炬,盯住街边的玻璃墙看了许久。镜子里的我头发凌乱,衣着不整,脸上挂着困惑不解的神情。这样的年轻人比比皆是,但又有谁见过拉赫玛尼诺夫深夜造访呢?也许在此同时,地球上不知还有多少个年轻人站在镜前思考:这样的年轻人比比皆是,但又有谁见过猫王或科特·柯本或李白或海明威或托洛茨基深夜造访呢？也许在一个不允许有白日梦的时代，夜间的梦幻会变得格外真实。

在镜前站了一会儿，我忽然感到一股强光刺眼，似乎有人在我背后用小镜子晃着。我回过身去，看到的仍旧是座头鲸一般的汽车在沙丁鱼一般的自行车群里行进的场面。马路对面有一家小卖部，一个长着胡子的女老板正昏昏欲睡地叼着香烟，旁边是一家发廊，脑袋染得堪比瓢虫的冒牌广东理发师无所事事。

我低下头去，刚想走开，忽然感到眼角又是一晃。光线是从门脸房后面的一幢板楼里射出的，虽然只是一掠而过，但我仍然瞥到一个女孩手持镜子的身影。在光线里，我似乎看见了无数只动物忘情奔跑的景象。我立刻跑过马路，向那幢板楼奔去。

那是一个临街的小区，里面的建筑大多是五层高，半新不旧，但环境明显优于师范大学的筒子楼。小区的门开在门脸房的侧面，我经过两个形同虚设的保安身边走了进去。

靠街的那幢楼就在小区入口的左手端，我在楼下徘徊许久，回忆着方才的光线是从哪间房子里射出的。从高度上判断，似乎是三层或四层，大概是中间的两个门洞。我一厢情愿地认定用镜子晃我的就是动物般的女孩。她有什么不可告人的事情，必须用这种隐秘的方式和我接头呢？等了将近半个小时，楼里没有一个人出来，我决定上去找她。

最可靠的方式莫过于将可疑的房间一一敲过，但这样未免有些唐突。转念一想，假如开门的是陌生人，也无所谓唐突不唐突了。我飞快地跑上楼去。

一共敲了四户人家的房门，分别位于二单元和三单元的三四两层。其中两家没人，住户大概都上班去了。一家只有一个充满恐惧的老人，我刚敲门，他就歇斯底里地吼道："这年头治安这么差，还想让我给你开门？走！再不走我就报警！"

我说："光敲门就报警，太不合逻辑了吧？"但也只好走开。

另外一家的居民穿着真丝睡裙开了门，倚门而立："先生叫你来的？"

我对她说："事情是这样的——"

这时屋里的电话忽然响了，她扔下我跑进去，像猫一样喵喵叫着："喂？"随即一摔话筒，像狗一样汪汪叫："我×！"我站在门口往里张望，想找镜子，那女人却转过头来看着我说："小伙子，你过来。"

"干吗？"

"想不想帮美女一忙？"

"什么忙？"

"给老丫的戴顶绿帽子吧。"她咬牙切齿地说。

我想了想，说："你每次得不到临幸都这样？"

"差不多吧，逮着谁是谁。"她几乎吼叫起来。这个楼里的人怎么都这么歇斯底里。

"这个创意固然无可厚非，不过我建议你把事儿再做绝点儿。"

"怎么做？"

"找两个吸毒的乱交一把，给自己染上艾滋病，再跟老丫的同归于尽。"

听了我的意见，她咯咯咯地笑了起来，说："你还真逗。"

我言归正传："大姐，那接着该说我的事儿啦？我来这儿不是为了逗你玩儿的。"

她说："干吗？"

"你这屋里有没有镜子？"

"有啊，怎么了？"

"你刚才有没有用它照着马路对面晃？"

"没有。怎么了。"

"哦，没事儿，我就是问这个。"

"小伙子太逗了，"她说，"干脆进来，咱俩聊会儿天吧。别害怕，纯聊。"

我一想，可疑的几个房间都排查过了，看来不会再有什么收获，便答应了她，脱鞋进屋。房间布置得自然很是香艳，客厅还摆着一架钢琴。我说:"大姐,您也会弹?"

"会一点儿,我过去是歌唱演员,参加过青年歌手电视大奖赛呢。"她榨了两杯果汁,我们一边聊天一边喝。这二奶过去也是学音乐的,在一所音乐学院学过声乐。据说她们那儿的姑娘们毕业之后只有两条道路可供选择:成为专业演员或成为二奶,很不幸,她成了后者。谈得兴发,她还想为我演唱一曲《洪湖水浪打浪》,我主动请缨为她伴奏。我们合作得很愉快,她的嗓音清脆动听,在二奶里堪称翘楚。唱完以后,她感慨道:"好久没这么纯洁地聊过天了。"

我还没说话,她就说:"既然相处得这么融洽,那咱们就再干点儿别的吧。"

"别、别。"我说,"大姐,别脱衣服,我真有事儿得走了。"

"那就算了。"她大度地说,"要不咱们再唱一首?"

我便又为她伴奏了一首俄罗斯民歌《卡卡林》,然后告辞。刚站起身,她忽然侧起耳朵,对我说:"听,是不是有人上楼?"

"好像是。"我侧耳听了几秒钟后说。

"你再听听,这脚步是不是特别沉重啊?上楼那人足有两百斤重吧?"

"听不出来。"

"你当然听不出来了,不过我有经验,绝对有两百斤。坏了,看来是老丫的又来了,丫就有两百斤,肚子比孕妇还大,里面全是油。丫还想杀我一回马枪。你赶紧出门,出门以后别往楼下走,往楼上走,等他进了屋再下楼,下楼的时候别出声!"

我只好答应。她迅速而无声地为我开了门,动作娴熟,显见是勤加练习。我蹿到楼上去,在震得楼梯栏杆发颤的脚步声中朝下张望。

脚步越走越近,几秒钟之后,一个扛着一袋东北大米的消瘦男人出现在楼道里。

从楼上下来,我点上一根烟,仍然于心不甘,不想离开。抽了一会儿,忽然看到一个年轻女性从小区门里走进来,来者正是尹红。我怀疑刚才用镜子晃我的就是她,但我没有开口,默默地看着她走过。不知道她是否还有兴致用链子锁照着我的脑袋来一通。听说自从那事以后,她变得沉默寡言,几乎不和人交往了。

我低头斜眼地瞥着她,她也看到了我,但一言不发,视若无睹地走过。

我又在街上闲逛了一天,饿得要晕倒了才回去。灰尘铺满了我的脸，头发也脏得发涩。在外面待久了，车辆行人的行色匆匆之感渐渐渗入了我的心里，让我对什么都心不在焉。大概这样能让时间过得快一点，早些等到动物般的女孩重新出现。我就是这样迷她。

走回筒子楼时天色已黑，我到地下室和张彻他们吃了一些外卖的比萨饼，然后独自上楼。

走在楼梯上，我又听到星海牌钢琴发出的断断续续却极为清晰的声音。

钟声 在天穹之下回响起来

"实话实说,"拉赫玛尼诺夫坐在琴前,单手爱抚般地按着琴键说,"在很久以前,我就弹过这架钢琴。那时你大概刚刚从一粒受精卵修炼成人形。"

"实话实说"这个词听起来很逗。我立刻竖起耳朵,这部钢琴是老流氓卖给我的,难道拉赫玛尼诺夫和他还有关系?我记得老流氓曾经说过,这钢琴是他爸爸"留给他弟弟的",拉赫玛尼诺夫什么时候变成过老流氓的弟弟?越来越乱了。

我说:"我对您究竟从哪儿来、干什么和我存在着什么关系都不知道,您居然对我说'实话实说'"。

"实话实说,确实是实话实说。"

他玩儿了一个文字游戏,对我说:"你不知道的东西,只是我没告诉你而已,但我告诉过你的一定是真的。"

看来这就是所谓的"实话实说"。根据这个原则,所有在法庭上避重就轻的犯罪嫌疑人都是老实人。那么看来时空穿行、魔手和拉赫玛尼诺夫的身份也是真的了。

他继续对我说:"与其说我是被俄罗斯音乐唤来,倒不如说是被这架琴的琴声唤来。这架琴为我的时空穿行提供了定位坐标。我对它太熟悉了,三十多年前,我在这架琴上学会了演奏。"

拉赫玛尼诺夫在一架中国20世纪50年代末期生产的钢琴上学会了演奏,这倒是很有想象力的说法。不过听过他许多匪夷所思的话,我也不得不点上烟,喝着啤酒,不置可否地听着。假如他的逻辑是真的,就算有人声称他和他奶奶乱伦生下了他爸爸,我也得相信。

房间的玻璃窗没关,纱窗之外夜凉如水,飞虫拖着长长的光晕绕着路灯飞舞,野猫追逐的响动从楼下传来。对面楼的灯光模糊不清,一切声音若有若无。和拉赫玛尼诺夫待在一起,会产生这样的感觉:世间全是虚幻,只有我、他、我们所处的方寸斗室是真实的。

拉赫玛尼诺夫拿起我的烟盒,抽出一根烟,掐去过滤嘴点着。动作优雅,修长有力的手灵巧得像电影里演的一般。喷出一口浓郁的烟雾后,他向我讲了第二则传记。传记的主人公仍然是他,只不过是"另一次时空穿行"中的他。在那次穿行中，他没有以"本来面目"出现，而是以一个婴儿的身份重新活过，匆匆走完了一个忧郁的人的一生。也就是说，那一次他没有在深夜不速造访某人的房间，而是直奔了一个女人的子宫。这听起来倒像是通常所谓的"投胎转世"。无论如何，本着"实话实说"的原则，他说了，我只能表示相信。

方骚出生于 1960 年春季，推算起来，他的父母在 1958 年冬季还有兴致制造他，实在是一则奇闻。

对于方骚的身世，还有一则传闻，认为他是在某国专家的"援助"下生产出来的。原因是方骚浓眉大眼，鼻梁高耸。但对于这两种说法，方予之先生自信地予以否定。诚然他老婆是个漂亮的舞蹈演员，诚然她经常被领导抓手，诚然乐团曾常驻着两个外国专家，也诚然，专家、领导和他老婆很有可能合作过，给他戴过绿帽子，但是无论如何方骚确乎是他的儿子。

我们知道，即使是海里三十米长的蓝鲸，也仅需一年半就可以出生。比两年再长一些，就是哪吒了。依据科学的解释是：方予之太太的身体具有罕见的自我调节功能，当她怀孕期间缺乏营养时，就会自动暂停妊娠，把胎儿保存在腹内，停止发育，等到营养补充上再接着生。在此机能的作用下，方骚在他母亲的子宫里当了一年的钉子户。

1960年春天,方予之的太太又有任务,到一所机关慰问老干部。她那挺了两年的肚子立即引起了大家的注意,一位老干部热泪盈眶:"再饿也不能饿着孕妇!"

老干部说此话时,操的是不知天南地北的外地口音,故而听起来非常有人情味儿。这句话像魔法一样给方予之太太变来了白面和粉条。子宫里重新开工,把方骚装配完成。

1960年春,被耽误了一年之久的方骚呱呱落地。从出生的一瞬间开始,方予之就听出来,他的这个儿子不同常人。方骚哭出的第一声正是标准音"la",就像每首乐曲演奏之前都要以这个音为基准调琴一样,方骚在标准音的伴奏中开始了一生。

无疑,这个方骚就是拉赫玛尼诺夫。对于那次出生的经历,拉赫玛尼诺夫评价道:"真是把我给吓死了,差点儿给闷死在肚子里。我通过时空穿行进入了那女人的子宫,谁想到死活着不了陆,前不着村后不着店地耗了一年。"

"真是,就是飞机晚点也不能一耽误就是一年。"我只能这样说道。

拉赫玛尼诺夫继续讲道,自从上次出生开始,方骚就被方予之先生誉为奇才。他在少年时展露的音乐天赋堪比传说中的莫扎特。他年仅五岁,就可以弹出柴可夫斯基《四季》

的段落，而且在钢琴上信手胡弹出来的旋律竟与拉赫玛尼诺夫的小品如出一辙。这让方予之先生惊叹不已，他在此之前已经有了两个儿子，但无一例外地向地痞流氓的前途迅猛发展。如果没有猜错，其中之一正是卖给我钢琴的老流氓。虽然完全是两种人，但他和方骚（拉赫玛尼诺夫）毕竟是从一个子宫里钻出来的。

方予之先生是我国第一代俄罗斯音乐专家，曾经到柴可夫斯基音乐学院留过学。和我一样，他只爱东欧音乐，并几乎痴迷，这也是拉赫玛尼诺夫为何选择他太太子宫的原因。

"您这次来找我，为什么不用上一次的那种方式，从我女朋友的子宫里钻出来呢？"我说，"那样比较能让人接受，不至于吓人一跳。而且我保证，肯定不把您刮下来。"

"你是说你那个走失的女伴？"拉赫玛尼诺夫严肃地说，"我绝对不可能由她的子宫出生。用比较专业的话说，我和她之间不兼容。"

我追问他这话是什么意思，但拉赫玛尼诺夫本着"实话实说"的原则不予回答。

但除了方予之先生，其他人基本上将方骚视为轻度白痴。他目光呆滞，沉默寡言，手还会不自觉地挠着裤裆，好像阴部瘙痒患者。有一次，家里来了一个客人，方予之陪客聊天，方骚像被福尔马林泡过一样，一动不动地坐在沙发上，看着电扇流口水。他的样子实在让客人很不痛快,只能别过头去不看他。但枯坐了一下午之后,方骚忽然叫了起来:"我有一个发现。"

方予之说:"什么发现?"

方骚指着电扇说:"你看电扇,本来是三个叶子,转起来之后就变成一个大叶子了。"

整整一个下午就发现了这个。客人无言以对,方予之则惊呼道:"我儿子还是哲学家。"

方予之死于1972年10月的一个凉爽的夜晚,时年五十二岁。当时正是夜里十点,剧团大院空无一人,夜空中还残留着夏末的气息,蝙蝠飞来飞去,为填饱肚子做着最后一搏。方予之先生独自一人来到剧团琴房,爬上顶层。琴房是20世纪建造的苏式建筑,一共只有四层,第四层上有一个格外大的钢琴室,并带有阳台。方予之摸黑走了进去,月光之下,屋里影影绰绰。他弹奏了一段拉赫玛尼诺夫《第二钢琴协奏曲》之后,打开阳台门,从栏杆上翻了下去。

现在想想,从四层楼上跳下去摔死确实是强人所难。但没办法,那时候想找一座高一点的楼实在不容易。条件有限啊!美国1929年也有很多破产的资本家跳楼,但是人家跳的都是摩天大楼,保证能把人摔成一摊鼻涕,毫无生还的希望。

方予之当时就很倒霉,他在空中滑行片刻,飞越了钢琴房、弦乐房、管乐房和传达室,像一记有气无力的定音鼓一样摔到了地上。着地几秒钟之后,他发现自己还有意识,心想:"坏了,力道不够。"

此时的方予之断了五根肋骨、一条腿骨、一条臂骨,此外还有两处内脏出血和多处软组织挫伤,中度脑震荡自然也不可避免,不过还不影响他思考。血从他的皮肤表面以及腹腔内部滚滚而出。

方予之浑身剧痛,头昏脑涨,四肢无力,叫喊不出。他心想:不行,自杀还未遂,这种下场最惨了,搞得生不如死那是一定的。于是他发挥了有条件要自杀,没有条件创造条件也要自杀的精神,奋力又向台阶爬去。

一条土狗路过,响亮地叫了起来。这让方予之更加心急如焚:快快快,再不抓紧,一会儿来人了可就全泡汤了。想到全身瘫痪、屎尿失禁地接受批判的可能性,他浑身又有了力量。

方予之的身体就像饱蘸墨水的巨型毛笔一样划过地面,划上楼梯,一笔写下了生命之歌。费了三个小时的劲,中途昏过去两回,他才重新到达四层阳台。这一次只许成功,不许失败,再摔不死,他可爬不上来啦。于是奋力翻过栏杆的一瞬间,他还用那条好腿蹬了一下,同时收腹低头,尽量做出扎猛子的体态。一定要保证脑袋先着地,刚才怎么就没想到呢？幸亏这次有经验了。

定音鼓的声音再次响彻楼道，方予之如愿以偿地用脑袋着了地。第二天，人们发现了一具没有脖子的尸体，第三天，大字报的内容换成了："反动肛门自绝于人民。"

时光荏苒，方予之死去之后，十多年过去了，方骚也即拉赫玛尼诺夫转世长成了一个新时代青年。长大以后的方骚在外表上丝毫没有变聪明的迹象，他的眼睛依然像死鱼，面部肌肉僵硬，嘴角经常挂着一丝半缕神不知鬼不觉的口水。但方予之判断无误，他以让人难以置信的音乐才能考进了音乐学院，同时学习作曲和指挥。

方予之先生死前，曾经语重心长地告诫方骚说："以后就是学音乐，也不能搞交响乐。这不是写交响乐的年代。"

但方骚不听他父亲的劝告，他是真诚地爱音乐。没办法，拉赫玛尼诺夫投胎么。他在音乐学院作曲系无师自通地钻研了东欧作品，立志给拉赫玛尼诺夫的四部钢琴协奏曲再续上一部。天生的乐感、沉默的性格以及半呆傻人特有的执着合在一起，让他突飞猛进，音乐学院的教授都不能再指导他了。

毕业之后，方骚被分配回了父亲的剧团，继续埋头研究交响乐。毫无疑问，这样一个家伙是得不到领导赏识的。当时剧团改革，不再排样板戏，转而大演靡靡之音和名噪一时的"西北风"。此时需要的人才是能写流行歌曲的作曲家,又有一批人靠模仿港台音乐出了名。没过半年,领导便几乎忘了方骚这个人,任由他成天窝在方予之老先生跳楼的那间钢琴室里。

方予之的太太已经病故,长子和次子早已当上了地痞流氓,一个被劳教,一个逃窜到外地了,家里只剩下了方骚。他足不出户,像晚年贝多芬一样留着疯人的长发,两耳不闻窗外音,趴在钢琴上夜以继日。刚开始他还会上厕所和到食堂,后来干脆在屋里摆了两个塑料桶,一个盛排泄物,一个盛硬馒头。

"我不知道您那次时空穿行的目的是什么,"我对面前的拉赫玛尼诺夫说,"难道就是为了体验半呆傻人的精神状态吗?"

"时空穿行是很费力气的,所以我当然有目的。"拉赫玛尼诺夫给自己倒了一杯啤酒说,"我那次行动,是想在中国繁殖魔手。"

"繁殖魔手?"

"当然不是饲养兔子饲养无公害肉禽那种意义上的繁殖。我说过,魔手实际上是没有具体形态的能量场,和人体结合之后构成超凡的音乐能力。但我有办法用既有的魔手复制出新的魔手来。这个过程非常复杂,只能将其比喻为魔手的繁殖。在我来的地方,整体环境不适合魔手的繁殖,所以需要借用三十年前的北京。"

"也就是说,您的身上带着一双魔手来到北京,并以它为种子,利用这方水土培育出新的魔手,然后再带回去?"

"可以这样理解。这个目的在我出发之前是很明确的,但当我进入方予之太太的子宫时,必须进行一番自我洗脑,将其全部忘掉,否则不能完成繁殖。魔手这个东西就是这样,当你有意识地去繁殖它时,反而不能成功,只能在无意识的状态下进行。正所谓有意栽花花不开,无心插柳柳成荫,必须以有心去追求无心的效果。"

"也就是说,方骚并不知道自己是拉赫玛尼诺夫,方骚就是方骚了?"

"方骚当然是方骚,或者说,在那时我只知道自己是方骚,因此我作为方骚,生活得非常投入。你应该可以理解这一点吧?可以类比为佛教所说的转世轮回,再次投胎之后忘掉了前世因缘,只意识到当下自我的存在。"

"让我转转脑子。"我活动着脖子,像摇晃存钱罐一样摇晃头颅,又喝了一口啤酒,"那么既然方骚对繁殖魔手这一任务是没有意识的,您又如何确保他在有生之年执行呢?"

"经过计算,在动身时空穿行之前,我已经对北京当时的社会环境、人际关系、气候特点、饮食结构等等因素做了详细的计算，按照恩格斯的论断，历史是各种力量共同作用的结果，我的过人之处也正在于能够将所谓的'各种力量'一一分析出来，放在一起进行运算，最后得出结果，假如投胎进入方予之太太的子宫，恰好能够让方骚这个小人物繁殖出魔手。小人物与大环境吻合，刚好有机会繁殖魔手，这种机会确属千载难逢，所以我不畏风险，执行了这个计划。"

把一个时代内充斥着的无穷变量放在一起进行计算，这不仅对于人来说是不可能实现的，对于"银河二号"计算机也难如登天。想到这一点，我有些毛骨悚然，感觉坐在我面前的似乎是个邪恶的科学家之类的人物。"您到底是不是拉赫玛尼诺夫？"我脱口而出。

"我既是方骚，也是拉赫玛尼诺夫。"他说，"假如问我更接近上述两者中哪一个的特性的话，我还是拉赫玛尼诺夫。"

言下之意，他也可能不是拉赫玛尼诺夫，而是不知什么人物。但什么人物能具有他所说的那些能力呢？我想不出来。事情越来越离奇了。我身边的一切仿佛转动了起来，使我产生了恍惚不真之感。此刻我格外想念动物般的女孩。即使她在身边，眼下的现状也不会因此而真实起来，但握着她的手，我将不会对"不确定性"感到恐惧。

"各种因素都计算好了,各种条件都成熟了,魔手也繁殖出来了,但谁知道在最后一步出了差错。"面前的拉赫玛尼诺夫慨叹一声,又点上一根掐掉过滤嘴的烟说。

此时夜已深沉,窗外万籁俱静,太阳和地球共同密谋着又一次日夜轮回。我们正在相伴度过第二个不眠之夜。我不知道什么时候会被催眠般地失去意识,只能默默地听他讲下去,有如被控制的机器人一般。

"原因是什么呢?"我说。

"钟声,20世纪80年代北京上空的钟声。"

拉赫玛尼诺夫的讲述从下述一幅画面开始继续:一个嘈杂的黄昏,天空阴霾低沉,仿佛正在酝酿初冬的第一场雪。路上缓缓行驶着拉达牌、上海牌和中国第一批大众桑塔纳牌汽车,自行车群人头攒动。方骚站在复兴门桥上,忧郁地放眼望去,抹了灰一般的天空空无一物,大地由杂乱的条状和方块图形拼成。此时天气略冷,让他手指发凉。他默默地站了许久,向桥下走去。就在此时,钟声在天穹之下回响起来。富有启示性的钟声让方骚再次驻足,向南方眺望。那是北京火车站的报时钟声。

表情痴呆的年轻人身影单薄,微微颤动,仿佛正在与钟声一问一答。

逆光　我仿佛在哪见过你

此时的方骚已经在屋里闷了两个多月，头发像蘑菇一样粘在脑袋上。他胃部发酸，眼睛干涩又欲哭无泪。这样的生活状态持续了多久，他自己也记不清。在此期间，他写出了三部交响乐、一部钢琴协奏曲和两部钢琴与小提琴二重奏。虽然还没写出梦寐以求的柴可夫斯基般的乐曲，但这些成果已经很能感动自己了。深夜之中弹着那些作品的旋律，似乎连夜空都会变了颜色。自从入冬以来，他感到某种力量在胸中越积越厚，越积越强，时刻喷薄欲出，却又无处发泄。他疯狂地弹着钢琴，也无法使那种力量从手指间流淌出去。这种感觉让他无比幸福，又难以成眠。

"毫无疑问，魔手正在他的身体里逐渐长大，繁殖后代。"拉赫玛尼诺夫解释说，"一个人的身体无法容纳两双魔手，所以他憋得受不了了。"

但方骚不明就里,他迫切地感到需要出去走走。于是他带着写出的作品,找到剧团的领导。

像小男孩翻图画书一样迅速翻完厚厚的乐谱之后,领导对方骚说:"你可真能写啊!"

方骚不置可否,领导继续说:"这些蝌蚪要是都长成青蛙,全国的除蚊灭蝇工作就算解决啦。"

方骚一言不发,领导又继续说:"可是咱们团的人都出去走穴啦,没人给你排,就算都叫回来,咱们也出不起经费;就算出得起经费,也没人爱听;就算有人爱听,也——哟,怎么能有人爱听呢!"

方骚仍闭着嘴,领导灵机一动般地说:"这样吧,小伙子,我给你指条明路怎么样?你瞧你这一本子,足有一万多个蝌蚪,你不要让它们成集团军规模地出动,你分散力量,打游击战,也就是让它们以排为单位,几十个几十个地出来。那是什么?那就是流行歌曲嘛。你试试那个,弄不好就能写出个《我家住在黄土高坡》《军港之夜》什么的——"

方骚带着无欲无求的表情,走出了办公室。他什么也不想,因为他什么也听不进去。他只渴望将胸膛里的力量宣泄出去。于是他在剧团里绕了一圈,走到街上,在初冬微寒的天气里埋头行走,一直走到复兴门桥上,听到了北京站传来的钟声。

直到钟声的余音完全稀释在天际,他才默默走下桥去,回到剧团大院。由于胸中力量的蓬勃生长,他进入了忘我的境界,即完全感觉不出"自己"有何实在之感。有的时候,他偶然看到镜子里的自己,都会产生一种面对陌生人的感觉,看到镜中影像会随着他做出同样的动作,他甚至感到惊异。

"在某一段时期,魔手会让人变成行尸走肉,方骚当时就处于那个阶段。此时也正是魔手发育长大、从宿主身上脱壳而出的最好时机,假如抓住机会,采集这些魔手,任务也就算成功了。不过就在那天发生了意外,到现在我依然认为那段钟声是奇特的预兆。"拉赫玛尼诺夫对那天的事情说明道。说的时候,他一口抽掉了半根香烟,有失常态地将手里的酒杯用力蹾在桌面上,震得烟灰缸里的烟头跳了两节集体舞。

听到钟声的当天,方骚回到剧团,在院门口遇到了安琳。他懵懵懂懂地缩着脖子,往院里走去,嘴上有没有挂口水,连自己都不知道。下午见的那位领导叫住他说:"来,给你找一用武之地。"

方骚回过头,看到了安琳鹿一般的大眼睛。她穿着一件红色羽绒服,围着白围脖,梳着马尾辫子,额头上散落着几颗青春痘。那个年代的很多大学女生都是这个样子。她正站在传达室门前和领导说话,此时扭过头来。

领导说:"这是师范大学的团委干部,想在咱们这儿找个老师,辅导辅导合唱团,正好碰见你,就你吧。"

说完,他又对安琳介绍道:"别看脏点儿,可是音乐学院的高才生。"

而此时,方骚感到安琳的眼睛像深不可测的湖水一样,已经把他吸了进去。他们都没有说话,领导干笑着走开,临走又瞄着安琳,对方骚强调了一遍:"你看,这可是用武之地哟!"

这位领导大概以为方骚看似精神病,实际上完全是性欲得不到发泄的原因。而方骚当时的想法居然也和领导如出一辙,他认为胸膛之中喷薄欲出的力量有个名字,那就是爱情。

当天晚上,方骚独自坐在钢琴前,圆睁双目,彻夜未眠。他不知道出于什么原因,一看到这个姑娘就坠入了情网。安琳是个眉清目秀的姑娘,安琳是个小巧玲珑的姑娘,但安琳还是一个一转眼就会忘掉她长相的姑娘。方骚发现,他在和安琳道别之后,立刻记不清她的长相了,而一见到她又立刻被疯狂地吸引,心无旁骛。这姑娘的身上必然有着什么不显形的东西,与他胸膛中的力量相契合,并产生共鸣,交相呼应。

他都没问有关辅导的情况,就和安琳约好了次日去师范大学。第二天阳光明媚，安琳在师范大学礼堂门口接他。至此他和安琳一共没说出五句话，却像走在母亲身边的孩子一样，呼吸的每一口空气都是熟悉的。他为合唱团的年轻人辅导了两首新时期革命歌曲，严格要求每个声部都要唱准音，并现场写了钢琴伴奏的曲谱，学生钢琴手表示太难了，无法胜任，他想也没想就说："我来弹好了。"

两个小时的排练很快结束，合唱队员们纷纷散去，礼堂里只剩下他和安琳两个人。他们一个坐在台上，一个坐在台下，方骚低着头，像打盹一样脸冲着琴键，安琳在第一排看着他，仿佛等待节目开演。舞台下的空间广阔、高耸、封闭，任何一个声音都能丝毫不差地响彻全场，任何一个声音都能成为静止画面转折的契机。

不知沉默了多久，礼堂外的太阳想必已经西斜，老师、学生和校工都在吃饭或散步。在毫无意识的状态下，方骚抬起手来，在琴上弹下了拉赫玛尼诺夫《第二钢琴协奏曲》的第一个音。琴声刚起，安琳就像被激活了一般，石破天惊地站了起来，面无表情地走向台上，坐到钢琴椅的一侧。在琴声中，方骚感到她呼吸急促，又感到她竟然靠在了他的肩头。

一曲终了，方骚用半个多月没刷过牙的嘴吻住了安琳。

"所谓的变量，就是在事情发展进程中可以计算的因素，所谓变数，就是在事情发展进程中没有想到的因素。"拉赫玛尼诺夫说道，"在出发进行时空穿行之前，我已经对北京20世纪60年代至80年代一切人类社会的因素了如指掌，但没想到遇到了安琳这个女人。安琳就是事情的变数。假如没有安琳，魔手最后将培育完成，到那时候方骚也将在魔手的作用下变换形象，重新变回拉赫玛尼诺夫。他将携带它们回到故乡，但转变却在无法遏止的幸福中发生了。"

虽然在方骚的生活过程中，拉赫玛尼诺夫无法实施控制，但控制早已在时空穿行之前就完成了。出乎他意料的是，自己的另一存在形式——方骚却与安琳坠入爱河，此前他的计算中并没有这个环节。在拉赫玛尼诺夫的眼中，安琳就像不应该存在于人间的幽灵一样，不知从什么地方冒出来，用无法想象的方式使他功败垂成。

是安琳创造出了"方骚"这个昵称，其义有三：一、当时方骚身上的味道实在不好闻，就像从裤裆里搓出来的泥球一样，骚得很；二、她诧异地说道："没想到你这么个人，还蛮骚情的嘛。"三、"骚"本来是一种文体，后来泛指文才，这样理解还是很好听的。

其后，她自然充分享受了那三方面含义。毕业以后，她没找工作，径直住进了那间狗窝一样臊气冲天的琴房。他们两个没日没夜地泡在那里，即兴弹奏钢琴，把旋律记在谱子上。安琳住进来以后,生活倒是比方骚独自一人时有规律了,她把屋子打扫干净,定期出一次门,为方骚领工资,再买回足够的粮食和水。方骚彻底不用出门了,他的皮肤变得像福尔马林泡过一样又白又软。

正因为安琳的介入,方骚体内已经繁殖出的魔手停止了生长,以未成形的状态潜伏了下来。他感到胸中的力量渐渐消失,认为这是爱情安抚了躁动的心灵。

"当然,那是安琳这个奇异的女人吸取了魔手赖以发育的能量。"拉赫玛尼诺夫解释说。

"所谓吸取能量的过程是怎样的呢?假如不说清楚,我很容易就会将其理解成阴阳采补之类的糟粕,进而认为艺术家都应该练习房中术。"我说。

"你按照那套来想,也不是说不通。可真实的原因是在于人的心灵。心灵中存在无可抑止的激情,这种激情和性欲没有关系,有的时候性欲枯竭,激情依然存在;也和爱情无关,爱情吸引了方骚的心思,也不妨碍激情的源源而生。关键还是在于安琳,这个女人太奇特了,她具有扰乱人心中激情的能力。和她朝夕相处,造成方骚内心的激情处于紊乱状态,时而焦躁不安,时而消沉失落,不复当初深沉厚重的性格。魔手失去了恰当的生长环境,发育也就随之停止。"拉赫玛尼诺夫强调说,"那绝不是个普通的女人。"

方骚和安琳孤注一掷的美好日子维持了一年，在此期间他们只被领导想起过两次。第一次，领导站在楼下对上面叫道："你还是不是剧团的，怎么从来见不着你人？人家都干活，就你闲着？"

方骚连门都没出，对阳台外面喊道："当然干活。"

说完，安琳把厚厚的纸谱从阳台上撒下去。这都是方骚一年来写的作品，总计十多万个蝌蚪，假如全都长成青蛙的话，可以解决全世界除蚊灭蝇的工作。纸谱天女散花般地在半空中飞荡，在阳光的照射下奏出无比丰富的乐章，几乎把领导给埋了。

第二次是在剧团裁员的时候，领导立刻想起了他。这一次都没有到楼下通知，直到安琳去领工资的时候，领导才说："那谁——就是你那位，已经不是这儿的人了。房子你们继续住着也无所谓，到时候把房租交上就行。"贫困潦倒的日子正式来临，世外桃源里的两个人不得不下了楼。方骚到火车站扛了一天大个儿（打包），头一麻袋橘子就差点把他压死。晚上回来的时候，他的腰和腿弯成了九十度，他不得不撅着屁股走路。一连好几天，腰都直不起来。安琳说："还是我来找工作吧。"

但她找了几家单位，由于没有分配指标，人家都不要她。人家说："你是大学毕业生？怎么早不找工作？错过这拨儿了。"

安琳说："还能赶上下拨儿么？"

人家说："你当这是高英培说的《钓鱼》呢？下拨儿全是咸带鱼，也没你的事儿。"

眼看干馒头的储备越来越少，方骚突发奇想地说："我们可以到饭馆去捡剩饭吗。"

安琳登时哭了："我是人啊。"

山重水复疑无路，命运当当在叩门。方骚休养了两天，又撅着屁股去扛大个儿，忽然碰到了剧团的一个电子琴手。他拖着口水走路，一头撞到了电子琴手的肚皮上，电子琴手对他说："别鞠躬啊，你太客气了。"

方骚仰起脖子说："我腰直不起来了。"

电子琴手说："你不是老方先生的少爷吗？我小时候还被你哥开过瓢呢。你怎么了？谁把你扳成这样儿？"

方骚说："生活。"

电子琴手豪迈一笑："现在这么感慨的，肯定是缺钱。给你一活儿你干不干？"

方骚说："干什么？"

电子琴手说："写曲子啊，除了这个你还会干什么？"

方骚说："你想排交响乐？"

电子琴手说："屁交响乐，这年头还想搞这个，活该你撅屁股，跟着我玩儿电声乐队算了。"

方骚挠了挠脑袋。电子琴手又说："这有什么可想的？我们这几年混得不错，老在饭店给外国人演，现在想搞自己的作品，缺作曲的。你要不想挨饿，就过来试试看吧。"说完他就走开了。

方骚挠完脑袋，鞠着躬追上去，对电子琴手说："我写。不过作品上不能用我的名字。"

电子琴手说："你们这帮学院派真他妈麻烦。那用谁的名字？"

"你的好了。"

方骚作曲，电子琴手署名的第一部作品一经演出，就大获成功。方骚把《打虎上山》的旋律改编成了电声乐，在一个著名烤鸭餐饮集团的百年庆典晚会上演出。现场气氛极其热烈，前排摆满了八仙桌，各国使馆人员一边观看文艺表演，一边大吃烤鸭。方骚在后台听了一会儿，心中充满悲哀，他无法想象那首作品是自己写的。他感到自己对不起柴可夫斯基，对不起肖斯塔科维奇，对不起拉赫玛尼诺夫。这算是背弃理想的第一步么？现实太残酷了。演完以后，某欧洲国家的文化参赞一定要和电声乐队的作曲家聊聊，电子琴手当仁不让，对参赞侃侃而谈："哥们儿搞的这个，就叫后现代。

《打虎上山》、电声乐、北京烤鸭、山东大葱，这些元素混合在一起，你说后现代不后现代？"

国外友人叹为观止。参赞和作曲家畅谈的照片被登上了报纸，电子琴手给了方骚500块钱。方骚缩着头，泪汪汪地回了家，对安琳说："咱们到莫斯科餐厅去吃饭吧。"

安琳说："你找到工作了？"

方骚说："音乐学院缺客座讲师。"

安琳说："挺好，柴可夫斯基也干过这活儿。"

方骚立刻嗷嗷两声，哭了出来。

随着演出的日渐频繁，方骚为电声乐队写的作品也越来越多。"一庸俗二热闹，再就没有其他要求了。"电子琴手跷着二郎腿说。每天早上，方骚假装出门去上课，来到电声乐队的排练厅，坐在两个音箱上埋头作曲。他发现不需要动感情，也不需要酝酿，手指下面立刻就能流出符合要求的旋律来。这不是个脑力活，也不是个技术活，甚至不能算个体力活。

"方骚进入了无意识状态中，完全任由魔手自己运转，就像机器加工一样生产出音乐来。"拉赫玛尼诺夫说道。

署名作者电子琴手因此名声大噪，他不仅被誉为后现代音乐大师，而且被称为中国流行乐的鼻祖之一。全国各地都有他的乐迷，每到一个城市演出，都能造成万人空巷。就连理论界也逐渐接受了他，研究他的专著频频发表，学者总能从他的作品中找出深刻的内涵；假如找不出深刻内涵，那就是没有真才实学。他作为中国流行乐的标志性人物，和"空气补给""深紫"等国外乐队同台演出过，并接受过 BBC 和 CNN 的采访。

唱片店里随处可见印有他头像的海报，他戴着墨镜，身穿香港明星用来藏枪的大风衣，表情冷峻，目光深邃。在全国人民还要凭票购买自行车的年代，他就买了一辆第一批进口的波罗乃兹牌微型汽车。一直到现在，还经常能在各种音乐活动上看到他的身影。他已经秃顶，胖得无以复加，一般都以元老的身份出现，勉励性地和年轻一辈握手，然后演奏一首当年的老曲，感动得三四十岁的人忘乎所以。

"是否羡慕这样的际遇？只要掌握规律，制造一个明星非常容易。"拉赫玛尼诺夫忽然饶有兴味地对我说。

"您是说再写俩曲儿，署上我的名字卖出去？"我说，"那我这辈子也算拿下了。"

"你肯定有机会，而且根本无须那么拙劣的方式。"

作为给幕后英雄的回报，电子琴手给了方骚极为丰厚的稿酬。他把作品的版税全给了方骚，自己只拿演出费。表面看来，他还算是流氓真仗义，直到两年以后露出真相。

他去过方骚的琴房，并见到了安琳。那段时间，安琳过上了在 20 世纪 80 年代颇有道德败坏意味的、讲究情调的生活。她已经从一个爱好艺术的傻女大学生变成了改革后第一批小资女性。她身穿在燕莎、友谊商店买来的 CK、苹果牌休闲服，坐在皮沙发里看录像带，手捧一杯当时还算时髦享受的麦氏咖啡，这副架势简直就是个香港女人。和形象相符，她也是电子琴手的乐迷。刚一见到他，她立刻兴奋得无以复加，仿佛无法承受莫大的荣幸。她不知道她迷恋的正是方骚的作品，东欧音乐她早已不听了。

"我是方老师的学生，还在音乐学院旁听呢。"电子琴手用练习过无数次的反讽语调说道。

"他能教你什么？他只是一个书呆子。"她说。

很多次，方骚一个人在电声乐队排练厅写曲子时，安琳也要出门。

她声称去燕莎或赛特买东西，但直到晚上十一二点才回来。她和电子琴手去使馆区一带的舞厅、酒吧、饭店，流连到深夜才恋恋不舍地道别，坐着波罗乃兹汽车回家。

一个人从清纯少女变成庸俗女人居然会这么快，这让方骚措手不及。但方骚没有指责过她，因为他认为自己骗了她。他不知道为何不能对安琳坦白自己给电声乐队作曲。骗她的行为说明，他只想骗自己。

在外面幽会几次之后，电子琴手坚持让安琳去他的住处。

安琳自然答应了。

那天晚上,方骚等到半夜,也没等到安琳敲门。他不知道到哪儿去找她。一直到第二天晚上,安琳还没回来。情急之下,方骚去了电子琴手家里,他只有这么一个可以求助的朋友。但来到那幢建国门外的公寓才发现,电子琴手家根本没人,门打开着,屋里近乎空空如也,值钱细软被席卷一空。浴室门口放着一双红色高跟鞋,方骚一眼认出,这是安琳新买的。

电子琴手也消失了。他和安琳一起私奔了。

下面的结局造成培育魔手的计划彻底流产。方骚发现那个事实以后,精神被摧枯拉朽地弄垮了。他想也没想就走上了方予之先生的老路,爬上四层楼,从琴房的窗户跳下去。只是在跳的时候,他忽然感到胸膛中的那股力量又涌动起来,仿佛所有悲愤到了现在才爆发。

摔到楼下的地面之后,他忽然感到那股力量从体内脱壳而出,顺着那声撕心裂肺的喊叫"啊——"直飞天际,无影无踪。没有发育完全的魔手失去了寄生之处,飘散在人世之间,再也无法找回。

这一次来舔血迹的土狗大概是先前那条的孩子,它哑巴哑巴味道,觉得似曾相识,并仿佛事先知道一样,乖乖地趴在地上,等着方骚爬上去,再跳一回。

两个小时之后,方骚才又爬上了四楼阳台,一个猛子扎下来。土狗感到这个轮回可以结束了,如释重负地仰天长啸,看着他砰的一声脑袋着地。当它刚想上去正式开始享用美餐,却看到地上的尸体站了起来,并且彻底改变了模样,变得高大而阴郁,头发半秃,鼻梁高耸。他无可奈何地叹了口气,拍了拍身上的尘土。

野狗始料未及,它的父辈没见过这种情况。站起来的人还没看见它,它就垂着头,夹着尾巴,假装刚好路过一般,一溜烟跑掉了。

上述是方骚或拉赫玛尼诺夫另一版本的传记,也是培育魔手计划失败的详细经过。方骚体内的魔手散落在这个世界上,而拉赫玛尼诺夫这次前来的目的之一,应该就是重新收集它们。拉赫玛尼诺夫共用了一个星期的七个夜晚,才陆陆续续地对我讲完。每天晚上,我们保持着固定的姿态,一个坐在钢琴椅上,一个坐在床上,一手香烟,一手啤酒,相视而谈。无论怎么看,他还就是拉赫玛尼诺夫,一点伪装的痕迹都没有;但所说的那些离奇的、根本不合逻辑的事情我也必须相信,因为他的语调和他的长相一样,绝不藏有半点虚假。

当讲述告一段落,他会随意为我弹上几曲,有时还和我四手联弹。尽管水平相差甚远,但与他合奏,依然美轮美奂,魔手的力量大概如此。了解这一点后，我更加无法怀疑他所说的话。

但他告诉我的事情中，总有一点使我感到生硬，那就是安琳其人。照拉赫玛尼诺夫刚开始的说法，她绝不同于凡人，并与魔手存在着奇妙的共鸣状态，因此才能吸引到半痴呆的方骚，但在随后的讲述中，安琳变成了一个水性杨花、庸俗不堪的小资女性。一前一后的反差太大了，简直判若两人。我只能认为拉赫玛尼诺夫在讲述中隐藏了有关安琳的实情。

"本着实话实说的原则，你应该向我解释这一点。"最后一天夜里，我对他说。

"我并没有隐瞒什么。因为我一直是从方骚的角度来讲，安琳在方骚眼中就存在着这样大的反差，这也是促成方骚自杀的原因。当我恢复真身，进行调查以后，才发现安琳是我没见过、也没想到过的奇特人物。只有她才能成为我计划中的变数，并且她的存在背后蕴藏着巨大的隐情。"

"事实上，安琳并未和电子琴手私奔，她只是借用了这个名义，从方骚的生活中消失了而已。"拉赫玛尼诺夫继续说，"她去电子琴手家的那天晚上，借口去浴室洗澡，从此就再没出来过。两个多小时后，电子琴手拉开门进去找她，才发现她早已无影无踪。之后他找了一整天，也没找到她。电子琴手非常害怕警察为此找上门来，他干脆趁演出的机会逃亡国外了，五六年前才回来。"

"那么她的真实身份是什么呢？"我问，"她的行为看起来似乎预谋已久，难道她与方骚的相爱也是假的？"

这个问题让拉赫玛尼诺夫沉默半晌，过了一会儿他才慢慢说道："相爱是真的，起码方骚这样觉得。"

"起码你也觉得。"我说。

他看了我一眼："但她的身份却一直是伪装的。围绕事情的前因后果想来，她接近方骚，打乱事情发展步骤的目的只有一个。"

"你认为是魔手？"我说。

"对，就是魔手。"他说，"她也是一个知道魔手这一存在的人。我想她接近方骚也是经过了周密计划，并且在方骚自杀之后迅速抢走了失散的魔手。"

"这么说她料定方骚会自杀了。"

"是，可见她和我一样，对方骚的性格了如指掌。但还有什么人需要魔手呢？"

"但你为什么需要魔手呢？"我反问他。对于拉赫玛尼诺夫的真实身份，我没有办法不存有怀疑。

拉赫玛尼诺夫平心静气地说："以后你就会知道了，只要等着事情进一步发展就可以。"他总是这么无动于衷地拖过去。

另外，安琳其人和她的消失，总让我感到与动物般的女孩极其相似。也许她们之间存在着某种亲缘关系？或者完全是巧合？既然拉赫玛尼诺夫找上了我，看来不可能是巧合。我问："安琳消失以后，就再也没有露过面？"

"对。"拉赫玛尼诺夫似乎看出了我的想法，语气中增加了某种安慰，"此后世上再也没有她的消息，而且我运用时空穿行也无法找到她。但你不用担心，你的女朋友即将出现。"

"什么？"我紧张起来，盯住拉赫玛尼诺夫说，"你为什么不早告诉我？"

"以前你又没问过我，并且我只是在今天才确认了自己的感觉，知道她不久就要回来了。"

"你是怎么察觉到的？"

"和时空穿行性质相同的感觉。"

"这也是魔手的力量？"

他不再说话，双手放在钢琴上开始弹奏《帕格尼尼主题狂想曲》的舒缓乐章，也就是贯穿电影《时光倒流七十年》的旋律。我也默默抽完了手里的烟，和他一起合奏起来。他弹第一声部，我为他低音伴奏。我们一遍又一遍地弹着，只要有魔手在，弹再多遍也不会觉得乏味。但弹琴时，我清楚地听到了自己的怦怦心跳。

不知弹了多久，大概已经将近黎明，我诧异为什么今天没有忽然睡着。以往总是那样,醒来时他已经不见了。正这样想时,他突然手离开键盘,站了起来。我自己的琴声登时变得干涩无力,较之方才的音色差之千里。我听到他走到我背后,拉开了房门,对外面说了一句话:"我仿佛在哪儿见过你。"

我回过头去,看到动物般的女孩站在门口。

生活就像故意在我脑中打了一个死结一般

归来

"我仿佛在哪儿见过你。"这是拉赫玛尼诺夫对动物般的女孩说的第一句话。此话曾在生活中已被重复过无数次,大多数情况下都是流里流气的小青年对素不相识的姑娘说的。

动物般的女孩仰面看着拉赫玛尼诺夫的眼袋,依然面无表情,默不作声。我仿佛在梦中一般,软绵绵地站起身,从拉赫玛尼诺夫身边闪过去,一把攥住她的手腕。她肢体的质感迅速传遍我全身,使我如同灌了热水的暖壶或上了色的黑白画般充实。

她随着我走进屋里,坐到钢琴椅上。我兀自抓住她的手腕不放。

窗外的夜景从漆黑变成深蓝,并逐渐发亮。动物般的女孩抬头看看拉赫玛尼诺夫,抿住嘴唇,眯起眼睛。果不其然,她像墨汁浸透宣纸一样,重现在我面前。我也想对拉赫玛尼诺夫说点什么,但他低着头思索,沉默不语。

一片寂静之中,动物般的女孩把头放在我肩头,闭上眼睛,仿佛就要睡着。

窗外越来越亮,第一缕阳光已经探头探脑,若隐若现。拉赫玛尼诺夫在门口向我摆摆手,转身走了出去。脚步在走廊响了几声,随即杳无声息。这是我第一次在阳光的陪伴下看到他,也是第一次在清醒状态下看到他走出门去。

门关上以后,我紧紧搂住动物般的女孩,一起倒在床上。我们一动不动地躺了几个小时,连是否睡着都无从知道。

等到恢复意识,已经是中午时分,阳光充斥大地,连地板都闪闪发亮。我手里还有她的手腕,这让我安下了心。侧脸看去,她的脸近在咫尺,眼帘低垂,鼻翼一呼一吸,仿佛某种年幼的动物正在冬眠。但我刚凑过去要亲她,她的眼睛就像忽然亮起的电影幕布一样张开了。

"我哪儿也没去。"她说。

"我知道你哪儿也没去。"我用力攥了两下她的手腕说。

"我是说这些天我哪儿也没去,一直在北京,只不过不知道是否应该再接近你。"

"为什么?"

"你应该已经看到原因了。"

"你是说他?"我指着拉赫玛尼诺夫。

她不言而喻地点点头:"就是他。"

关于这个问题,我有一大堆话要问她。但想了一会儿,我只说:"你认识他?"

"不认识。"

"在你离开之前,就知道他要找到我了?"我说。

"对。"

我坐起来,晃悠晃悠脑袋,点上根烟。最近我的脑袋像搅拌车里的水泥一样,如果不随时晃悠晃悠,就会凝固,丧失思考能力。这也是我自黎明以来第一次放开她的手腕,手掌之间陡然空虚,一阵一阵地发凉;胃里空空荡荡,但不觉得饿。

"他说他是拉赫玛尼诺夫。拉赫玛尼诺夫你知道吧?是一个一百年前的钢琴家。"我说,"也许问你不太合适——他说的是真的么?"

"我也不知道。假如你看不出破绽,那大概就是真的。你的社会经验应该比我丰富。"

"荒诞之处就在于一百年前的人绝不会出现在我眼前的——"

"那他就是假的。"

"可我又看不出一点破绽,无论是长相、神态和弹琴的手法，活脱脱都是拉赫玛尼诺夫。"

"那他就是真的。"

我笑了："算了，看来跟你说也没用。"

"就是，"她一副与己无关的姿态，"跟我说有什么用啊！"

"那就说些有用的。"我说，"既然你不认识他，不知道他是谁，怎么知道他要找到我？为什么他一来，你就要走呢？"

"跟你说也说不明白。"她说，"你大概也看出来了，我有一种特殊的能力，用通常的理解，可以叫作催眠术。那不是后天练出来的，和心理学也没关系，是先天具有的。我能让被施以催眠术的人产生幻觉，使他们看到的不是我，而是他们最怕看到的人。比如说第一次那个酒吧的经理他最怕看到税务局的人，我通过对他催眠，使他以为我就是税务局的；对于第二次的酒吧经理，我想变成扫黄办的人，但没成功。"

"那么你的催眠术也就类似于动物的保护色，比如说某些蝴蝶的翅膀张开酷似猫头鹰的脸，某些深海的鱼类伪装成剧毒鱼的花纹？"

"差不多是这样。不过那些动物是通过颜色保护自己，而我则是通过人类的感官错乱主动出击。从我生下来，就具备催眠的能力，常年以来我一直以它为生，从未失手过。但那天晚上，第一次出了意外，这对于我来说可不是小事情。假如失去这种能力，我将变得连普通人都不如。"

我凭直觉说，以目前的情况，理智已经失效，只有凭直觉："那么说来，你那种能力失灵，是拉赫玛尼诺夫造成的？"

"正是。他的能量场太强，打乱了我的能量场，就像猫遇到狗一样，我必须远远避开，他的接近让我感到巨大的危险。"

我将他们两人想象成一大一小、功率一强一弱的两个无线电发报机。拉赫玛尼诺夫的信号干扰了动物般女孩的信号，让她内部只剩下杂声，自此失灵。

我突然冒出一个想法，让我不寒而栗："假如你有催眠能力的话，我看到的你是真的假的呢？会不会我眼中的也是一个幻象？"

"即使是假的又如何？反正你也看得到摸得着。"她盯着我说。

我失神许久，才把话题引回来："那么你现在为什么会回来，干脆逃跑不就行了么？两天之内往返云南，你也曾经这样做过。"

"他太厉害了，我知道假如他想抓我，我绝对跑不掉。"她忽然又认真地说，"而且我相信，只有你能保护我。"

他们都是异人，早生两千年绝对效力于姜子牙帐下，让我怎么保护她？我只好将她的话理解为其他意义：她从来没说过喜欢我、爱我之类的，让我保护她，大概也是一种示好。

我不好意思起来，又开始打岔："我保护你，我保护你。你看过台湾古装片么？那里面经常有这样的情节，女的说：'表哥，有蟑螂耶！'男的说：'蟑螂吗？我跟它拼了！'"

"表哥不要！蟑螂好强大的，我不能够失去你！"她接茬儿说。

"吃饭，吃饭。"我笑嘻嘻地搂着她的脖子，把她抱起来。

在地下室里，黑哥还在教张彻弹吉他，而且还在盯着某样可用于自杀的小物件发呆，张彻还弹不下来一个音阶。他们的生活倒是一成不变。看到动物般的女孩跟在我身旁，张彻放下吉他说："你还知道回来呢？差点儿把你那傻哥哥急死。"

她低着头笑，目光转向黑哥："你怎么还没死啊？自杀比分娩还费劲。"

"怎么能相提并论？"黑哥严肃地说，"分娩那是水到渠成，到时候不想生也夹不住，没办法的事儿。自杀可不一样。"

我们又混在一起，就像两个月前一样，我感到神采奕奕："把酒回灯重开宴，咱们得庆祝庆祝。"

我们到师范大学外面的小饭馆里吃了一桌子肉丝肉片，然后又到电影院看了一场新引进的好莱坞电影，讲的是美国糙汉跟机器人拼命,险些让人家炸成一摊鼻涕。想进行文化侵略也不容易。傍晚时分,张彻提议到师范大学的浴室洗澡:"给你俩搓得白白的,晚上两个新人,各出一般旧物。"

我看看动物般的女孩。她说:"你放心,我不跑了。再说我想跑你也拦不住。"

我说:"不是这个问题。你能进公共浴室么?"

"怎么不能?"

我们趁学生们还没下课,来到我的宿舍,偷拿了一个上海同学的一叠澡票。

"条件有限,你们不能洗鸳鸯浴了。"走进浴室时张彻还在逗我。

"是啊,否则你跟黑哥也可以洗鸳鸯浴。"

"黑哥黑哥,这是公共场所,别拽水龙头。"张彻瞥到黑哥正在攀着淋浴龙头往上爬,赶紧把他拉住,一边拉一边说,"这方法不用考察了,不适用于你,灌肠活活灌死,那死法不光荣,而且容易让人误会。"

我仰起头,让热水从上到下冲刷身体,舒服得几乎打起瞌睡。不知道满是皱纹的维纳斯之乳会在女浴室引起什么样的反响。

"你今天是带着胸罩洗澡的么?有没有人表示过不可理

解?"晚上,我一边弹琴一边问她。

"没有啊。也没人说什么。"动物般的女孩翻着买来的报纸说。

"不会吧?我们学校的娘们儿可没那么有涵养。"

"它们复原了。"

"复原了?"我说,"怎么复原了?"

"就是没有皱纹了啊,假如我想的话也可以做到。这下你爽了吧?"

"没有。"我实话实说。布满皱纹的乳房反而更有吸引力,因为那才像是她的乳房。

"不实话实说。"她笑着解开衣服给我看,"你看,怎么样?"

"拉窗帘,拉窗帘。"我笑着扭过头,却看到露出的依然是布满皱纹的乳房。

"怎么维持不了多久了?自从那什么诺夫——"

"拉赫玛尼诺夫。"

"拉赫玛尼诺夫冒出来以后,我的能力都变弱了。"

"这倒不是什么坏事,我真喜欢带皱纹的,这年头流行复古么。"我说着凑过去吻她,顺势和她滚到床上。

我们一鼓作气,再而三,三而竭了才算罢休。很多动物都是这样亢奋,比如北美鹈鹕,它们要飞行几千公里才能到达交配地点，刚一落地就开干，干完一次马上奔向下一个点。在整个过程中，我们都涌现出了莫大感动，泪流满面，仿佛躺在震动的火山口上进行最后的欢愉。我清楚地看到自己的泪水滑过她的胸前，在她乳房的褶皱间消失。

睡着之后，我似乎感到有人飘进了房间。不用问，假如真有人的话，只能是拉赫玛尼诺夫。他好像什么也没有做，只是默默地看着被子里的我们，又好像看了很长时间，又好像从未来过。我不知道这是否是我的梦境，心里急切地想弄清究竟，奋力睁开了眼，看到屋里空无一人，却又分明有别人来过的气息。

借着月光，我俯视动物般的女孩，从她的眼睛、鼻子、额头看到每一丝发梢。接着，我轻轻掀开被子，想再观察一番充满美学辩证法的维纳斯之乳，却看到乳房已经变了模样。

皱纹已经消失，但也并非光滑圆润。乳房的侧部和乳沟之间竟然长出了小小的鳞片。鳞片又薄又软，似乎是半透明的，数量不多，像昆虫的内翼一样贴附在乳房之上。

我倒吸一口气，她睁开眼睛问："你看什么呢？"

我用嘴堵住了她的嘴。

第二天早上，我把乳房的奇妙变化告诉了她。

"你的乳房真是太酷了。"我说。

"难道有这种情况？"她皱着眉头说，"那个拉赫玛尼诺

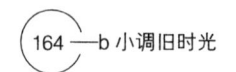

夫,他肯定没有离开。"

拉赫玛尼诺夫和她的乳房也有关系?蹊跷。但我也只能不多问,不多想,等着生活背面的隐情自我坦白。但生活就像故意在我脑中打了个死结一般,越来越让人捉摸不透了,后来她的乳房甚至还长出了软软的羽毛。

摇摆

在一条路上前进,却向往另一条路的终点

其后那段美妙的时光,简直无法言喻。我和动物般的女孩二十四小时厮守在一起,两情相悦,心有灵犀。很多时间,我们都守在房间里,像美国20世纪60年代"垮掉的一代"一样,四目相视,神情恍惚,无所牵挂,袒露心迹;也有时我们会在地下室里和张彻他们喝啤酒,打扑克,跟着音响唱甲壳虫。她也跟黑哥学了两天吉他,第一天就能弹出正确的和弦了,让张彻无比汗颜。偶尔我们也会四个人结伴出去,在大街上闲逛一天,或者到足球场踢足球。当初那几个中学生都要高考了,没时间出来和人打架,憋得张彻躁动不已,逮谁踹谁。

"一到这儿就特想跟人打,条件反射。"张彻对黑哥说,"要不咱俩打吧。"

黑哥摇头道："不打，万一你把我打死了，我的计划不全泡汤了？"

动物般的女孩归来以后，拉赫玛尼诺夫还来找我。他没有再对她说过话，只是风度翩翩地摘下黑呢礼帽，点一下头。他一来，动物般的女孩便借故出去，到地下室去找张彻和黑哥看他们练吉他。拉赫玛尼诺夫没有多说一句魔手、时空穿行之类的话，我旁敲侧击地刺探他是否知道动物般女孩的来历，他也一笑置之，缄口不言。

和我在一起时，我们只是一起弹弹钢琴，喝两瓶啤酒，谈谈其他事情。如今他像是一个宽厚的长辈，颇为关心我的生活。

"你对以后没什么打算么？也不去上学，也不学门手艺，就这么成天干耗着？"

"提不起兴趣来。"我说，"您也不用担心，当今世上这样的小青年挺多的，社会不也照样繁荣昌盛。"

"我又不是关心社会繁荣不繁荣，我见过的社会状况多了。"他笑吟吟地用单指敲着琴键说，"我只是关心你。相比于整个社会，个人的状态更具有真实性，也更有意义。大多数人都该上学上学该上班上班，日子过得有滋有味，怎么就你在这儿怨天尤人虚掷光阴啊！"

"实话实说，"我也自我反省地考虑了一会儿才开口，"我觉得我不适合像大多数人那样生活。"

"你已经像大多数退休老干部或者下岗失业人员那样生活了啊!"

"您又拿我打趣。"我和他说话也随便了起来,"我是说,我不愿像大多数人那样上班下班、升职降职、买菜做饭,白天勾心斗角,晚上看电视剧学习勾心斗角;不愿被人剥削,也不愿剥削别人;不愿变成终日打工的螺丝钉,哪怕是一颗镀金的外企高级职员。"

"那当然,不光是你不情愿,大多数人都不情愿,不过不情愿也没办法,如果不硬着头皮忍着,怎么维持生计?那我再问你一个问题,你想不想获得世俗社会中的成功呢?"

"世俗社会的成功?不就钱的事儿么?"

"实际也就是钱的事儿。不过按照当下社会的逻辑,有钱不叫有钱,而叫实现个人价值嘛。你想不想?"

我又实话实说:"我当然想,傻×才不想呢。"

他说:"不想适应世俗社会的规则,又想取得世俗意义上的成就,你想得倒挺美。那再讨论一下艺术层面的追求,据我所知,你很想到柴可夫斯基音乐学院学钢琴?"

我一愣:"您怎么知道的?"

"我当然知道了。"他不是凡人嘛。

我说:"可说实话,那只是做白日梦而已,我心里清楚。

别说魔手了，我就连人类比较好的天赋都不具备，哪有可能成为什么钢琴大师。再说成为钢琴大师又怎么样？想要获得世俗意义的成功，还不是得按照世俗的规则行事？您不是拉赫玛尼诺夫么？您应该有亲身体验，政府不让您回国，那不是您自食其果么？"

"确实如此，所见透辟。"他说，"世俗社会和艺术理想，两者之间不可调和，而你恰好又处于这两者的夹缝中间。想要世俗社会的成功，又想要符合艺术理想的生活；不想付出世俗社会的艰辛，也没有能力实现艺术理想。就像两条路一样，你想在一条路上前进，却向往另一条路的终点。"

"因此徘徊不定，踌躇不前，在原地踏步。不论是在世俗社会中苟且还是为艺术理想献身，哪一件事都没胆量付诸实践。"我叹口气说。

"这种状态的人，可以称为摇摆人吧？"他说。

"摇摆人。"

"摇摆人"的矛盾，大概就是我的弊病所在，也是某一类人无法缓解的症结。我是摇摆人，张彻是摇摆人，黑哥下定决心自杀之前应该也是摇摆人，当然他现在变成了精神紊乱人。这世上的摇摆人想必不少，他们的结局无非三种：忘掉艺术理想投入世俗社会、抛弃世俗社会为艺术理想殉葬、让举棋不定的状态维持到老虚度一生。

但那只是常人的结局,拉赫玛尼诺夫的出现似乎提示了另一种结局。我隐约知道为什么他要培育魔手了,也知道为什么有人和他争夺魔手了。

魔手与其说是艺术能力,不如说是一种超乎常规的力量。假如获得它并利用得当,必然可以让人跳出早已注定的宿命的束缚。

我们和拉赫玛尼诺夫的关系就这样稳定了下来。互不侵犯,保持友好,将事情的内情置之不理。我知道这不是长久之计,他和动物般的女孩之间的关系还没有揭开,也必然有什么东西会在将来爆发,但眼下也只能如此。我向往安逸、和睦的状态,哪怕只有一天,也要先过完再说。在危如累卵的幸福感中失去记忆,这大概也是摇摆人的一大特性。

有一天,我搂着动物般的女孩坐在足球场边,和张彻、黑哥一起看人家踢球。场上有几个外国留学生,身体强壮,跑动积极。正值下午三点多钟,阳光充足,在我们身边拉出浓墨重彩的影子。我们每人吃着一个和路雪蛋筒冰激凌,对着场上的人指指点点,时笑时骂。

"丫还敢铲老外呢,胆儿够肥的。我要是老外非窝心脚把丫肠子踹出来不可。"

"我要是老外就拿狐臭熏丫的。"

张彻忽然指着远处球场边上的一个人影："你看那人，是不是似曾相识？"

"没带望远镜。"我眯着眼睛，看到一个猥琐的身影正在跑道上撒尿。

"是不是他，是不是他？"

"我×，真是老丫的。"

正说着，足球势大力沉地闷到老流氓的屁股上，使他的尿陡然间像孔雀开屏般盛大。一个短腿中国小伙子带着忍无可忍的表情奔向他："你丫能不能不撒尿，嚼块儿口香糖把那儿粘上行不行？你一撒尿人家就过你，一撒尿人家就过你，这球还有法玩儿么？"

老流氓皮笑肉不笑地揉着屁股，离得太远听不清在说什么，大概在解释膀胱刺激征的病理。短腿小伙子更愤怒了，转着圈骂街，还用北京话攻击老外。这时一个一米八几的老外凑过去，用一口北京话对他吼道："你丫骂谁呢？"

没想到人家懂中文，短腿小伙子还没来得及惊讶，就被老外一个嘴巴抽得原地转圈儿。球场上的其他人立刻围拢在一块，分成两大阵营，一场大战迫在眉睫。

老流氓围着人群钻了两圈，随即决定抛却狭隘的种族观念："老外，我跟你们一头，打他们丫的。I have a dream！"

"你真想打他们丫的？"老外问他。

"那当然了，早看不惯他们了。"老流氓拍着胸脯铿锵有力。

"那你先他们丫的打吧，我们先撤了。"老外狡猾地龇出一嘴白牙，"外交无小事，把他们打了我们还得负责任。"

刚一说完，所有老外撒腿就跑，把老流氓晒在当地。

中国小伙子们立刻将老流氓围拢："你丫这个汉奸——"

"算了，还是救了老丫的这条狗命吧。"张彻看着老流氓倒在地上，背上踏着几十只脚，"丫也挺不容易的。"

"别老一看打架就手痒痒，"我说，"老丫的对咱们可不够仗义。"

这时老流氓已经号叫起来："爸爸们别踩了，屎都踩出来了。"

小伙子们说："那还不行，非得从嘴里踩出来才行。"

"我憋不住了憋不住了。"张彻腾地跳起来，抡着链子锁一马当先地冲过去，照着人堆里的两个脑袋就是两下。我赶紧跟上，从粗壮的小腿组成的森林里把老流氓拖出来。他浑身都是鞋印，不停地打嗝干呕，仿佛真想把屎从嘴里吐出来。

"还有援兵！"小伙子们立刻投入了和张彻的战斗，把他围在正中，采用像狼狗咬豹子的战术，伺机扑上去将他按倒。张彻则拿出惯用招数，稳稳当当扎了个马步，将链子锁平举过头，呼呼呼地转动起来，恰如一架直升机，方圆两米之内，常人休想近身。小伙子们一看围攻不下，便也不着急，插着手在一旁看着他舞。直舞了七八分钟，张彻却也面不改色，滴水不漏。小伙子们索性蹲到地上看他舞，只等他筋疲力尽，便一拥而上。

我把老流氓拖到一旁，不知这事儿将怎么收场。看来小伙子们是耐下心来打持久战，非得等到张彻没劲儿了再动手。张彻就算临危不惧，可人又不是永动机，总会有累趴下的时候。他们把张彻收拾掉，接着就会过来包抄我和黑哥，看来今天在劫难逃。

可忽然听到小伙子们哇地惊呼一声，人群里飞沙走石，尘土像海浪一样四下漂流，在嗡嗡嗡的鼓式机声中，张彻抡着链子锁，慢慢地长起了个儿。他越长越高，没一会儿，其他人就只及他胯了。再一细看，原来他的两脚已经脱离了地面，腾空而起了。依靠抡链子锁，他真把自己变成了一架直升机。

这也太匪夷所思了。我眼睁睁地看着张彻逐渐起飞，链子锁发出的轰鸣遍布天空。张彻缓缓飞出人群，小伙子们吓得都不敢拽他的脚。他升到大约十米高的地方，便开始做平行移动，不紧不慢地向我这里飞来。狂风刮起的沙土打在我的脸上，迷住了我的眼睛，张彻如神兵天降。

我忽然想到什么，回过头去看动物般的女孩，她正直愣愣地看着张彻,一个手指对着半空指指点点。

张彻飞到我这里,链子锁旋转的速度渐渐放慢,成功着陆。"看见了吧?逆规律而动,这还是肱二头肌么?整个儿一个马达。"他用力揉着自己的胳膊说。

"搭把手,先把老丫的抬走再说。"我怕小伙子们回过味来。

我搬老流氓的头,张彻搬老流氓的脚,合力把他抬起来。但刚一使劲,张彻就哎哟一声,放开了右手。

"这胳膊怎么了?刚才那么有劲儿,现在全麻木了。"

"运动过量抽筋了吧。"我说。于是只能我一个人劳动,跑过去拽住老流氓的一只脚,拉着他跑。颠簸了两下,老流氓终于呕吐出来,一边被拖一边吐,在地上画出一条长长的印,好像一支蘸满了水的拖把。

"你们太不仗义了,我都让人踩死了才过来。"老流氓恬不知耻地坐在地下室里,啃着一塑料袋肉包子,"中午饭白吃了。"

"刚开始没认出来是您。"我还不好意思和他撕破脸。

"差点儿让哥哥坏在鼠辈手里。那帮孙子也太不尊老助残了,明知我第三条腿有毛病还故意找碴儿。"

"甭不要脸啊。"张彻一把抢过包子,"我还想踩你的呢,光知道蹭我们的，吃穷了就走人，你也太缺德了吧。"

"我那时候也是穷人，除了自身之外一无所有，连脸都不能要，哥儿几个多包涵吧。"老流氓又从张彻手里抠出一个包子。

"我都打听清楚了，这包子铺就是你开的。你还没钱？"张彻想起了过去的苦日子，更激愤了，把包子摊到老流氓鼻子下面。

老流氓顺势往塑料袋里啐了口唾沫："这下全是我的了——哥儿几个有所不知，我欠着人家一大笔赌债，债主天天在胡同口堵着我，要让他们看出那包子铺是我的，早就把它给拆了。我也有苦难言。"

"又装孙子？"

"真的，有一句假话天打五雷轰。"

"你跟债主也这么说的，对吧？"

"你瞧，你也信我有债主了吧。"

"没法儿跟你老丫的置气，赶紧吃完滚蛋。"张彻说。

"别别，我还有一财路跟哥儿几个商量呢。"老流氓啃包子说话两不耽误，让人不禁怀疑他有两张嘴。

老流氓所说的财路，就是集中性地处理城市的大便，也就是到垃圾场拾掇垃圾。他也真是个深不可测的人，一边叫穷，一边在北京西面的郊区承包了一个巨型垃圾回收站。

他告诉我们把垃圾分门别类地加工利用，可以牟取巨额一般等价物。

"这么好的事儿你能想到我们?"张彻不信任他。

"不瞒你说，咱们得合作，光我一人干利润太小了。"

老流氓出去打了个电话，旋即开来一辆解放牌微型卡车。车身脏得一塌糊涂，车斗里散落着苹果皮、烂裤头。驾驶室里坐着一个脸上沾满污垢、脏得像从肛门里生出来的汉子，他操着河北口音问："老板，去哪儿?"

"你配去哪儿? 回破烂山!"

于是我们就跳上车斗，垫上报纸坐好，和老流氓一起前往"破烂山"。那汉子大概只开过手扶拖拉机，解放牌卡车在路上东扭西歪，跌跌撞撞。车不但脏，而且根本没有防震设备，估计四个轮子三个都漏气，颠得我们如同蹦豆一般，每次臀部离开车斗，张彻就叫唤一声："我靠，肛裂了。"

老流氓更是一路没闲着，每隔十来分钟就要站起来，往车斗外撒一泡尿。在颠簸中，尿撒得像天女散花一般，旁边的其他车辆避让不及，纷纷被溅上。

尿了十来泡尿，终于到了远郊。车在土路上颠得像吃了灭鼠灵的耗子，我们紧紧抓住车筐，牢牢闭着嘴，因为一开口就会吐出来。如此又行进了小半个钟头才停下来。

"这儿就是破烂山，像山一样高的垃圾!"老流氓站起来，做振臂呼喊状。

我们爬起来,跟着他望去,果然看到了山一样高的垃圾。占地足有几十亩,满满当当,全是垃圾,总体积比昆明湖畔的万寿山还大几倍。从冰箱彩电到针头线脑,五花八门,应有尽有,其共同特点只有一个:脏。不仅是垃圾自身的脏,而且还有不知从哪儿飘来的浮土,厚厚的附着在山上。我从生下以来,就没有见过这么应有尽有、雄伟壮丽的垃圾,不禁目瞪口呆。张彻哆哆嗦嗦地点上根烟,立刻被风吹起的浮土呛着了,不停地揉眼睛。

"看见没有,全是我的!"老流氓豪迈地向破烂山一挥胳膊。

"你可真是雄才大略啊!"我说。

黑哥也跳下车来:"大大大大自然的伟力。"

"怎么能叫大自然的伟力呢?"我说,"这明明是人定胜天的产物。"

"人类也是大自然的组成部分嘛。"动物般的女孩说。

"有哲理。"

"你找我们合作,"我说,"说说怎么一个合作法儿吧。"我们想找个避风的地方躲着。这儿是北京的上风上水之地,风从西伯利亚高原穿越蒙古大陆千里迢迢地赶来,但力道丝毫不减,吹得整座大山都在当当作响,山上不时传出金属碰撞和玻璃破碎的声音。站在原地极目望去,方圆几里没有一棵树,人在风中无处藏身,不一会儿便像从西域挖出来的干尸一样浑身是土,感到体内毫无水分。大家只好缩在小卡车后面说话。

"一项艰巨又有意义的工作。"老流氓一边往浮土里噗噗地撒尿一边说,"一人套一塑料袋跟我来。"

他递给我们几个白色的厚塑料袋,袋子上印着"家乐福超市"的字样。我们学着他的模样,把袋子罩在脑袋上扎好,只在眼部抠出两个洞。

"今天头一次来,没给你们准备雨衣,下回再给你们。"老流氓说着走出小卡车背后的避风港,我们四个眯着眼睛的"白气球"在后面跟着。在大风扬尘中,我们像南极科考队员一样弯腰撅臀而行,逐渐靠近雄伟壮丽的破烂山。

到了山脚下,风似乎小了,但山本身震颤的声音却越发响亮。垃圾聚合在一起像具有生命一般,对着大地低吼。纸和塑料制品的啪啦啪啦、玻璃酒瓶子的叮当叮当、金属壳的哐叽哐叽,不时还有轰隆隆一声巨响,大概是冰箱、大衣柜之类的东西发生了"山体"滑坡。这些东西的声音在城市里都被汽车声、音乐声和喋喋不休的人类语言遮盖,只有到了这里,伴着大风的合奏,才能发出属于自己的心声。

老流氓带着我们蹒跚到一个钢筋和黑塑料布搭成的帐篷前，从里面拿出一个电线到处冒头的大喇叭，对着山上号叫：

"孙子们，都给我出来！"

他的叫声旋即被风声和垃圾声淹没，但消失片刻，又在山上盘旋起来。我们顺着大喇叭的方向仰头望去，山上的几个角落隐隐约约冒出些东西来。仔细一看，似乎是人，他们和我们一样，头上也罩着白色塑料袋，但身上裹着黑色的厚雨衣。这些家伙身处漫天飞舞的包装袋和碎纸屑之中，身体飘摇不定，如同在坟场里游荡的小鬼。他们在垃圾之中行走的动作熟练而迅速，简直是脚不沾地地飞了下来。

"爷爷好、爷爷好。"一到近前，他们就亲热地向老流氓打招呼。这么直接的称谓倒也奇怪。

"一二三四五，"老流氓清点着从山上下来的人数，"六七八九呢？"

"报告爷爷，"一个塑料袋里瓮声瓮气地声音说，"六七八九在后山吃香蕉。"

"早就告诉过你们，别老吃变质水果，回头得抽他们。"老流氓说。

塑料袋里说："报告爷爷，他们说拣到了药片，不怕拉肚子。"

老流氓说："什么药片？你们丫的还认识药片呢？"

那个塑料袋掏出一个药盒给老流氓看:"就是这个,和上次您给我们吃的差不多。"

老流氓接过药盒拿给我看,是一包同仁堂的"六味地黄丸",早已过期。

"不识字就别自作聪明,"老流氓气急败坏地说,"这药不治拉肚子,治的是头晕眼花。"

"那你吃吧。"方才说话的塑料袋接过药盒,递给另一个塑料袋,"你吃比较适合。"

"下午把你们拣的药片全给我拿来,我给他们挑出点小檗碱。"老流氓说,"先给你们介绍几个朋友。"

方才说话的塑料袋向我们转过头来,我发现他的眼部没有抠洞,只在下巴处开了一个小口用来呼吸。但他立刻清点出了我们的人数,似乎早已适应了透过半透明的塑料袋进行观察:"是十一—十二—十三吧?"

"他们跟你们不一样。"老流氓说,"他们是知识分子。"

"那也是爷爷辈儿的。"塑料袋们肃然起敬,集体对我们鞠了个九十度的躬,"知识爷爷好。"

"不用行此大礼,不用行此大礼。"我们慌忙扶起他们,问老流氓,"你哪儿找来的这么一帮纯朴的小伙子?"

"你们上去接着忙吧,我们到山洞里去。"老流氓傲慢地支开塑料袋们,然后招呼我们跟他走。

我们又跟着他蹒跚前进,途中不时拨开在空中打转的废纸和塑料袋。绕着山脚转了几百米,我看到破烂山中间竟然还有山谷,老流氓招招手让我们进去。这个山谷又深又长,宽度足以容纳并排的三辆六轮卡车。进去以后,风陡然小了,废纸只在地上抖动,仿佛垂死的蝴蝶。我得以把塑料袋摘下来透口气,四下打量。山谷像是人工挖成的,拼成两壁的垃圾咬合得结实而整齐。如果在夜里,会让人感到置身于真正的山谷,但白天则让人头晕眼花。谷壁上镶嵌着数以万计的家用电器、家具、生活用品的残骸尸骨,几乎世界上的所有品牌都可以在这里看到,简直就是毫无规律的商标大展览:耐克、松下、沃尔玛、可口可乐、麦当劳、联想、黛安芬……人类对人类自己制造出来的东西进行着旷日持久的大屠杀,而这里就是它们的万人坑。

"山谷随时可能倒塌,但山洞绝对安全。"踏着废纸向纵深处走了足有几百米,老流氓指着一个大黑洞说。山洞的入口开在谷壁上,居然是整齐的正方形。仔细一看,原来是一个无比巨型的集装箱门。所谓山洞实际上就是集装箱,其高足有两层楼,宽有几十米。如此巨大的集装箱大概只能匹配远洋航行的万吨巨轮。

我跟着老流氓走进洞口。他们在集装箱内侧摆放了许多应急灯,进去打开,昏黄的灯光在洞里呈飘浮状。

往集装箱的深处看去，我们看到了几个较小的垃圾堆。一堆全是屏幕完好的电视，一堆是零件齐全的桌椅，还有书籍、酒瓶子、玩具等等，分门别类，摆放整齐。

老流氓搬了两把椅子让我们坐下："现在大家知道我是干什么的了吧，你们也可以管我叫破烂王，实际上就是把从垃圾山里挑出来的还能用的东西，修理之后卖给农民兄弟。"

假如城市是个庞然大兽，垃圾就是它的排泄物，老流氓这类人相当于微生物，替它分解粪便；可怜的农民兄弟是下层生物，消费粪便。

"刚才那几个孙子叫我爷爷，是我教他们的。那些小伙子是农民工的孩子，在这块地方长大。他们从来没上过学，因为上学也没用，全是智障，智商发育最高的相当于五岁小朋友。这类孩子大量出现的原因，是在这里变成破烂山以前，曾经有个养鱼场，为了让鱼长快点儿，老板不知往池塘里投放了什么化学制剂，让鱼苗三天就能长到五斤来重。可吃了这种鱼以后生出的孩子都比较低能。在渔场工作的农民工是第一批受害者，集体性地生出了低能儿，他们认为这地方风水不好，就把孩子随便一扔跑了。老板赚了点儿钱，又到温州做劣质西服去了。只剩下这些孩子被当地一个老头带着，组织他们种地，后来老头死了，这儿改成垃圾场，就由我收留他们。"

"敢情你丫还是一慈善家呢。"张彻说。

"扯淡，没发财之前用不着那么虚伪。"老流氓说，"我就图他们不要工资，否则雇些个外地老冒儿也得花不少钱呢。这些孩子也没名字，当初可能有，后来也丢了。我把他们称为一二三四五六七八九。"

"我认为可以把他们集体称为垃圾之鬼。"张彻说。

"由垃圾人类处理人类的垃圾太合适了。"老流氓说。

"你最近说话怎么那么富有哲理啊？"我问。

"都是生活中的一些感悟。"

"别逗我乐了。"

"那你找我们做什么？"我问，"既然你已经有了不需要付钱的劳动力。我们虽然也是流氓无产者，但浑身小资习性，不服从指挥又追求享受，雇我们你不亏了？"

"有些活儿那帮人干不了。"老流氓道，"在知识经济时代，勤劳勇敢的傻×满街都是，但一无是处。光教他们把整的电器分门别类地放好，就花了两个月工夫；告诉他们桌椅板凳需要四条腿，用了一个礼拜。对这帮低端劳动力，你真是一点办法没有。即便如此，光卖旧货能赚几个钱？而且在这里找出一件完好无损的东西又太难了，我干了这么长时间，只找到这么点东西。所以我决定拓展业务，充分利用资源。"

我看看不远处的家用电器，虽然数量不少，但一两年内只有这点收成，大概也赚不了钱。

张彻说："你是想——把报废的电器拆开，卖里面的原件是吧？"

老流氓说："聪明。所以这活儿非你出马不成。"

我问张彻："你会这个？"

张彻说："一直没告诉你，我懂电工。"

老流氓说："那是，技术一流。"

我想起他弹吉他的笨样不禁诧异："没看出来，我还以为你那两只手除了善抡链子锁之外和偏瘫差不多呢。"

"有的手天生适合干有的事。"张彻借点烟的工夫用打火机照亮他的手，无可奈何地展示给我们看，"可适合干的你不喜欢，不适合的却喜欢得不行，那才是悲剧。我虽然学不会音乐，可就是想弹。"

"别难过，天道酬勤，"我只能说，"祝你八十岁能完整地弹下来《铃儿响叮当》这首世界名曲。"

"怎么样，干不干？"老流氓问张彻，"你是技术总监，无须你们几个动手，看着一二三四五六七八九干就行。"

"光问我不行，得问我的战友们。"张彻说。

"干吗不干，有钱就干。"我问动物般的女孩，"不能老让你弄钱去，再说你现在还间歇性失灵，对吧？"

动物般的女孩抽着烟说:"那是,反正我哪儿待着不是待着。"

"黑哥也没意见吧,反正哪儿死不是死。这儿可供自杀的东西多了去了,可以让你慢慢挑选,终有一款适合您。"张彻问黑哥。

黑哥摊摊手:"我都要死的人了,不用征求我的意见。"

"那成,成交。"我对老流氓说,"你给多少钱?"

也没讨价还价就谈妥了价钱,老流氓每月给我们五千块一般等价物,并提供雨衣、墨镜、头盔等一系列防护用具。我们又坚持要解放牌小卡车每天送我们回家,因为我要弹钢琴,张彻对吉他贼心不死,大家都要洗澡享受奢侈的生活。

老流氓从兜里掏出两千块钱,算作定金。他真诚在先,我们也不好意思。张彻提出到山上看看,考察值得利用的电器的大概数量。我们走出山谷,冒着风尘爬到山上,看到张彻所谓的"垃圾之鬼"正匍匐在垃圾堆上,两手乱摸。

"这儿风太大,脏东西多,不把眼睛也蒙住迟早得得病,所以只能这么干活。"老流氓说。

那些垃圾之鬼像失去导盲犬的盲人一样,趴在工业社会生产的废弃产品上摸索,无所谓喜也无所谓悲,只有黑雨衣在风中猎猎抖动,也许他们将以这种方式终此一生。

考察活动很快就变成了一场奇特的登山运动，我们立志登上破烂山的山顶。老流氓笑吟吟地知难而退，我们不听劝告，开始攀登。爬上这座山，其难度无疑是巨大的，山上没有一条路可走，还要时刻避免陷入中空的塑料泡沫箱子，散落在垃圾之间的碎玻璃也极其危险。每走一步都要探清虚实才下脚，一站直身就有被风沙推下去的危险，因此进度极其缓慢，奋斗了几个小时才爬上山顶。在高达几百米的垃圾顶峰，我们壮着胆，用尽全力站起身来，用脊背顶着万马奔腾般的风沙，远眺黄昏中的城市。

在山顶，勉强可以看到北京北部的高楼大厦。当年佘太君百岁挂帅，曾站在百望山上遥望儿女与异族鏖战；我们却站在破烂山上，看着产生这座山的城市。城市如此巨大，山也如此巨大，对于微不足道的年轻人来说，这实在是一个无比巨大的时代。远方的大楼和高架桥井井有条，看似一尘不染，无数雇佣劳动力正在忙碌，无数一般等价物正在流通，巨大的规则统治一切。我心里升起一腔悲情，眼睛被迷得几乎流泪。

张彻早已大汗淋漓，浑身上下像破烂山上的破烂一样破烂，他撅着屁股，探出脖子，像妄图吞下夕阳的鸭子，对着城市号叫起来。我和黑哥也张大嘴巴，不顾灌进风沙，和他唱和。

这是张彻第一次找准了标准音"la",我们一起声嘶力竭地吼道:"la——"

我紧紧搂住动物般女孩的肩,只有她一声不出,面无表情,好像不属于这个世界一般。

直到远方的城市已经隐约华灯初上,我们才向山下走去。夕阳给破烂蒙上了一层金红色的光晕,看起来也那么温情脉脉。我拉着动物般的女孩,小心翼翼地在垃圾堆里探手探脚,寻找能走的地方。张彻干脆半躺在垃圾上,向下间断滑动。

走了将近两个小时,我们才接近山脚。此时破烂山已经变得模糊不清,从远处看,形状和自然界形成的一座大山没有区别。山上山下一片灰蒙蒙,山谷里亮起几盏灯光,虽然不强,却格外醒目。我们相互搀扶,不紧不慢地往下走。张彻还在和黑哥打哈哈:"找着什么适于自杀用的东西了吗?"

"光爬山了没看见。"

"其实你从山上跳下去让垃圾埋了也算功德圆满。"

"然后你们再把我拆成零件卖了算了。"

我拉着动物般的女孩的手,小心谨慎地往下走,天色太暗,需要格外小心。张彻精力过剩,他在脚下发现了一箱过期马桶去污剂,又问黑哥:"黑哥喝吗?喝完之后就能吐泡儿跟螃蟹似的。"

"你这人真无聊,"黑哥老实巴交地说,"提供的死法都很无聊。"

我刚想回头和他们开玩笑,忽然一脚踩空,感到身体倾斜了起来。深灰的天空像飘落下来的幕布一样旋转、变形,动物般的女孩短促地叫了一声。我立时记起自己还攥着她的手,赶紧放开,接着就瞥到她的脸模模糊糊,迅速离我越来越远。我在山的斜坡上翻了个个儿,便什么也看不见了。

等到醒来,我发现自己躺在山谷里。这里大概是山谷的另外一段,离下午去的集装箱山洞那一侧很远,往深处望去,都看不到灯光。我动了动身体,倒没受什么重伤,只是几处皮肤刺痛,大概是被电线和家具刮的。想要坐起来,却发现身旁是一个轮胎,轮胎一侧放着两只脚。不是丢弃的皮鞋,还连着脚。

我猛然坐起来,看到拉赫玛尼诺夫靠在一辆小型汽车上,默不作声地俯视着我。

"您怎么在这儿?"

"因为你在这儿啊。"他对我说。

"您怎么知道我在这儿?"

"我是以你为目的地进行时空穿行的,当然能知道你在哪儿了。"

我靠在轮胎上,仰着头说:"刚才是您救了我?还得谢谢您。"

"不用谢我，没有我的话你也不会死，只是有可能因为滚下来摔伤，造成脑震荡。"他用脚踢了踢汽车轮胎说。轮胎后面有一条不长的痕迹，看来是被他推动过，推过之后，轮胎正好挡住了一个微波炉。假如不是轮胎挡住，我一头就撞在微波炉上，这就是他的计算结果。

"那还是您救了我，我得谢谢您。"我说，"从此变成一个呆傻人的话，和丧命也差不多。"

"真不用觉得你欠我的。"他说。

"您要太谦虚反而显得不真诚了。"我说。

"还是向你解释明白吧：我的实际目的是，不希望你在大脑受损的情况下和她见面。"

"谁？你是说……？"

"对，就是她。"他说。

他指的是动物般的女孩。不愿我在大脑受损的情况下与她见面，这是什么意思？

"反正还是谢谢您。"现在拉赫玛尼诺夫总是伴着谜团出现，我有些烦躁地嘟囔一声。

"再向你解释一下：我在来之前已经知道你不会摔死，我有这种能力，你也明白，但考虑到有可能被那姑娘看到你大脑受损的模样，那样对你对我都很不利，所以才来保护你的大脑。现在明白了?"

"还是不明白。你有超乎常人的能力,我能理解也不得不理解,但我大脑受损什么的又是什么意思?假如被她看到我脑震荡又会怎么样?"

"对你对我对她都不是好事。"拉赫玛尼诺夫简短地说,说完抿上了嘴,拒绝开口。我不明就里,也只能不明就里,对他对动物般的女孩对最近发生的事情对我所处的世界不明就里。

太阳完全被破烂山遮住,山谷里填满黑暗。假如站在高处还能借助集装箱山洞处的灯光,而在此处只能费力地仰起脸,辨别他脸部"调子素描"般的轮廓。此时的拉赫玛尼诺夫如同用2B铅笔涂成的人影。

我点上根烟,也递给他一根。打火机的火苗在此处亮得触目惊心。他靠在汽车的前保险杠上,手指轻柔地在车身上划着,如同抚摸一代名琴的键盘。按理说破烂山包罗万象,只要是人类生产被人类杀戮的工业产品都有可能在这里出现,但在山谷看到一辆汽车,还是让我略感突兀。

车是一代名车,20世纪80年代中期东欧生产,名叫波罗乃兹。现在已经破得不像一辆车了,没有挡风玻璃,浑身上下锈迹斑斑,车灯被敲掉,如同盲人的眼睛。

这种汽车在改革开放初期曾少量进口,车主大多是倒钢材倒广东服装发了财的二道贩子,现在早已绝迹。如今一见,似乎是某种怪异的象征。

拉赫玛尼诺夫的目光长久留在车上,看着窄小的副驾驶座若有所思。我问他:"你见过这辆车?"

"见过。这是当年那个电子琴手的车,他用它载着安琳出门。"

我费力地站起来,扶着车门往车厢里探望,但无法像拉赫玛尼诺夫那样感觉到当年的气息。

我不知该说什么,停顿了一会道:"只是缺少零部件,修一修大概还能开呢。"

不知真正将他召唤来的是我还是这辆车。拉赫玛尼诺夫沉默良久,忽然抬起头看着我,目光如炬几乎闪闪发光:"还有一件事要提醒你。"

"什么事?"

"不要过分接近山上的那几个弱智小伙子。"

他的话让我蓦然又想起了什么。我证实般地问:"你说的是'一二三四五六七八九'?"

"就是他们。"

"假如我问为什么,您还是不会告诉我吧?"

"这个自然。说实话我不想过多打搅你,你只需要按照你的方式生活就可以,别的什么也不用多想。"

这个说法倒是笑话,他居然说"不想打搅我"。我笑了笑,他也听出嘲讽意味,解嘲般地笑了笑说:"时间差不多了,我也该走了。"

"您怎么回去?"虽然我也不知他回哪儿。

"走着去就行,反正也不远。"对他来说,从1942年的苏联到2002年的中国也不远。

他转身向背离集装箱山洞的方向走去,刚开始还能听见踩到碎玻璃烂纸上的脚步声,再后来只剩他隐约晃动的黑影,随即无影无踪。

我拍拍波罗乃兹汽车的发动机盖,坐到上面,专心致志地抽着下半根香烟。风在山谷外呼啸,远近漆黑一片,仿佛没人来过,也仿佛没人将要到来。但烟还没抽完,和拉赫玛尼诺夫离去相反的方向又传来脚步声,却没见到应急灯或手电的光亮。毫无疑问,是动物般的女孩。

"他们在山谷里找了一圈,你没听到喊声或看到亮光?"她像流水一样来到我面前,贴紧我说。两只大眼睛在我的脸上闪着沉思的动物般的光。

"只有你知道我在这里?"

"刚开始我就感觉到你在这里,便一气赶过来,但半路上突然失去了那种感觉,辨别不出你的存在,还以为你死了呢,直到方才才恢复了。"她抓住我的衣襟说。

我又从烟盒里敲出一根烟,放到她嘴上,然后用我的给她对上火:"虽说还是时灵时不灵,但自从回来,你的能力似乎恢复了很多。今天把张彻变成一架直升机也是你略施小技吧?"

她笑着抽了一口烟,白色的烟雾如同渲染般涂在黑幕上:"我的能力可以说已经完全恢复了正常,今天只不过是个小小的意外。我感到你那位大叔——什么诺夫来着?"

"拉赫玛尼诺夫,这名字有点儿不太好记是吧?"

"我不太习惯这么叫他,我觉得他已经停止了对我的影响,不再限制我的能力了。我不知道他这么做是为什么,但这也说明,他的能力确实比我强得太多,可以自如控制我的发挥。"

她刚才的"失去感觉",一定因为拉赫玛尼诺夫暂时对她进行了屏蔽。为什么不愿让她看到我大脑受伤呢?

我决定再次使用希腊先哲教给我们的办法:想不清楚的事就无限期搁置起来。我拍拍屁股下的汽车,岔开话题:"因祸得福,我还捡了一辆汽车。"

我便让她也坐到发动机盖上,把手指插进她的头发,闭着眼睛天旋地转地吻她,也不顾是什么地方。

我们相互搀扶着向山谷另一端走去,隐隐听到张彻和老流氓的叫声。刚才却根本听不到,好像落入另一个世界一般。

他在处理垃圾方面表现
出来的天赋简直惊世骇俗

梦场

张彻将呆傻青年"一二三四五六七八九"称为"垃圾之鬼",但事实看来,我们才是真正的"垃圾之鬼",而他就是"垃圾鬼王"。他在处理垃圾方面展示出的天赋简直惊世骇俗,看来人都在某一方面拥有才能,他的才能就在于变废为宝。

那天晚上,我们坚称垃圾堆不是人睡觉的地方,让老流氓送我们回筒子楼。河北口音的汉子开着解放牌微型卡车,再一次把我们颠得七荤八素。张彻埋怨了我一路,说我不该在破烂山上乱打滚儿,打完滚儿应该赶紧找组织。我只好解释说我昏厥了,昏厥了。他说谈的不是我滚下山去的问题,而是我和动物般的女孩在山沟里打滚的问题,当时我可没有昏厥,昏厥了——也不挑个地方,出于健康卫生的考虑才批评我的。

我确信他没看见我和动物般的女孩在波罗乃兹汽车上打滚,而只是发自龌龊想象的说笑,便一笑置之。动物般的女孩却也扑哧一声笑了,张彻马上说:"你看心虚了吧?还回味呢?"

"不行,我必须得和你练练了,"我说,"要不你丫真没完了。"

"练练就练练,拿我的链子锁来,"张彻笑着和我比画,同时看黑哥,"黑哥,他想跟我练练,你站在哪一边?"

没想到黑哥却趴在车斗护栏上,探着头向下看着转动的车轮发呆。他像怀有不可抑制的好奇心一样越探越低,上半身几乎完全伸了下去,只要一蹬腿,立刻就会翻下去。我和张彻赶紧一人一条腿把他拉上来:"黑哥使不得,这么个死法儿一点儿也不艺术。"

"就是,就算你有这意向,还得大家再研讨研讨不是?"

当晚回去以后,我们找了家桑拿房洗了澡,然后到一家咖啡馆吃了三明治和比萨饼,又喝了半箱嘉士伯啤酒才回去睡觉。第二天早上,我和动物般的女孩刚一下楼,便看到微型卡车司机拎着一包油条炸糕之类的在门口等着了。

重新来到破烂山,我发现山的轮廓仿佛多了一小角,老流氓说昨夜又从南城的经济开发区运来十几卡车的工业垃圾。

他给我们分发了厚厚的黑色雨衣，带上刷洗干净的塑料袋，让我们选择开工的地点。

满山的垃圾没有区别，难分彼此，在哪儿开工都是一回事。但我要求干活之前先和张彻去一趟山谷里。

"反正也不着急，时间有的是。"老流氓说了一句便坐上小卡车到附近的村子买吃的了，他每半个月都要采购半车的快餐罐头，喂养呆傻青年。

我们穿得像生化部队的士兵一样，小心翼翼地走进山谷，向纵深挺进。波罗乃兹汽车的具体所在我早忘了，但确定它在山谷里。走了两公里也没找到，我们几乎放弃了，还是动物般的女孩的超级能力起了作用，她断定汽车就在前方。又走了几百米，终于看到了那辆四轮交通工具。

它实在是一辆微型车，小得和一个写字台体积相仿，在白天看来，比昨晚还要破烂不堪，锈迹斑斑，掉了一扇门，后备厢被一记重击撞得瘪了进去。

"你看还能修好吗？"我问张彻。

"主要得看里面。"他说着和我把发动机盖掀开，检查了一番，"问题不大，基本配件还在，只是过于老化，磨损严重，找几个备用件换上就行。不过你非修这破烂干吗？即使能开也不会比马车舒服多少。"

"修修看，好歹是辆车嘛。我们可以开着它来往城乡之间。"

张彻说了几个配件的名字,诸如火花塞换气阀之类,还有我闻所未闻的,然后对我说:"要看能不能在破烂儿堆里找到这些玩意儿。"

看过车,我们沿着山谷回到集装箱山洞的洞口。呆傻青年早已坐在地上等我们了:"爷爷们好。"他们站起来鞠躬。

看来他们从小到大只学会使用"爷爷"这一个人称代词,对动物般的女孩也叫爷爷。我费尽心力教他们"同志"这个称呼,但收效甚微,他们索性"爷爷同志""同志爷爷"地乱叫起来。

老流氓早已为他们布置好了任务:"一二三四五六"到山上去捡报废家用电器,"七八九"留在山洞门口,负责拆解。他们虽然思维能力几乎没有发育,但模仿能力很强。他们看张彻做了一遍,就会自己用螺丝刀拧开电视 CD 机的机箱,并完整地取出集成电路了。

"大多数都是烧毁和短路,只要简单加工,就可以拿到旧货市场上卖掉。"张彻查看着大小不一的电路板说。

我看到他接上几根脱落的电线,动作熟练得就像个老电工,不禁问他:"你这一手是从哪儿学的?"

"我父母都是设计发动机的工程师。"

张彻把几种电路的大致分类告诉了我,我们又分头教给那些呆傻青年。但要让他们把电路完好无损地拆解下来，还需要一段时间。在此期间，黑哥和动物般的女孩又跑到山上，像小孩找宝贝一般带回来些稀奇古怪的东西，有掉了脑袋的石膏塑像、保存完好的版画、一套小提琴的琴弦等等。黑哥还另外带来可用于自杀的物件，分别是：一支吃牛排用的西餐叉、过期"乐果"农药、粗达半尺的工业光缆。

对于光缆的用法我们讨论了很久，最后决定还是将它一头固定在一幢大楼顶端，黑哥则站在对面的大楼上抓住另一端跳下去，发出人猿泰山一般的吼叫，像空中飞人一样在空中划出一条弧线，撞进阳光闪闪的玻璃墙。确定了这个死法之后，我们又随即将其否定，因为"万一在空中没抓住被甩出去，那就不完美了"。

中午老流氓坐着小卡车回来了，大家围坐在山洞里吃面包夹罐头肉，喝啤酒。看到拆解下来的电器元件，老流氓大感欣慰，连说"没找错人"。他异想天开地妄图利用那些元件开一家电器工厂。

在随后的日子里，张彻在修汽车和拆电器方面都有了天才的飞跃，他甚至将老流氓的妄想几乎变成现实。

经过"一二三四五六"的辛苦发掘，找到了近百个各类汽车的零配件。每看到一种，张彻都能立刻说出它的品牌和用途。其中以大众、丰田、本田等品牌的居多，甚至还有奥迪和捷豹的。就连基本完整的发动机也找到两台，分别是三菱和别克的。大多数配件不是坏了就是磨损严重，但张彻说只要假以时日，全能修好。关键之处在于它们和波罗乃兹这款车完全不匹配。

他告诉我："假如是一辆大众车，完全可以用桑塔纳和捷达的配件，假如是老标致，也能用雪铁龙的代替，但东欧车产量太少，几乎和其他所有汽车不共用平台。"

我说："那么说如果修好了，将是一辆绝版珍品了？"

"完全可以载入汽车发展史。"

找来的配件越来越多，但几乎没有能和波罗乃兹匹配的。张彻劝我放弃，我激励他说，完全可以将这个工作视为技术上的挑战，"科学有艰险，苦战能过关"。张彻再次表示他想当艺术家，对技术方面既不感到自豪，也不会产生兴趣。我软磨硬泡，他也只是拖泥带水地答应，最后倒是"一二三四五六"不辞劳苦的工作态度感动了他，也激发了他的奇想："干脆把那辆车的内部零件全都掏出来扔掉算了，我们用捡来的配件完全可以拼出一辆新车来。"

"那还是波罗乃兹吗？"

"把新发动机新火花塞新油箱装到波罗乃兹的车壳里，旧瓶装新酒，让它焕发新生如何？外形和原来一样，还是波罗乃兹。"

"看着一样就行。"我对机械一窍不通，也就无法区分内部的差别。

"而且动力和性能要比原来的波罗乃兹强多了，我们甚至还能把它变成一辆小型赛车。"

我从破烂山上捡来一摞尚且干净的A4打印纸，给他用来画设计图。张彻作图不用尺子和圆规，只用半根美宝莲牌眉笔，就可以画得像电脑一样规范准确。

更让人吃惊的是，他还掌握一种神奇药水的配方，据说是他父亲的发明。他给老流氓开出清单，让他到城里买来大桶的昆仑牌润滑油、稀释硫酸和诸多名称古怪的苯化物溶剂，另外还有一套用于化学实验的天平、试管、酒精灯等。那天晚上，他把雨衣的扣子牢牢扣好，又用透明胶粘住开襟，手上戴着橡胶手套，在塑料袋上额外加上一副宽大的潜水眼镜，以此遮住眼睛，闷在集装箱山洞里搞实验。

洞里不时飘出化学制剂的刺鼻气味，间或还有爆裂声响起。我从洞口往里探头，只看到张彻在紧张有序地忙碌，他面前的木桌子上放着无数代表工具理性的瓶瓶罐罐，还有两盏酒精灯和一个用电磁炉改装而成的电阻加热器在发亮。灯光将他的影子放大投射到山洞内壁上，夸张地晃动，神秘而又恐怖。

我想起美国电影的情节，很多秃顶四眼都是如此这般变成了可怕的苍蝇人、青蛙人、章鱼人等邪恶怪物，跑到纽约或洛杉矶街道上为非作歹鱼肉百姓，但终归会被超人、蝙蝠侠、蜘蛛侠等正义怪物收拾掉。

"我×，你看你像不像科学怪人？"我凑近张彻问道。

"赶紧出去。"他严肃地说，"万一溅上就会皮肤溃烂，状如梅毒三期。"

我只好到洞外等他，过了大约半个小时，他从里面喊老流氓："老丫的把冰棍拿进来！"

老流氓将一个盖着棉被的箱子搬进去，那里面装着一百多根小豆冰棍。片刻张彻将箱子捧出来对我们说："配好了。"

我看了看箱子里面，小豆冰棍之中冰镇着一个不锈钢杯子，杯口被胶布牢牢封住。

"这是什么东西？"

"一会儿你就知道。"张彻摘下潜水眼镜和塑料袋，向我要了根烟点上，"昨天晚上突然想起我父亲曾经搞出过这种东西，而且依稀记得具体调配步骤。假如成功的话，我们就发财了。"

他从山洞里拿出一个袖珍收音机，装进两节新电池，拧了两下，没有声音。

"看清楚，这是坏的吧？"

老流氓说:"破烂儿堆里的也没好的。"

他把收音机拆开,拿出里面的小型集成电路板,又揭下不锈钢杯口的胶布,把电路板放进杯中。杯子里盛着半透明的紫色液体,色泽酷似加了料的硫酸铜溶剂。电路板泡进去以后,液体里的紫色开始变浅,不一会儿便接近透明,而电路板表面则被浓郁的紫色附着,仿佛吸收了液体的颜色。在此期间,有气泡断断续续地从杯底冒上来。

张彻满意地点点头:"就是它了。"他用镊子把电路板夹上来,随着脱水接触空气,电路板迅速退掉紫色,恢复原貌,杯里的液体又重新变紫。

"现在再装上试试。"张彻说着把电路板装进收音机外壳,接上电源,打开开关。收音机里清晰地传出甲壳虫的老歌《平装书作家》。

"怎么样,灵吧?"他问我们。

我吃惊地接过收音机又拧了拧,不光音乐台,经济台和新闻台也一切正常:美国对我国对虾出口实行了反倾销政策,北京正在兴建的鸟巢体育馆……

"你能看出他是怎么修好的吗?"我问身旁动物般的女孩。

她摇摇头:"看不懂。他用的方法不是和我类似的。"

"这就是所谓科学的力量。"张彻像相声演员一样嘲讽地说,"配制起来很复杂,但原理简单。我们都知道,所谓集成电路，无非是利用电子和磁场的感应，使之进行有规则的运动，就像城市的交通结构一样，各种车辆虽然成千上万，但必须严格按照某种规则行驶，假如设计失误、车辆故障或道路损坏，将导致大范围的交通瘫痪。完好的集成电路都能保证电子畅通无碍地运动，但一旦某个线路出现短路或磨损，电子不能运转，电路也将失灵。大多数报废电器的毛病，都是由于短路烧坏了小块电路，而集成电路的大部分都还没有损坏。但由于集成电路太过复杂，想要找出坏损的部件实在太困难，修理起来得不偿失，所以一旦坏了只能扔掉。这种药水的优点，就在于无须费时费力地寻找故障点，自己便能够分解出金属离子对烧毁的地方进行修补。只有集成电路本身受到磕碰造成的外伤没法修复，但那种情况太少了，一百台电视也不见得有一台是被砸掉的。"

"也就是说，只要用这种药水一泡，短路造成的报废电器都能修复如初了？"

"就是这个意思。"

"你爸爸真是个奇才。"

"他这项技术的主要用途在于，当一台大型计算机进行复杂运算时出现短路、一时半会找不到备用电路时，可以应急，从而不耽误工作的进程。但一旦找到备用电路，必须立刻换上，因为这个技术的缺点是：液体中的金属离子不够稳定，所以修复效果只能维持二十四小时，超过这个时间，药水失效，电路也将重新报废。因此这东西只能用于特殊设备的特殊情况，根本无法普及推广。"

"那是，假如没有时效性，修完就能再使五六年，"我说，"新电器也卖不出去了，跨国公司首先不能答应。"

"但是我们完全可以利用它，"老流氓猛然醒悟般地接着说，"虽然药水的功效只能维持二十四小时，但我们如果在二十四小时内把修好的电器当作新的卖出去——"

我脱口而出："发啦！"

老流氓决定，计划必须立即执行："晚干一天，就可能亏上万块钱呢。"

他像屁股上绑了爆竹的土狗一样号叫着跑回城里，给张彻买来了百倍之多的润滑油、稀释硫酸和苯化合物制剂，又把实验器材换成了百倍之大的工业用钢瓶、燃炉和反应器，甚至一咬牙装备了一台小型发电机，附带了三台海尔冰柜。为了购置上述器材，他把城里的包子铺也卖掉了，转手的时候被债主发现，又不得不还给人家几万块。

"古代经常有这样的事，"我看着老流氓精神亢奋地忙活着，"土财主碰到了炼丹术士，为了点石成金不惜倾家荡产。"

"我的药水就是现代炼金术。"张彻看到呆傻青年们把仪器小心翼翼地放在集装箱山洞里，便向老流氓走去对他说，"干活之前，有件事咱们得再商量一下。"

"还用商量吗？我知道是什么事儿——利润分给你们三成，算你们技术入股行吗？"老流氓不容插嘴地吼道。

"你丫还挺懂事儿。"

变废为宝，点石成金。第二天，张彻忙了一上午，配制了整整一汽油桶紫色药水。大到电视机电路板，小到随身听，全能泡进桶里。只需一泡，完好如初，简直像魔术一样。老流氓喜悦地看着汽油桶，眼角渗出幸福的泪花，两手激动得在裤裆上乱搓。

"不行，我忍不住了，我要在这大桶上面题词。"他用一支半秃的毛笔饱蘸稀释硫酸，在桶壁上龙飞凤舞，硫酸所写之处，随即留下了三个大字：聚宝盆。

张彻说："这些药水大约能用一个月，随着电路修复，里面的金属离子浓度会逐渐降低，所以电路板泡在药水里的时间需要越来越长，当药水完全没有颜色以后，我再配新的。"

"你们哥儿几个想干吗就干吗吧，其他偷梁换柱倒买倒卖的事儿我拿手，当年哥们儿也是第一代倒爷。"老流氓说。

张彻的科学技术让破烂山焕发出了前所未有的繁荣景象。老流氓像一个刚学会数数的小孩一般，一天到晚喊着："一二三四五六七八九。"在他的指挥下，呆傻青年们各司其职，虽然领悟缓慢但秩序井然，恪尽职守。"四五六"负责把损坏的电路板拆出来，再把修复的电路板安进去；"七八九"需要把电器的塑料外壳擦拭得锃光瓦亮，就像新的一样；而"一二三"由于年龄较大，智商也相对较高，会看表，属于高层次人才，老流氓便让他们负责掌握电路板泡在药水里的时间。

破烂山依然风尘仆仆，扬沙满天，老流氓领导的工地却一片火热。呆傻青年干得极其出色，电器被擦拭安装得毫无破绽，接上发电机试验，也工作正常。三天以后，老流氓坐着微型卡车，带回来了从城里收购的电器纸箱，松下、索尼、三星、日立一应俱全，都是他从电器商场收购来的。他带领呆傻青年把修复好的电器包装妥当，塞进说明书，打上塑料封条，便急匆匆地装车拉走。

"得趁失效以前赶紧卖出去。"他把给我们买来的吃的放在桌子上，马不停蹄地跳上卡车。

这老家伙确实不傻，他伪造了不同电器公司销售员的工作证，每次出去，都只拉走同一品牌的电器，今天拉日立，明天就拉松下。而且每次都要化装，有的时候一脸大胡子，有的时候戴假发，有一次甚至用透明胶粘在上嘴唇上，假装兔唇。不时更换身份和长相，这样买主就算发现吃亏，也找不着人了。

修复好的电器大多以低于市场价三分之一的价格运给了家电商场，然后流向依靠出卖劳动力换取消费品的千家万户。

开始发货后的第三天，老流氓便揣着一个厚厚的纸袋来到集装箱山洞内，向我们一亮："你们猜，这里是什么？"

"人民币。"张彻说。

"你看你看，拜金主义者，就知道人民币。"

"那能是什么？我都看到纸袋里露出的半沓纸币了。"

老流氓还在神经质地问："说说说，这是什么？"

我想了想，只好说："人生真谛。"

"对啦，就是人生真谛！"他把百元大钞掏出来摔到桌上，"当代社会诸多人信仰、膜拜的东西，上面的数字代表什么？百分之百的真理！"

不出多久，随着一批TCL、海信、长虹彩电和音响出口到西方和东亚各国，英语、德语、日语等各种版本的钱币也源源不断地来到我们这些破烂山的拓荒者手里。

羽毛

如有生命一般在手心
微微抖动闪闪发光

老流氓只争朝夕地贩卖旧货的同时，张彻开始为我装配全新的波罗乃兹汽车。我们和黑哥一起动手，用两段钢筋和粗铁丝制成杠杆起重机，把汽车举放在用废砖烂瓦垒出的沟形台上，然后打开发动机盖，拆掉底盘，把车壳里面的东西掏了个空，只留下传动装置。在设计图里，张彻对波罗乃兹做出了大胆创新，他为这么小的一部车配备了六汽缸发动机，其中两个汽缸来自别克，三个来自大众，一个是丰田的。经过大幅度改装，不同公司的发动机也能拼凑在一起，实在是奇迹。减震系统最豪华，来自一辆20世纪90年代末期报废的奥迪轿车，他居然还为波罗乃兹补充了液压助力方向盘，是从一辆本田·思域汽车上拆下来的。

主要配件安装完毕后，我们还要修补车壳上的撞伤和破损。我们用草酸擦掉锈迹,用铁板压平凹陷部分,又用刷子一丝不苟地刷上白漆。这个手艺活很费时间,张彻一度提议,干脆连车壳也换掉算了,他可以用丰田·佳美和小型三菱重新拼出一部汽车的外壳,而且要美观宽大得多。

我坚决反对:"不行,我只要波罗乃兹。"

每天刷过一遍白漆,我都要独自擦拭一遍车壳。不知为何,每当看到这辆车,我都感慨良多,仿佛看到自己的前生一般。即使这辆车是电子琴手和安琳曾经坐过的,也应该属于方骚的前生才是,和我又有何相干?不过我总想一遍又一遍地擦拭,一直擦到天黑。我擦车的时候,动物般的女孩总会默默地陪着我,并且也会往车上凝视良久,她似乎也对这辆车有种说不出的熟悉之感。

"你见过这种汽车吗?"我问她。也许通过这辆车,她能用超常的能力揭开拉赫玛尼诺夫的某些秘密。或许她的秘密也和这辆车有关。

"没见过。"动物般的女孩说,"但总能感到亲切。"

"为什么感到亲切?你认识的什么人和你说起过它吗?"

"没有,只是感到车上存在过某种和我极其相似的气息。"她说着闭上眼睛,将手按在发动机盖上,这一瞬间,山谷外的呼啸风声戛然而止,似乎有某种天外之音从四面传来,"就像我曾经在这辆车上哭泣一般。"她闭着眼睛长久地抚摸汽车,姿容美得惊人。我叹了口气,俯下身去接着擦车,脑海中出现幻觉:我是一个有家有业的普通青年,她是一个有名有姓的正常姑娘,我们住在一起,每当周末,她会看着我擦车,两人准备忘掉几天的辛劳,到外地去度假。我们在小区的草坪前擦车,我们在街心花园旁擦车,我们在人来人往的街旁擦车。但无可奈何,我们正在破烂山擦着一辆四分五裂的车。我没有忍受日常生活的本领,她没有名字和来历,我们生活在没头没绪无法理解的迷雾之中。

对这一切,只能付之慨然一叹。

自从泡在破烂山以后,我和拉赫玛尼诺夫相见的次数明显减少。总是趁动物般的女孩去师范大学浴室洗澡时,他才忽然出现。这段时间,虽然他的表情依然镇定,举止依然优雅,衣着依然笔挺,但我看出他处于紧张忙碌的状态之中。焦急之色不时从他的眉宇之间显现出来,甚至有时,他会不自觉地咳嗽起来,眼神发愣,说话前言不搭后语。

"您最近有什么心事啊?"我问他,"寻找魔手遇到了问题?"

"魔手倒找得很顺利。"他说,"经过统计,三十年前在方骚身上失落的魔手一共有十双,现在已经收集到了九双,还有一双已经知道下落,就在黑哥身上。"

"那您怎么一副肾虚的模样?"

"有别的事。"

我递给他一支烟,他接过点上。从裤兜里掏出手时,他无意中掉下来一个纸片,我用余光扫了一眼没作声。

"我们做个试验吧。"他忽然想起什么似的,对我说道。

"干什么?"我说。

"你弹一段《第二钢琴协奏曲》,不要用心弹,只要保持大脑一片真空。"

"这是什么试验?"

我依言而行,坐到钢琴上弹起来。我自从忙起来,很久没和他一起弹琴了,现在不免有点生疏。刚开始还怕弹错音符,缩手缩脚,有两次节拍乱了。

"别怕弹错,只要无所用心地按键就可以。"

我索性仰着头,看着天花板,凭指尖的本能演奏起来。忽然之间,我感到某种力量从背后进入了身体,接着脑海之中一片空明,仿佛看到巨大的光亮一般,随后身体好像不是自己的了。

手指自行起落,弹出的音色有如天籁。我侧着耳朵听,无法相信那是自己弹出来的。《第二钢琴协奏曲》被演绎得和拉赫玛尼诺夫一模一样,仿佛手已不是手而是留声机的探头。

我吃惊地缩回手,回头望着拉赫玛尼诺夫。他抽着烟眯着眼看着我:"别停,按着弹啊。"

"不敢弹了——这是怎么回事?"

"果不其然,"他说,"魔手和你的身体相处得很和谐。"

"你是说你把魔手传到了我身上?"

"正是这样,不过它目前还不能在你体内久留。"他走近我,拍拍我的肩,那股力量迅速从我身上涌出,转眼之间一点不剩。我像被麦管吸干的可乐罐一样没了力气,感到莫大的空虚。

"我的推测没有错误,你和大多数人不一样,但生活中的秘密还需要你自己去发现。"他说完转身出门,我还没来得及开口,脚步已经在走廊里消失。

我垂着头坐在琴前,回味那魔手附身的感觉:如同和整个宇宙融为一体,世界上的纤毫变化也逃不出我的眼睛。

过了半晌,我无所事事地按了几下钢琴,继续弹奏方才的旋律。但琴声已经干涩无味,一听就知道出于天分平庸的常人之手。我抽回手放进兜里,深深厌恶自己的手,进而厌恶弹琴这件事。这在以前从未有过。

我呆呆地抽了根烟,才想起掉在地上的纸片。捡起一看,是一张苏联绿牌伏特加的收款单,而开出单据的酒吧名字叫作"过河入林",我从未听说过北京有这种酒吧。

猛然想起,以前曾在一本小资旅游杂志上看到过这个酒吧名字,它坐落在美丽的古城云南丽江。动物般的女孩第一次来我这时，也说过她去了一趟云南。

一缕羽毛状的东西从收据单的折缝里飘落出来。我凌空将它抓住，在眼前展开手端详。该物看似羽毛，但又像是兽毛，似乎介于两者之间；呈银白色，而且是绝无杂质的白，有如有生命一般在手心微微抖动闪闪发光，令人炫目。

拉赫玛尼诺夫一贯身穿做工精湛的亚麻布衬衫和粗呢外套，再说这天气在云南也无须穿羽绒服之类的，而且这是什么动物身上的毛呢？我从未见过。似乎是没有发育成熟的羽毛，又像兽类变成鸟类的中间产物。

这时门外响起脚步声，动物般的女孩穿着拖鞋回来了。我把收据单和奇特的羽毛收进兜里。她一进来便察觉出不对劲，神色警觉，鼻翼微微抽动。

"你那位——什么诺夫大叔——来过这里？"

"对。"

她什么也没说，默默抱住我。湿漉漉的头发贴在我脸上，脖颈深处散发出春天的动物芬芳，犹如刚在冰雪初融的河里游过泳。我怀着初吻一般的心情吻着她，激动而欣慰。

嘴唇分开以后，她把头埋在我颈弯里，密语一般说道：

"你身上有点不对劲。"

以前我总感觉，虽然她和拉赫玛尼诺夫都来路不明行踪诡异，并且都具有敏锐感觉和超凡能力，但两者之间存在着本质的区别：拉赫玛尼诺夫属于另一个世界，遥远得不可企及，她则来自我生活的世界，使人感到亲切。可是这时我第一次发现，他们拥有着同一属性的内在特质，那是一种我刚刚了解的力量，完美无缺的琴技和鬼魅一般的催眠术都是这种力量赋予的。

那种力量也即魔手。

第二天，我一个人到师范大学图书馆查阅动物学资料。看了摞起来高达一米的彩色照片之后，我得出结论：无论是肉食动物还是食草动物，加上鸭嘴兽、袋鼠、树袋熊这些进化不完全的活化石，没有一种动物长有昨天见到的那种银色羽毛。

大概这种羽毛不属于现存的、已被发现的动物。而由于人类力量的恶性使用，未被发现的动物很可能在不知不觉间灭绝，即使存在也相当于从未出现过。可能有无数种动物曾经或正在奋力地觅食、迁徙、繁殖，和人类一样对生活抱以无比的热情，但它们的生命对我们来说只是虚无。想到这一点，我心中的悲伤油然而生。

我猜测，也许在已经灭绝的动物那里可以找到类似的羽毛，便进而翻阅了一些史前动物的资料。当然不可能有照片，但根据化石的痕迹，古生物学家可以画出大致形态。两亿年前，地球曾属于奇形怪状的三叶虫；鹦鹉螺出现于寒武纪大爆发之后；第一只爬上陆地的总鳍鱼无异于所有青蛙的神话；六千万年前，巨大的暴龙预示着爬行动物的统治已经穷途末路；因为冰河时期的重复出现，剑齿虎曾存在过四次。终于，我将猜测的目标锁定在八千万年以前，那时某些小型爬行动物初次变成鸟类。1992年，我国在辽西发现了著名的"中华龙鸟"化石，它和始祖鸟相似，都属于爬行动物和鸟类的中间形态。中华龙鸟倒有长出那种羽毛的可能，也许它们正在进化的路上踌躇：到底是变成鸟类还是变成兽类呢？犹豫不决之间，身上某些部分的羽毛便长成了鸟类和兽类的杂交产品。

中华龙鸟的羽毛颜色无从推断，古生物学家将其想象成了绚丽的五颜六色，脖颈上一片银白也不是没可能。

但到图书馆门前抽烟时我打消了上述想法。拉赫玛尼诺夫在一天之内远赴云南猎捕中华龙鸟，而该生物已经灭绝三千万年，这个命题无论如何不能成立。

从图书馆回去的路上，我买了一份报纸，头版头条报道的是一群悲愤的成功人士要跟索尼、松下、三星等公司拼了。他们新买回家的电视、空调和音响只用了一天就出现故障，跨国公司拒不认账，电器商场也在推诿责任，法院已经介入调查。

尽管如此,老流氓的破烂事业依然欣欣向荣,泡过药水的家用电器还能畅通无阻地卖出去。这事也有些蹊跷,明眼人都能看出来他的工作证是伪造的,为何对他深信不疑呢?老流氓的解释是:"这就叫利欲熏心,咱们的东西比市价便宜那么多。"

但现在事情已经闹大了,第二天的报纸跟踪报道,电器厂家怀疑有人在搞以次充好的勾当,并要求商场在每次提货前打个电话,以便对发货人验明正身。

"现在完了,"我对老流氓说,"就算利欲熏心,也没有商场乐意砸牌子。"

"没关系,那咱们正好不贱卖了,每次都按市价卖出去,就没人怀疑是假的了。"

"你看没看报纸?假如商场给厂家打电话,不就穿帮了?"

"想干大事儿,"老流氓说,"就别怕那么多。"

当天下午,他又拉着一卡车松下电器出去,傍晚回来,拿着比平时厚近一倍的钞票。

"看见没有?什么最安全?走钢丝!那帮傻瓜一点疑心也没有,不但把咱当松下的人而且还想跟咱说日语。"

"他们没打电话核实?"

"打!哥们儿让他们随便打,打完电话也挑不出毛病来。你说他们丫的是不是傻瓜?"

"那是你这次运气好,以后还是留点心吧。"

"放心吧,哥哥我是吉人天相。"

每次他坐着卡车出去,我都对张彻说:"等着吧,没准他今儿就回不来了,你说丫要是栽进去咱们还探监去么?"

"探,干吗不探?咱们得在牢里把丫弄死,以防他把咱们供出来。"可连续几天,老流氓都安然无恙地带着大捆现金回来,还给我们买了洋酒和"莫斯科餐厅"的俄国菜。就算跨国公司的雇员都是傻子,难道公安机关的眼睛都长到裤裆里了?尽管吃着奶油烤杂拌喝着芝华士苏格兰威士忌还分到了大笔赃款,我却感到天理不公了。于是有一天我让卡车司机歇了,主动请缨亲自陪老流氓去送货。

"让你看看,虎口拔牙对哥们儿来说有多轻松。"我开着车,老流氓抽着烟笑道。

我们把车开到东城的一家电器商场,那儿规模很大,有两层楼,门前彩旗招展,正在举行促销活动,一个八流草台班子在给民工义务演出。

"朋友们,给点人气好不好?"打扮得如同20世纪90年代初期香港演员的主持人声嘶力竭地吼道。

"那就给你们丫点儿人——气。"老流氓应声挤出一个响屁。

"你丫从来不紧张是吗?"

"把别人的钱变成自己的钱,这是人类本能,我紧张什么啊?"

我们开进电器商场后院,我忽然记起:"对了,咱们没穿工作服啊,人家电器公司的都得穿蓝马甲戴蓝帽子。"

"用不着那玩意儿。我都不紧张你紧张什么啊?"

我把车停在院里,一个穿黑西服胸前别着对讲机的业务经理迎上来,老流氓探出头去说:"松下的、松下的。"

那人居然客气地和他打招呼,还敬上一根烟。老流氓向后指着车斗说:"点点吧。"

"十台电视俩冰箱二十个CD唱机,一共八万。"片刻之后那人绕回驾驶室旁说。

"收你七万五,另外五千是回扣。"老流氓说。

"好嘞,谢谢您。"业务经理掏出电话说,"不过不好意思,现在要求提货的时候打电话核实,出了那档子事儿以后,上面很紧张。"

"随便打,咱们都理解。你要懂日语给松下幸之助本人打都可以。"我屏住呼吸,看那人拨电话。片刻之后电话通了,老流氓把伪造工作证递过去,业务经理说:"松下销售部吗?我是城东电器,核实一下刚才送货的人,编号123456789没问题吧?"

电话里不知说什么,他随即合上电话,笑容洋溢地说:

"没问题没问题,我说您也假不了嘛。"

"不,"老流氓故作严肃地说,"小鬼,你做得对,就是列宁同志也得出示证件。"

业务经理解嘲般地笑:"现在闹得草木皆兵,就连松下幸之助亲自来送货都信不过。"

老流氓的思路又往龌龊方面引申:"性之助,性之助。"

他们俩抽烟聊天讲社交必需的黄段子,让我在一旁看傻了。居然就这么容易蒙混过关,老流氓使了什么伎俩啊?就算业务经理这边肉眼凡胎,和松下公司销售部核对工作证号码怎么也查不出来?

开车回去的路上,老流氓让我在一家昂贵的西餐厅门口停车,进去给我们买酒买肉。我找了个公用电话,问查号台找到松下公司销售部的电话,自己给那边打了一个。

片刻电话通了,一个深沉的男音问道:"松下公司销售部,请问找谁?"

"我是城东电器,想再核实一下刚才送货那人的工作证。"

"说号码。"

"123456789,今天你们是安排这人来送货么?"

"是啊,没问题,刚才不是说过了么?"

"您能重复一下货品清单么,我想查对一下,麻烦您啊不好意思。"

"十台电视俩冰箱二十个CD唱机。"对方有些不耐烦地说。

"好好，谢谢您了。"

我放下电话，一阵愕然。这其中一定有蹊跷，我看着老流氓从破烂山动身的，难道他连松下公司的人都买通了？

和老流氓回去的路上，我忽然想到，也许他也会动物般的女孩所说的催眠术。得和她说说这件事。

"老流氓这人，你觉得怎么样？"在垃圾山谷里，我一边擦拭波罗乃兹汽车的窗户一边说。此时张彻和黑哥在集装箱山洞里练吉他，老流氓则带着呆傻青年小队到山上搜罗破旧电器，以供明天出售。

"普通人。"她说，"只不过将人类的某些缺点夸张表现了出来。"

"普通人，像我一样？"

她侧着头，齐肩短发斜着遮住一只眼睛。凝视了一会儿越擦越亮的车身后，她说："对，和你一样。"

"但是怪就怪在这么一个普通人，也没采用多么复杂巧妙的技巧，居然能够瞒过电器商场的人这么久，而且还能坚持顶风作案，你不觉得蹊跷么？"

"你的意思是……？"

"他会不会和你当初用的伎俩一样,也掌握催眠术,使人家认为他就是跨国公司的?"

"不可能,他和我不是一类,没有这种能力。"

"我说也是,超人也不能满地都是吧。但我看到的明明就是那样,会不会是你暗中帮了他,用你的能力给他身上施加了催眠术,从而使别人认不出他的真面目了?"

"绝对没有,那种能力使一次很费精力的,我犯不着给他使。"

"那到底是怎么回事呢?眼下的情况总需要有个原因吧?"

"你这个人,"她笑着摸摸我的头说,"就是什么事情都要找原因,所以才会搞得这么焦虑。"

"对,我倒是希望像'一二三四五六七八九'那样,无奈老天不公,给了我一个正常人的大脑。"

"既然你想知道就告诉你好了,反正有的事,你现在不知道将来也会找上门来。"

"什么意思?"

"你刚才已经说对了一半,即使老流氓本人没有那种能力,另外一个有能力的人也可以把能量施加到他身上,帮助他进行伪装。老流氓被施加能量以后,电器商场的人眼中的他就是大公司业务员。"动物般的女孩说,"但那个帮他的人能力要非常强,连我也做不到这一点。要说有谁做得到,你想必也知道——"

我立刻反应过来："拉赫玛尼诺夫。"

"对，就是那个什么诺夫大叔，他名字真长亏你记得住。而为什么帮他，大概他自有目的。"

"那么打电话呢？假如电器商场的人眼睛被迷惑了，打电话核实号码总不会蒙住吧？"

"这一点诺夫大叔自有高招，"动物般的女孩略带嘲讽地说，不知为何，她像知道拉赫玛尼诺夫的底细一般，"他还掌握另一种能力，那种能力我也不能拥有，需要的能量太强了。"

"什么能力？"

"明天带你去个地方，到时你就知道了。"

第二天老流氓坐着卡车进城贩货后，我和动物般的女孩心照不宣地点了下头，借口拣几个旧玩具玩儿，让张彻和黑哥别等我们吃饭。

"玩玩玩儿什么玩具？不就是互为玩具吗，还遮遮掩掩的干吗？"张彻笑道，"真把哥们儿当外人。"

"玩儿蛋去。"我也笑骂一句，跟着动物般的女孩走出集装箱山洞。

我们沿着山谷往纵深处走，一直走过波罗乃兹汽车的停放地点。路上迎面走来一个呆傻青年,也看不出他是"几",只见他痴痴愣愣地背着一个摔坏音响的音箱,边翻找山谷两壁的垃圾边往前走,看到我们来也不打招呼。

"还忙着呢?中午别忘了回去吃罐头。"擦身而过的时候,我先对他说。

他这才反应过来,像刚看到我一样,吓了一跳:"爷爷好!"

他倒吓了我一跳:"别一惊一乍的,也别叫得那么亲。"

他走过去,动物般的女孩才低声对我说:"你叫他干吗呀?不叫他,他就看不见你。"

"隐身术?这也是你的超能力所致了?"

"最近我才学会的。"她说,"记住,只要不出声就可以。"

过了一会儿,又走来两个呆傻青年,我们没说话,他们视而不见地走过去。

我和她一直走到山谷的另一头,她才指指原地,示意我停下。山谷左侧,堆放着高高的一摞纸箱子,冰箱彩电各种电器的包装都有,是老流氓从城里买来的。动物般的女孩用两个手指按住一个箱子,不一会儿,箱子上露出两个小洞来,边口像刀割的那样整齐。她示意我把脸贴上去,我们一人一个小洞往里看。

不知她开了两个多深的洞,一直穿过厚厚的箱子堆,穿到山谷之内。

里面竟然别有洞天,藏有两个篮球场大小的空间。从形状上,我看出来,这里是另一个集装箱山洞。洞里光线模糊,但也有应急灯光。靠墙一侧摆放着桌子和一张旧沙发,桌上有一部电话机。墙角有两个"绿牌"伏特加酒瓶。

沙发上靠着拉赫玛尼诺夫,他正闭着眼,头颅半仰,仿佛正在养神。动物般的女孩拉起我的手,在手掌上写下几个字,我猜测半响才弄明白,她写的是:"看那电话。"

那是一部在 20 世纪 80 年代老干部家中常见的电话机,还是拨盘式的。电话机背面,并没有电话线拉出来,只孤零零地龇出两根线头。一眼就可看出,这是一部不能通话的电话机。

但一切眼见都不为实,这是近期生活的经验。过了一会儿,我分明听到那部电话机响了起来,铃声干瘪无力。拉赫玛尼诺夫睁开眼,把电话拿到腿上——我又确认了一次,电话没有和任何线路相连。但他摘下话筒,开始说话。

"您好,这里是三星销售部,请问您有什么事情?"他的声音也换了样,鼻音很重,毫无特色。

话筒里面嗡嗡作响,像蚊子叫一样,但的确有人说话。

拉赫玛尼诺夫接着说:"证件号码是 123456789,没问题,我们正是安排他去送货。十台电视六部音响。"

他又像一切公司职员一样哼哼出两句"谢谢再见",然后挂掉电话,把电话放到桌上,站起身来向外走。

动物般的女孩拉拉我的手,带我退到一旁。他似乎在里面跺了跺脚,一个西门子冰箱的纸箱上居然出现了他的影子。影子高大颀长,单独存在于纸箱表面。接着影子似乎有了颜色,也有了立体感,渐渐变成了人形,拉赫玛尼诺夫从箱子表面走了下来。

他站在原地拍打呢子外套,我们就拉着手站在他眼前,而他居然视而不见。我屏住呼吸,动物般的女孩也面色紧张,但眼神依然镇定。没过一会儿,他点上一支掐掉过滤嘴的香烟,独自一人向山谷外面走去了。

直到他的身影在拐角处消失不见许久,动物般的女孩才放开我的手,长出一口气。

她说:"看到了吧,就是这么回事。"

我想趴到纸箱上再看一眼,可那两个小孔已经悄然消失了。我又摸摸那个西门子纸箱,马粪纸粗糙厚实,手感如同在摸木板。

我问她:"刚才他用的是穿墙术吧,怎么跟崂山道士似的?"

"只不过是一种简单的空间穿行,对于他来说容易得很。当初他溜进你的房间,用的也是这招。而刚才他没发现我们,你也可以说我用了隐身术,但那只不过是我对催眠术的一种改进,将我们幻化成空气。"

"那么那个电话呢?电话怎么会响?"

"那要复杂得多。他在那部没有连线的旧电话机上不仅施加了巨大的磁场,而且还是一种选择性磁场。只要和老流氓相关的电话,都会穿越时空,被转接到这部电话机上。"

"也就是说,电器商场业务员的核实电话,全被拉赫玛尼诺夫截下来了。"

"对,所以老流氓才能那么放心大胆地行骗,他一定和什么诺夫大叔存在着某种默契。"

"但拉赫玛尼诺夫为什么一定要帮老流氓赚钱呢?"我想起拉赫玛尼诺夫作为方骚的时候曾和老流氓是兄弟,但现在已然投胎转世形同路人了,大可不必惦记着这份儿亲情。

"这个自然另有隐情。说实话,我不想介入他们这档子事儿,只不过是利用超常能力时碰巧发现而已。我担心过不了多久,不仅是我,连你也会被卷进去。"

"卷进去什么?听你的口气好像很可怕一样,"我想缓和一下气氛,"我看顶多也就是一起邪教作乱的小祸端,吓不倒我这坚定的历史唯物主义论者。"

"假如真发生什么事,"她没感到我在开玩笑一般,表情郑重,"你不要忘记我说的话:我出现在你身边,绝对没有任何目的,纯粹是偶然所致。如果说一定要有个目的,那就是不离开你。"

我听不出她话的全部意味,但蓦然感动,紧紧抱住她说道:"我要说的和你一样:我来到这个世界不仅没有目的,也没有意义可言,遇到你同样是偶然。假如中途加上一个目的,那就是不离开你。"

这些天,由于张彻饱食终日无所事事,便把心思都放到装配波罗乃兹汽车上来。他是一个出色的工程师、出色的电工、出色的修理工;除了音乐家以外,他什么都有可能是。他不仅做到了给波罗乃兹内脏大移植,而且将车厢内的设施整饬一新。终于有一天,他对我说:"大功告成。"

我跟着他过去,波罗乃兹已经焕然一新地站在原地,一身纯白闪闪发亮,就连车标也上了一层电镀。他坐到驾驶座上,打开发动机盖,让汽车空转起来。

"怎么样,转速够高吧?"

我看着繁忙工作的机器,也看不明白,但能判断出它在正常工作。"六个汽缸呢,放在这部车身上,每小时最高能跑三百公里,零到一百公里加速只需要五秒钟,性能几乎可以和雪弗兰最新推出的超级跑车相媲美。"

"牛×、牛×。"我说。

"就是还缺一套出色的音响,破烂山找不到能用的,过两天我们到城里想想办法。"

"没有音响也行,能放磁带就可以。"

"那不行,既然做了就要精益求精,而且没有音响怎么听甲壳虫?"就连黑哥也蹲在旁边,兴致盎然地看着张彻忙活。他的眼神渐渐集中于车轮底下。

"黑哥,"我对他说,"我坚决不同意你开着这部车撞大楼或者飞进永定河,你也休想让车轮子从你肚皮上轧过去,这可是我的宝贝,不能用来自杀。"

"别担心,别担心,"黑哥厚道地笑了,"我也就是一闪念而已。"我迫不及待地想要试试车,便让张彻下车,自己坐到驾驶座上。诚如张彻所言,动力着实强劲,轻轻一点油门就体验了巨大的推背感,没跑出两百米,车速已经提到八十公里。

我猛然停下车,刹车性能良好,真是一辆令行禁止的良驹。我没开过专业赛车,但这辆车已经快感十足。

我和张彻轮流驾驶,带着黑哥绕着破烂山兜风。在黄沙漫天之中,我们开得风驰电掣,发动机的轰鸣几乎盖过了风声。就连黑哥也忍不住想试试,我问他:"黑哥会开吗?"

"不会开也无所谓,反正这儿没人也没交通规则,"张彻说,"不过有一条,开车要专心致志,千万别动自杀的念头,别拉我们俩当垫背的。"

在我的指导下，黑哥熄了几次火才开起来，一路上歪歪扭扭，几次险些撞进垃圾堆。我们大呼小叫，乐不可支。

闹了一会儿，我把车开回集装箱山洞，要带动物般的女孩去兜风。我们两个一边闲聊，一边将车开进城里，在车水马龙的大街上行驶。和波罗乃兹渐渐熟悉以后，我已经能充分发挥它的性能，连续轻松地超车，将其他车辆远远甩在身后，就连高档德国车也望尘莫及。

张彻还真有两手，我说："这是不是也算一种超能力啊？"

"反正我学不会。"她说。

但我得意忘形，在一个路口闯了红灯，险些和一辆大货车相撞，一脚把刹车踩到底才停下。刚想再次起步，一辆交警的巡逻车已经横在前面，警察走出来，让我下车。

"超速还闯红灯，小伙子够棒的。"警察也对这辆车产生了兴趣，看个不停，"这车还能开这么快呢？听声音跟F1似的。"

"师傅我谢谢您，放我一马吧。"忽然想起来，我没驾照。

"甭废话，拿驾照。"

动物般的女孩拿出一张餐巾纸，示意我递给警察。我没反应过来，对警察说："师傅您擦擦汗。"

警察瞥了我一眼，接过餐巾纸仔细看着，然后递还给我，开了一张罚单："扣你三分，自己到银行交罚款去。驾照收好。"

我意识到动物般的女孩又动了手脚,和她相视一笑,驱车前行。

我们到一家哈根达斯店去享受奢侈的冰激凌火锅,把车停在门口。在吃冰激凌的时候,我透过窗户看到几个人正在打量我的车。他们插着兜,观赏良久,还不时伸出手来摸一把,摸完之后怕冷一般又把手放回口袋。一个是秃顶的中老年男人、两个年轻小伙子、一个年轻姑娘,面貌特征为浓眉大眼,棕色的皮肤非常漂亮。

"没见过吧,没见过就好好看看。"我得意地咽下裹着巧克力汁的冰激凌说。

动物般的女孩也看到了外面的人,她和那年轻姑娘隔着玻璃对视良久,仿佛久别重逢的熟人不敢贸然相认一般。

"你认识她?"我问她。

她没说话,眼神发直,刚舀起的一个冰激凌球扑通一声掉到碟里。

"怎么了?"我用手在她眼前晃着说。

窗外那个秃顶的中老年男人把手放在波罗乃兹的后备厢上,紧闭双眼,脸颊微微发颤,如同车上传来微弱的电流。这时动物般的女孩猛然站起来,疾速向门外跑去。我赶紧跟着她冲出去。但刚到门口,那几个人已经不见了。街上车辆人流来往不息,道路拥堵,要想迅速跑掉谈何容易,但他们确实消失得无影无踪。

"他们找上门来了。"动物般的女孩默默地说。

"谁?他们是谁?"

"和我具有相同能力的人。我本来已经和他们没有关系,并说好不再互相干扰,但他们还是来了。"

"从哪儿来?"

"想知道吗?"

"云南?"我的脑海中陡然冒出这个地名。

"没错。"

"这些人的身份假如告诉你的话,会让你的人生观和世界观崩溃。"一路上,我一直追问那些人的来历,但动物般的女孩守口如瓶,她对我说,"所以还是别想为好,就像你常说的,弄不明白的事情就悬置起来,这是希腊先哲教会我们的。"

"为什么呢?他们有多可怕?"那些人的出现使动物般女孩的身份也露出了冰山一角,这让我没法不去探明究竟。

"倒是不可怕,可远远超出你现在的想象能力。"她说,"你能想象火在海底燃烧吗?"

"我没必要知道火能不能在海底燃烧,可我亲眼看见了那几个怪人,为什么不能知道他们是谁呢?"

"不用知道,知道也平添烦恼啊,还是老老实实混着,等着生活找上门来吧。这不是你一贯的逻辑么,怎么现在你像变了个人似的?"

"还不是由于你。"

我们把车开回破烂山去接张彻和黑哥,但老流氓告诉我,他们已经等不及,坐小卡车回城吃韩国烤肉去了。

"屎壳郎碰上拉稀的——白来一趟吧?"老流氓笑着递给动物般的女孩一罐百威啤酒。

我也从箱子里拿出一罐,坐到破沙发上喝。时间确实很晚了,垃圾山上的破纸塑料袋瑟瑟抖动,宛如鬼影一般。但呆傻青年都不在洞里,这么冷的夜,他们在哪儿睡觉呢?

"那几个小伙子呢?你还让人家捡破烂呢?整个儿一血汗工厂。"

"他们有地方住。"老流氓说,"我在后山给他们开了一个宿舍。"这时应急灯的光暗了下来,老流氓的脸部曲线骤然模糊,给人一种极其陌生的感觉。我斜着眼盯了一会儿他的脸,感到他的脸型酷似拉赫玛尼诺夫。他是拉赫玛尼诺夫的前世,也即方骚的一个哥哥,这一点在我心里很清楚。

"你丫怎么了,出什么神儿呢?"老流氓一边问我一边调试应急灯,"又瘪了,拿药水泡泡,好歹得撑到明天吧。"

"没什么。"我不想让他知道我心里在想什么,"晚上吃了点儿凉的,肚子不舒服。"

"到山上拉去,风吹屁股一哆嗦。"

我故作无聊,和他喝完了两罐啤酒才告辞。

走前我问他:"几天没回城里住了?要不要我送你回去洗个澡找个女人?"

"算了,就我这玩意儿,"老流氓指指裤裆,"找了也让人看不起。岁数大了,抓紧时间挣点儿钱才是真的。"

我们这才出了山洞,慢慢把车开出山谷。确定老流氓返回洞里,我对动物般的女孩说:"你困不困?"

"怎么了?"

"能不能施展一下你的隐身术,我想看看拉赫玛尼诺夫在干什么。"

"小心越陷越深。"

"我只是不想让自己的生活越来越不真实。"

我们开着车绕到山谷另一端,在远处熄了火停下车。动物般的女孩抓住我的手,和我往山谷中走去。在伸手不见五指的夜色中,她裸露在外的皮肤忽然发出朦胧的光,将身体笼罩住。再看看自己的手脚,我也被那光覆盖着。我猜测,这是隐身术起作用的表现，体内的能量以外化方式释放出来，遮蔽了身体本身的存在。

"只要不出声就不会被人看见。"动物般的女孩把一只手指放在唇上说，"以他的能力，完全可以破解我的隐身术，只不过在没想到的情况下，他不会随时保持警觉，动用超能力。"

我从烟盒里抖出一支烟，没点燃便叼在嘴上，随即看到香烟也被浅淡的白光笼罩。

我们像两个映着月光的雪人一样，在远方的狂风呼啸中一脚深一脚浅地走着。垃圾山广阔而又杂乱，我忽然想到，从未在这里看到过任何老鼠、蟑螂、苍蝇之类的动物。按理说这种地方应该是他们栖息的乐园才对。

动物般的女孩的手掌冰凉柔软，我的意识开始恍惚，甚至感到自己在地面上方飘浮。山谷犹如生活一般幽黑漫长，越到深处越无法捉摸，但只要握着她的手我就无所畏惧，即便她本身也神秘莫测。

我没有把她看成"生活"的一部分，而是将其视为外化于"生活"的"自己"的组成体。

走到拉赫玛尼诺夫的山洞门口时，连远方的风声呼啸都几近消失，四处唯有隐隐约约的"空间自身的声音"。动物般的女孩故技重施，用两根手指按住纸箱子，银光从她的手指流出，渗透了纸板，开出两个小洞。

她指指洞里，对我点点头，示意她已经感觉到拉赫玛尼诺夫就在里面。

这么晚了他在做什么呢？我们一人一个小洞，像看西洋画一样往黑暗的大匣子里窥探，好奇那里面有什么光怪陆离的景象。

山洞里一片昏黄，应急灯有气无力。除去拉赫玛尼诺夫以外，里面还有一小群人。我数了数，一共九个，正是编号为"一二三四五六七八九"的呆傻青年。我惊异地看到，拉赫玛尼诺夫正在弹一架钢琴，演奏曲目是如雷贯耳的《第二钢琴协奏曲》，而那部琴越看越眼熟，原来正是我的星海牌。九个呆傻青年一字排开坐在地上，也没有脱掉雨衣和塑料袋，形如鬼魅。随着琴声逐渐低沉有力，他们显现出一种躁动不安的神色。没过片刻，几个呆傻青年开始扭动，仰着脑袋向天空呻吟，甚至双手扒开雨衣的纽扣，似乎极其痛苦。在他们露出的胸膛上，好像有什么东西正在发光，那光呈淡蓝色，随着心脏一跳一跳。拉赫玛尼诺夫按下连续几个掷地有声的和弦，顿时让呆傻青年难以忍受，蓝光也越来越强，好像要从胸口呼之欲出。但这过程中，他们始终一声不吭。

当几个呆傻青年几乎昏倒在地时，拉赫玛尼诺夫才住手，迅速从口袋里拿出一个密封严实的金属杯。他将杯盖拧开时，我可以看到那杯子足有几厘米厚，而且内胆乌黑发亮，显然是使用复合材料制成的。他从杯子里倒出几颗闪闪发光的金属块儿，又像烫手一样赶快将它们扔到地上。

这时动物般的女孩猛然抖动起来，手心冒出大片的冷汗，如同浸过水一般。她的身体也没了力气，颓然欲倒，我赶快抱住她，支撑着她的上身。

她的呼吸也越来越急促，我看了她一眼，她正皱着眉头，紧咬牙关。我们身上的白光暗了一下，但随即又恢复正常，看得出来她正在勉力支持。

她冲我点点头，表示还挺得住。我赶紧向洞里望去。

呆傻青年像毒瘾发作的人见到可卡因一样，纷纷趴到地上，抢夺着那银色的金属，拿到之后，迅速塞进嘴里，哽咽着吞了下去。金属块落肚之后，他们登时四脚放松，似乎特别舒坦，仰面朝天地躺倒在地上，从此一声不出，胸口的蓝光也飞快地消失了。

我怕动物般的女孩支撑不住，便把她架到肩膀上，扶着她踉跄地逃离了洞口。

好歹跑到谷口，我打开车门，把她放到车座上，自己也坐进驾驶座喘着粗气。过了良久，她才像缓过劲来一样嘘了口长气，我也把嘴里的香烟点上。

她也要了根烟点燃，慢慢吐出白雾，对我说："实在危险，差点儿就回不来了。"

"刚才是怎么回事？为什么忽然没力气了呢？"

"就是他扔出来的那些金属块儿，我的能力好像飞快地被它们吸干了。怎么使劲也不能抗拒。"

"你知道那些东西是什么？"

"不知道，没见过。"

"为什么要把那些东西给呆傻青年吃呢？我觉得拉赫玛尼诺夫这位大叔越来越像个邪教教主了。"

"我想他大概是要扼制呆傻青年体内类似于我们的能力，但他们怎么会具有这种能力呢？实在想不出来。"

我挂念着我的星海牌钢琴，便说："我们赶快回去，你休息一下应该就能恢复了吧？"

"回去吧。不过那位诺夫大叔现在的处境实在危险，假如那些金属块能吸收我的能量，也就能吸收他的，即使他的能力强，也会被减弱许多。而今天在冰激凌店门口遇到的那三男一女来到此处，一定和他有关。假如他们怀有恶意，他怕是要束手就擒。"

"管不了那么多了，我们安全脱身要紧。"我相信拉赫玛尼诺夫应该早有防备，而且我们留在这儿也没用。

波罗乃兹发动起来，六汽缸提供的强劲动力使风声黯然失色，城市远郊的穷乡僻壤被一掠而过。

在睡梦中我就
感觉到他们来了　潜入

我们回到筒子楼时，已经深夜两点。张彻和黑哥也不再听甲壳虫弹吉他了，四处一片寂静。我们插着兜，蹑手蹑脚地跑上楼。

"没事了吧？"我问她，"还难受吗？"

"超能力还没恢复，但力气有了。"她说。

我把钥匙插进锁孔，喉头一阵发紧，生怕看到原来摆放钢琴的地方变得空空如也。

"别担心，"动物般的女孩说，"你的钢琴出现在山洞里，是因为'什么诺夫大叔'用了穿越时空的搬运能力，但他能搬走，就能再搬回来。"

"也许在我们出门的时候，睡觉的时候，他已经搬了无数次了呢。"

我打开门,赫然看到钢琴还在窗前,仿佛从未挪过地方一样。

"你说得不错,果然还在。"我说。

她倒吸一口凉气:"接触过那些金属块儿还能把钢琴搬回来,他的能力有多强啊。"

"你们的能力虽然有强弱之分,但使用起来效果相似,也即可以超越经典物理学和心理学的限制,完成一些常人难以想象的事情。但我总感觉你们不是一类人,甚至不像同一物种。"

"对,他和我们不一样,但相对于普通人来说,都是匪夷所思的人。"

我注意到,她这时用了"我们"这个词。这个称谓表示她承认,她与冰激凌店外遇见的三男一女是一种人,和拉赫玛尼诺夫却不是同类。他们都是这个时代的人,而拉赫玛尼诺夫却是穿越时空来到此处的俄国音乐家。但区别仅限于此么?

而且据我推断,他们的能力都应该与魔手这种诡异的存在有关,由于被魔手附过体,我感到动物般的女孩身上也有它的存在。魔手不会仅仅代表音乐才能,它实际上是超越一切常规的能力。银光闪闪的金属块儿应该是扼制魔手能力的克星,但拉赫玛尼诺夫为何要把它喂给半呆傻青年们呢?难道他们也与魔手有关？

我不再多想，喝了口水，洗脸睡觉。她大概是真的累坏了，很快沉沉入睡，仿佛对眼下这种情况见怪不怪。

当晚我睡得很不踏实，破烂山的呼呼风声仿佛吹到了城里，窗外的树木、车棚乃至大楼都在顾影自怜地抖动。意识模糊中，我一度怀疑闹了地震，但连逃生的念头也没有。

太阳升起前的第一声鸟叫让我彻底醒来，我睁大眼睛无所事事地望着天花板，等着它逐渐变亮。动物般的女孩还在酣睡，鼻息平稳低沉。我侧过头亲亲她的脸，她嘴角浮出笑意抱住我。

片刻以后，阳光在窗外依稀出现，我穿衣起床，下楼去买早点。辛勤的老乡们早已支好了摊子、烧热了油锅，油条油饼的香味在清晨毫无障碍地飘散，隔着很远都能闻到。

我在一个摊前买了许多油条、炸糕，忽然想到时间还太早，等到张彻他们起床就凉了，但也只好拿回去。清晨的空气里，除了汽车的尾气之外什么味道都很好闻，我点上一根烟，那烟雾几乎能醉人。

回到筒子楼下的时候，我又见到了那奇怪的三男一女。

他们又围在波罗乃兹旁边，但这次没有指手画脚地观察汽车。他们都是一副精疲力竭的样子，棕色皮肤的姑娘双手插在兜里,垂着头坐在发动机盖上,既像沉思又像打盹;半秃顶的老头和一个男青年靠着车门抽烟,另一个男青年干脆歪手歪脚地躺在车轮旁边,好像一只被压扁了的瘦狗。

我站住脚,远远地打量他们,不知道贸然上前是否合适。棕色皮肤的姑娘好像闻到了油条的香味一样,霍地抬起头来。我仿佛被地的眼光钉在原地,不知所措。他们和动物般的女孩一样,也是具有超常能力的人,并且一定存在密切的关系。他们像鬼影一般出现,对她对我又意味着什么呢?照理说来,我可以向他们打听,或许可以揭开一连串诡异事情的真相,但不知为何,我无法像信任动物般的女孩和拉赫玛尼诺夫那样信任眼前这些人。他们看起来并不凶恶,也没对我做出什么侵犯举动,但让人感到极度陌生从而心存畏惧。

我还没决定做出何种表示,棕色皮肤的姑娘已经向我招招手。我像懵懵懂懂的幼儿园小朋友一样,乖乖地走过去。

她抿着嘴唇,眼皮低垂,但眼睛仍然显得很大,深邃沉静。

我愣愣地站在她面前,低头看了看六汽缸波罗乃兹汽车,想不出说什么,但对方也不开口。过了几秒钟,为了避免场面越来越尴尬,我干脆抬起手,向她出示油条和油饼:"吃吗?"

"吃,吃。"她说着也不用餐巾纸,径直用手从塑料袋里抓起两根油条大口咬起来。

秃顶的老家伙也走过来，把一张油饼卷起来大嚼。一个男青年接过塑料袋，坐到一旁和地上那位分享。

"吃了人家的东西要说谢谢。"棕色皮肤的姑娘对三个男性说道。看来她是这伙人的头儿。

"谢谢，谢谢。"两个男青年嚼着油饼说。秃顶老家伙大概是个先天舌肥大患者，嘴里没东西也口齿不清，运了半天气，才说出"嗟嗟"两个字。

"不用客气。"我木讷了片刻，没话找话，"看起来你们很累，昨天没休息好？"

"忙得很，忙得很。"棕色皮肤的姑娘说，这伙人里大概唯她有和外人对话的能力，"来到北京以后，每天都忙得厉害。"

"你们刚来到北京？从哪儿来？"

"反正很远。"

"云南？"

她抬起眼皮扫了我一眼，让我心里一寒，有些后悔把猜测说出来。她却并不诧异地说："你已经知道不少了嘛。"

言下之意是他们知道得更多，他们能控制局势。我说："只有一些蛛丝马迹，而且不能确定真假。"

"知道得太多了不好。"她说。

"还是想弄清楚,否则糊里糊涂地让人害了都不知道。"我再次后悔把话说得这么一厢情愿。

"谁会害你?"她果然露出一丝轻蔑的微笑,仿佛赵太爷对阿Q说"你也配"。

我解嘲地跟着她笑了一下,决定干脆想问什么就问什么:"那你们是什么人?为什么总围着我的车转?"

"是你的车吗?据我所知这车的主人是别人。"

看来他们也知道方骚和安琳的事情。我说:"但经过了我们的改装,它已经相当于一辆新车。"

"怪不得能跑得这么快。"

"你们到底是谁?告诉我不会有什么不好吧?"

"没必要知道我们的身份。"她略显傲慢地说,"如果需要称呼的话,你可以叫我们异乡人。"

"异乡人?相对于哪里的异乡人?"

"反正跟你不是属于一个地方的人。"

"跟我在一起的女孩和你们一样,也是异乡人?"

"那当然。"

我决定让谈话再大胆一点:"你们来的目的,和一种叫作魔手的东西有关吧?"

"连这个你都知道了?"棕色皮肤的姑娘第一次惊讶起来,眼睛登时睁大,真的有如两潭湖水,"钢琴师居然告诉了你。"

钢琴师指的一定是拉赫玛尼诺夫。我说："一见面就告诉我了。"

"是吗？"棕色皮肤的姑娘仿佛不感兴趣地平静下来，但突然出手如电，掐住了我的脖子。我连反应的时间都没有，已经动弹不得。好在对方似乎只想摸摸我，并没有用力，否则我一定会翻白眼吐舌头。

"干什么？不要动手动脚。"我还能说出话来。

"别弄死他，否则会彻底激怒钢琴师。"那个秃顶老家伙忽然口齿清楚地说。

她马上放开我，若无其事地看着自己的手掌，仿佛在上面阅读着什么信息。看了一会儿后，她说道："看来钢琴师信任你并不稀奇，也怪不得那女孩会爱上你。"

"什么意思？有了肌肤之亲你也认为我很有魅力？"

"别油嘴滑舌了，出于善意我忠告你，现在你还是局外人，千万别卷得太深，否则有可能性命不保。"

"那要看是什么情况了，假如你们此行涉及那女孩，事情就算和我有了关系。"

"我猜你就会这么说。死到临头的时候你可别后悔。"

我盯住她的眼睛说："这么说你们也想对她有什么举动了？"

"这是我们内部的事，只希望你不要插手。"

"我再说一遍，事情就算和我有关系了。"

"那么谈话到此为止。"她抬起头不再看我，"你有什么打算是你自己的选择，需要自己负责。"

"下次吃完油条，"我抹着脖子说，"先舔舔自己的手好吗？"

说完以后我往筒子楼里走去，担心着他们会不会追上来。即使他们不使用超能力，从背后对我下手我也惨了。但我壮着胆，尽量走得很慢很有尊严。快上楼梯了我才向外面瞥了一下，那些异乡人已经不见，只留下孤零零的波罗乃兹。

我跑上楼去打开门，动物般的女孩还在酣睡。

"在睡梦中我就感觉到他们来了，但没办法，假如不恢复体力也没法对付他们。"她刚醒来就已毫无倦意，听到我说遇到异乡人也没表示意外。

"他们没有对我怎么样。"我说，"再说应该我保护你。"

她听了一笑："不要妄自托大，你怎么保护我？他们都不是普通人。"

"要我保护你，这也是你说过的啊。"

"不是这个保护法，也不是让你在他们面前逞能。如果那什么诺夫大叔对我动手，倒是只有你能拦住他。"

"他为什么也要对你动手呢？现在不是相处得很好么？"

"我也弄不明白，照理说他应该在我逃跑之前就把我除掉的，他有这个能力，但他没有这样做。"

"原因是我？"

"可能还有别的原因。还有，他说过仿佛在哪儿见过我，这也让人奇怪。照经验分析，对我们这种人他不会有这种态度的，应该见一个除掉一个，决不手软。"

"那又是为什么呢？你们哪儿惹他了？"

"一时半会说不清楚，反正我们这种人和他长久以来势不两立。这次他居然放过了我，我索性壮着胆子留在你身边，而且有他在，料想那些异乡人也不敢对我轻举妄动。"

我又问道："刚才那些异乡人还表示，除掉你是内部事宜，你们究竟是一个什么团伙，为什么自己人要打自己人呢？"

她回答道："我以前和他们在一起，但后来脱离了他们，想要自己生活，因此被看成叛徒。脱离组织就是叛变，这也是很多黑社会的规则吧？"

"那倒是。不存在解释清楚和平共处的可能吗？"

"那不可能，异乡人的组织内部没什么道理可讲，假如讲道理，也许组织早就一败涂地了。"

"对了，"我忽发奇想，"那些异乡人这次来，看来是要同时对付拉赫玛尼诺夫和你，我们可不可以和他联合起来，共渡难关呢？"

"我还不知道诺夫大叔的能力究竟有多大,也许他自己就能对付异乡人。到底用不用联合、能不能联合也只能走一步看一步。"

我猛然意识到,自己已经卷入拉赫玛尼诺夫、动物般的女孩和异乡人之间错综复杂的关系中去了。我虽然不知道他们的底细和事情本末,但确实被卷进去了。如何是好我也不知道,就像她说的一样,也只能走一步看一步了。

"那个棕色皮肤的姑娘好像是他们的头儿。"我又说道。

"对,她是首领。不过我以前见到的她不是如今这副样子,她改换了面貌。"动物般的女孩又自言自语地说道,"不过单凭他们自己,是绝不敢向诺夫大叔挑战的,难道他们已经变得那么强大了吗?"

我和动物般的女孩下楼,准备开车到餐馆吃些东西。站在波罗乃兹的车门前,我伸着脖子环顾许久。

"不用看了,他们已经走了。"动物般的女孩坐到副驾驶座上说。

"你知道?"

"就我们两个人,他们也犯不着埋伏好了再动手。"

"我早上见到他们的时候,他们似乎显得很疲倦。"

"有可能刚刚和诺夫大叔交过手。"

我听从她的话，安下心来开车出门，找了一家炸鸡快餐店吃饭。她足足要了一只整鸡的分量，风卷残云般吃完。

"吃点蔬菜补充补充维生素。"我把沙拉放到她的碟子里，"吃那么多油腻的东西对肠胃不好。"

"顾不得那么多了，现在急需的是补充热量。"

没事的时候她是食草动物，情况危急了就变成了食肉动物，也说不清她是哪种动物。反正她不管吃什么怎么吃，倒也从来没生过病。

"要擦手要擦手。"我像哄孩子一样把餐巾纸递给她。她拍着肚皮跟在我后面出门。

我又买了两份炸鸡腿套餐，到筒子楼地下室去接张彻和黑哥。现在张彻迷上了到集装箱山洞里练琴，他说那儿"有回音，效果好"。而且他还买了一把两万多块钱的西班牙手工吉他，爱如珍宝，到哪儿都随身背着。

"看着真像搞音乐的。"我把炸鸡腿递给他说。

"什么叫像？哥们儿就是！"

"和弦还没弹利索呢吧？我看你也只有一个出路了，那就是乱扫一气无旋律无节拍无主题变奏，假装后现代主义大师。"

我们开车上路，波罗乃兹在车流之间见缝插针，自由穿梭。张彻把一盘甲壳虫乐队的磁带插进录音机里，一路跟着唱。可惜车载录音机实在太旧了,喇叭也有一个不响,声音模糊不清,约翰·列侬像个感情丰富的大舌头一样。

"回头一定得找一好音响。"张彻说。

只用了半个多小时,我们就开到了破烂山。张彻和黑哥钻到山洞里去弹琴,我和动物般的女孩顺着山谷走,迎面碰见了老流氓。

老流氓今天眼袋厉害,眼屎足有二两重,一看就知昨天没睡好。

"你丫干什么亏心事了?"我问他。

"醉里挑'灯儿'看剑,忧愁国事不能成眠。"老流氓打着哈哈往山洞里钻。

动物般的女孩说:"看来这儿昨天晚上肯定有事。"

我说:"去拉赫玛尼诺夫那儿看看。"

"别直接去。"她说,"假如昨天来的是异乡人,他一定处于紧张状态,在洞里设下什么机关也未准。"

她竖起一只手指凝视一会儿,一道银白色的光芒在指尖汇集。光芒随着风,像羽毛一样往山谷深处飘去。不一会儿,远方出现一个人影,拉赫玛尼诺夫双手插在呢子外套兜里向我们走来。

"昨晚有人来过这里。"他和我们在山谷里慢慢走着说道。

"是不是那个自称异乡人的小团伙?"我将棕色皮肤的姑娘等人的外貌描述给他听。

"就是那几个人,"他说,"不过你看到的并不是他们真正的样子。"

"经过化装了吗?实际什么样子?"

拉赫玛尼诺夫看了看动物般的女孩,动物般的女孩毫无表情,不置可否。他顿了顿说:"实际的样子你还是不知道的好。至于棕色皮肤的姑娘等等究竟是什么人,你去查一下师范大学登山队队志就能弄清楚。"

登山队队志?我岔开这个话题,问道:"他们说过,是为了魔手而来,这个你是否知道?"

"那当然,这些人一出现,目的只有一个,就是魔手。我曾经告诉过你,魔手是天才的音乐才能,不过这并不是全部。魔手是一种无所不能的能量,如果改变用途,会成为可怕的超常能力。这种能力你已经见识过了吧?"

"领教过了。你的时空穿行也是利用魔手才办到的吧?"

"对。时空穿行已经是魔手很高级的能力,但还有更厉害的。所以我决不能让魔手落入这些人手中,否则就要出大乱子了。"

"听着怎么那么像恐怖组织?"

"比恐怖组织还要恐怖。"

我掏出烟来点上一根，看了看拉赫玛尼诺夫，也递给他一根。他犹豫了一下，伸出手来。他的右手上歪歪斜斜地缠着几圈白纱布，纱布缝隙渗出血和脓液来，看起来犹如麻风病人的患处。

"怎么搞的？"

"昨天晚上交手留下的伤。"

我低头近距离观察他的伤，胃里一阵恶心。那伤势不像任何刀砍斧斫所至，却像是被浓酸烧伤的，食指和中指已经不见，只剩下两个肉瘤。

"听我女朋友说，"我不知道该不该摸那只手，"你的超能力远远强过异乡人的，为什么会搞成这样？一时失手？"

"不完全是失手。"拉赫玛尼诺夫又看着动物般的女孩说，"异乡人的能力虽然不是我的对手，但却拥有我所不具备的特别能力，那是我所没法防备的。"

动物般的女孩道："我也没想到他们会使这招，因为会对异乡人本身也造成极大伤害，这招在很久以前就已经被禁用了的。"

"看来他们这次是不达目的，誓不罢休。"拉赫玛尼诺夫道。

那手上的伤势实在令人毛骨悚然，似乎预示着真正的危机已经出现。

"还是抽根烟吧。"我把一根烟递到他嘴边,给他点上火。

动物般的女孩侧头看着伤手,忽然用右手食指在左臂上划了一下。指尖闪着银白色的光芒,如同刀一般割破皮肤,流出血来。血液鲜红,但表面也隐约渗出白光。

她抬起左手,将血滴在拉赫玛尼诺夫的伤手上。血液渗进纱布,转眼之间,拉赫玛尼诺夫的右手已经完好如初。

我看得目瞪口呆:"疼么你——你的血是什么灵丹妙药啊?"

拉赫玛尼诺夫用治愈的手按住她左臂的臂弯,她的伤口立刻不流血了。

"异乡人的血既能腐蚀一切,又能治愈伤病。两种结果只存在于流血人的一念之差。"拉赫玛尼诺夫低头沉吟着,"用血伤害我的那个姑娘必然恨我入骨,而你却对世界怀有爱心。心地善良的异乡人非常少见,实在是世间的异数。"

动物般的女孩猛然像下了决心一样抬头望着拉赫玛尼诺夫的眼睛:"不只是我,我母亲也一样。"

拉赫玛尼诺夫背过脸去,目光随着山谷外的疾风飞远。半晌之后,他说:"你是安琳的女儿。"

动物般的女孩点点头。

怪不得拉赫玛尼诺夫说过,他仿佛见过动物般的女孩。在两次时空穿行的投胎转世中,安琳是他前世的情侣,动物般的女孩则是他今生的女儿。

"从我记事时开始，母亲就是一个忧郁的人。"动物般的女孩说，"她在异乡人的组织里长大，却与其他人性格迥异。她对异乡人的理想不感兴趣，对他们的行事方式也不赞同，但由于她的超能力出类拔萃，组织的首领出于爱才之心才容忍她。大约三十多年前，她接到任务，到一个叫方骚的男人那儿盗取魔手，她得手之后却没有把东西带回组织，因为她发现魔手这东西如果被异乡人获得，将会变成极其可怕的武器，异乡人可能用它毁掉整个世界。于是她便带着魔手远走天涯，隐姓埋名躲藏起来，打算从此脱离组织。但魔手的能量实在太大了，她没法把它们控制在稳定的状态，因此费尽心力，身体也搞垮了。终于有一天，她的行踪被组织发现，异乡人对她进行围攻，在死之前，她将魔手放飞，使它们散落人间，而没有落入异乡人手中。"

拉赫玛尼诺夫用几乎听不到的声音说："这么说安琳已经死了？"我看着他的眼睛，本以为能找到一圈泪水，却只看到了像《第二钢琴协奏曲》一样深沉的忧伤。

"已经死了。"动物般的女孩强调性地说道。

拉赫玛尼诺夫道："她死前你在她身边么？她对你说了什么？"

动物般的女孩道："我在。当时她逃到丽江郊外的一条小河旁，让我把她放进河水。她对我说的最后一句话就是：不要和异乡人发生瓜葛。她死后，我把她送到水里，她就像溶化一般立刻不见了。"

拉赫玛尼诺夫说："异乡人死去之后，必将重新融入自然界。对于他们来说，这就像是流浪在外的孩子回到家乡一样。"

"我想让你们说得再明白一些，"我插嘴道，"异乡人到底是些什么人呢？他们组织的宗旨目标之类的又是什么？现在你们没必要再瞒着我什么了吧？"

动物般的女孩说："异乡人是些什么样的人，我也说不清楚。从这一点来讲，我连自己是谁也没弄清楚。诺夫大叔可能知道？"

拉赫玛尼诺夫欲言又止："还是不说的好。"

"至于他们的目的，"动物般的女孩接着说道，"很简单，就是控制世界，确切地说是从人类手里夺取对地球的控制权。"

"这也太天方夜谭了吧，"我喊道，"你们都有超常能力这我知道，但毕竟还是单个的人而已，异乡人也无非十几个人七八条枪，要想夺取地球谈何容易。哪个国家没有庞大的国家机器和军队——"

"但也不是完全不可能，只要借助魔手的能力。"拉赫玛尼诺夫打断我，"假如我想给你演示一下，三天之内我可以让你的女朋友变成国有银行的行长。"

我说："你说的是催眠术？"

"异乡人打算如何使用魔手，我也不是很清楚，"他说，"但我估计催眠术将是有效的方法之一。现在他们的能力还很弱，催眠的时候只能采取一对一的模式，也就是说，只能对特定的一个人进行催眠，不能同时蒙骗所有的人。"

"也就是说，只能用于小规模的诈骗活动。"动物般的女孩笑着接口，我想起第一次遇到她的样子，也不禁笑了。

拉赫玛尼诺夫道："如果使用魔手的力量，他们的能力将变得不可同日而语。他们可以通过广播和电视媒体对全世界进行催眠，冒充成政治领袖、商业精英和文艺明星，把地球搞得一团糟。只要他们愿意，就能人为地制造全球经济危机、引导道德堕落或者干脆发动战争。"

我说："现在不是已经满地经济危机、道德堕落、局部战争频频了吗？"

"那是人类社会自己行为导致的恶果，"拉赫玛尼诺夫道，"异乡人会利用人类的秉性将这些恶果无限放大，把地球变成人间地狱也不是没有可能。"

我虽然对人类的前途不甚关心，但有生之年活在人间地狱也不是一件乐于接受的事情。

"总之，绝不能让魔手落入他们手里，这不仅关乎人类社会的现状，对我也至关重要。"拉赫玛尼诺夫接着说，"但让你们卷进去只能导致无谓牺牲，我有能力独自打退他们。"

我说："看起来人家来者不善，您的手都弄成这模样了。"

"照常理来说，我的能力比他们强太多了，从我手里抢走魔手的希望微乎其微。而且就算他们打败了我，我还有一件秘密武器。"

动物般的女孩说："问题是，现在他们的目标不仅仅是您。为了清理门户，异乡人也不会放过我。"

"你放心，只要相信我，这些都有办法解决。打退异乡人以后，我会设法让你摆脱他们的追杀，平安地度过一生。"

"您知道，"动物般的女孩说，"我和异乡人一向敬畏您，就像敬畏神一样。异乡人对神发难，也是无可奈何的事，而身为组织的叛徒，我不想将希望寄托在您身上。"

拉赫玛尼诺夫道："就算我没有十足胜算，你也必须信任我，就像女儿必须信任父亲一样。"

动物般的女孩说："我不是您的女儿。"

拉赫玛尼诺夫说："即使不是实际的，也是名义上的女儿。我会像他一样保护你。"他说着看了看我。

我还没接话，他又对我说道："记住，保全你的性命，这一点对我来说至关重要。"

夜袭

山上是空无一物的大风，
谷里是空无一物的漆黑

和拉赫玛尼诺夫长谈过后，我和动物般的女孩往集装箱山洞走去，他则消失在破败的山谷里。

"你到底是不是方骚的女儿呢？"在路上，我问动物般的女孩，"照理来说有这个可能。"

"绝不可能。"她说，"异乡人是没有父亲的。"

张彻和黑哥保持常态，一个狗屁不通地练吉他，一个构思无限期拖延的自杀计划。老流氓在指挥呆傻青年收拾几台索尼牌音响，"一二三四五六七八九"散落在垃圾山坡上，辛苦地把音响和主机拆开往山谷里运，如同顶着狂风在梯田里耕耘的农夫。

我想起在另一处山洞里举行的古怪仪式，不禁驻足观察了他们许久。这些老实巴交的人一天到晚身穿雨衣，头戴塑料布，从来没露出过真面目，也不知道自己来到世上有何意义。

但我也不比他们强到哪里去，生活的含义对于我来说，也是永远无法破解的谜题。每次看到这些呆傻青年，我总会生出一种自怨自艾的悲凉之情。

"你说他们是天生呆傻呢，还是拉赫玛尼诺夫把他们变傻了？"我问动物般的女孩。

"说不好。但现在可以肯定的是，他们绝不仅仅是被老流氓收养的那么简单，诺夫大叔把他们召集在一起必有用意。"

我趁老流氓不注意，到一堆废铜烂铁后面拉住一个呆傻青年。

"爷爷好。"他正弯着腰，感到有人拉他，便顺从地站起身来说。塑料袋上当然毫无表情，只是被风吹得波澜滚滚。

我问他："每天都在山上捡破烂，你累不累啊？"

塑料袋里瓮声瓮气："不累。"

我说："对了，你的编号是几？"

他响亮地说："六！"

"那么，六，"我说，"卸下塑料袋和雨衣，让我看看你是个什么模样。"

他好像没听懂一样愣在原地。我揪住他头上的塑料袋往上揭，露出一张茫然失色的脸。脸孔没有任何异常，而且五官长得还挺顺眼，双眼皮，鼻梁高挺，由于常年不见阳光，皮肤又白又嫩；只不过眼神空洞，下嘴唇像一切智力有问题的人一样松弛耷拉。

我又扯开他的雨衣，露出胸膛。也是正常的男性胸部，繁重的劳作使他胸肌发达，捅一捅弹性十足。

那天晚上看到的蓝光和吞下去的金属块又在哪儿呢？可我也没办法把这个可爱的小青年给解剖了。

"还想看下面吗？"他说着往下解雨衣的扣子。

"不用了，不用了，这儿有异性。"我阻止他。

"六，你丫这孙子干吗呢？"山坡上，老流氓往下喊道，"还不快干活！"

"知识爷爷扒我衣服。"六朝上喊。

老流氓跌跌撞撞地跑下来，对我笑道："吃傻子豆腐，你丫太没人性了吧？"

我点上根烟，没理他，他像惧怕我一样哆哆嗦嗦地转过身，给六系好扣子套上塑料袋。

他们要往山上爬去时，我一把抓住老流氓的肩。他讪笑着问："干吗？"

"收拾了这么长时间破烂，你一共赚了多少钱？"

"也就五十多万吧。你问这个干什么？该给你们的钱我都给了。"

"不是钱的事儿。除了我们之外，还有人帮你做这事儿吧？"

老流氓依然嬉皮笑脸，但笑容已经僵硬："你不是已经知道了吗？"

"他这么帮你的条件是什么？你给他做了些什么？"

"不好意思，这是我和他之间的约定，不能告诉别人。"

我和他碰了一下眼神，感到追问他不太合适。他像受了欺负一样默默往山上走去，我和动物般的女孩去找张彻他们。

在集装箱山洞里，黑哥在给张彻演示甲壳虫的《黄色潜水艇》一曲。吉他声在黑黝黝的洞壁之间回荡，美妙绝伦，余音绕梁，让我再一次领略到了魔手的力量。既可以给人带来超凡脱俗的艺术才能，又会产生令人生畏的特异功能，魔手具有这样的双重特性，它的本质是一种什么形式的存在呢？哪一种特性才是它应有的呢？

成就美丽艺术的同时，又激发了无穷邪念，魔手实在是符合人类本性的一柄双刃剑。

黑哥的技术让张彻五体投地，可能正是黑哥的激励，才使他屡败屡战，始终没有放弃成为吉他手的理想。看着他眼神迷离的陶醉的样子，我不忍心告诉他事情的真相。

"多弹两首。"黑哥弹完后我对他说。他笑了笑，又弹了几首甲壳虫的早期作品和老鹰乐队的变奏版本。之后我们坐下来聚餐，喝了两瓶马提尼酒，我试图忘掉巨大的谜团和即将到来的危机，强作欢颜。没过多久，老流氓也从山上下来，好像没事人一样和我谈笑风生，大讲龌龊笑话。

晚上回到筒子楼时，张彻和黑哥早已酩酊大醉，口齿不清地叨咕着回屋睡觉。

"别以为哥们儿高兴了就不自杀了，哥们儿必死无疑，必死无疑。"黑哥满嘴酒气地诅咒发誓。

张彻搂着黑哥的肩膀，一边找着台阶一边说："自杀这事儿，不带吹牛的，你吵吵了多长时间了，要死赶紧死，别老让哥们儿替你操心。"

我由于要开车，没喝多少酒，头脑还算清楚。想起拉赫玛尼诺夫曾说过异乡人的身份与师范大学登山队有关，我对动物般的女孩说："这么晚了，有办法进图书馆吗？"

"当然不成问题。"她说。

我们把车开到师范大学里，此时学校里已经没有多少人，图书馆大楼一片漆黑。

"不想用催眠术骗值班的管理员了，还是简单粗暴点儿吧。"她说着走到图书馆大门前，竖起右手食指凝视了几秒钟，指尖再次发出雪一般的白光。随着她的手指划过，钢铁铸成的门锁竟被生生从内部割断，并且无声无息。

我们推开门，尽量压低声音，走上四楼的资料室，打着打火机，寻找各校园社团的活动记录。登山队的材料都放在一个小型铁书架上，全是一些打印装订好的小册子。我一本一本地看着封面上的标题和日期，有一本关于"希夏邦马山难"经过的记录引起了我的注意。作为登山队历史上的大事件，那本册子也格外厚，封面上的日期为1998年6月。

事故的经过很简单：师范大学登山队经过周密计划，从北京出发后，取道云南进入西藏，前去挑战海拔六千多米的希夏邦马山脉。先遣队上山后仅一天就与大本营失去了联系，后续部队搜索了一个星期也没找到踪迹，最后动用了空军的直升机，才查明在他们的前进路线上曾发生过一次小规模雪崩，不出意外的话，先遣队员已经全部遇难。

先遣队员共有两男一女。文字记述旁，还附有遇难者生前的照片，是一张全体登山队员的合影，两男一女的头部被红笔从人群中勾勒出来。

由于是大合照，每个人的头像都很小，我把打火机凑近，几乎烧着头发才看清那三人的面貌。

最中间的是一个姑娘，长得浓眉大眼，棕色皮肤，赫然就是异乡人的首领。另外两个不用看，必定是那两个吊儿郎当的小伙子。

"就是他们。"我悄声对动物般的女孩说，"可明明已经死于几年前了嘛。"尽管我的嗓音很小，但声音还是在黑暗空旷的资料室里回荡，不免令人胆战心惊，我差点儿被自己吓着。

"当日你看到的，已经不是那几个登山队的学生了。"动物般的女孩看到我嘴唇发抖，嘲笑般地吐吐舌头，然后抓住我的手腕摇了摇，"不出意外的话，他们途经云南的时候就已经被异乡人的组织给盯上了。在山上也许是偶然碰到雪崩，也许是异乡人制造了一次雪崩，总之，全被埋在雪里了。在此之后，异乡人借用了他们的身体。"

"怎么借用？是像鬼魂附身那样吗？"

"也不完全一样。所谓灵魂附体只是一种想象，没有依据。真正的借用方法是，将死者的大脑沟回完全抹平，再利用特殊的手法将异乡人原有身体大脑的沟回一丝不差地复制到死者脑中，如此一来，死者就算有了异乡人的思想、欲望和记忆。只需要在细胞彻底坏死之前给死者注入足够的能量，使身体里的各器官像机器一样运转起来，就能令他起死回生，成为一个外表不同、想法一样的克隆异乡人。"

"听起来再造头脑和救活尸体的方法并非超能力，而是现代科技，就算有这种技术，异乡人又从哪儿找来仪器和实验室呢？"

"异乡人可没有你想象中的那么简单，他们本身就掌握远远高于当下水平的科技。超能力在他们的理解中就是科技的最高层次。"

"还有一个问题,复制出克隆人以后,原有的异乡人怎么办呢?多了一个精神上的孪生兄弟,不会导致人格分裂吗?"

"不能有两个自我,在复制工作即将完成的时候,原有的异乡人会服毒自杀,从而保证复制出来的新的自我独自存活。改变身体之后,复制出来的异乡人能够利用死者以前的身份,很容易地混入社会。"

制造一个新"我"再杀掉旧"我",一想到这个我就浑身发麻。她拽拽我说:"走吧。"

我们摸着黑往楼下走去,我忽然问她:"那么你呢?你现在的样子是不是复制出来的?"

"你说呢?有谁的身体是这样?"她抓起我的手放进她上衣里,让我摸到她乳房间的小鳞片。

"不是复制的就好。"

"为什么?复制成一个大美人不是更好吗?"

我紧紧抱住她说:"那不行,否则你的存在就会变质了。我只想要你现在的样子,一毫一发也不想改变。"

我们溜出图书馆大门,开动波罗乃兹,慢慢返回筒子楼。此时已经入夜,大概是十一二点的样子,街上人迹稀落,仅有的几个行人表情警觉,行色匆匆,只有饭馆里还有两桌糙汉喝得意犹未尽,脸红脖子粗地表示"真把你当哥们儿"。

走到住宅区围墙外,我刚要拐进门时,动物般的女孩忽然说:"靠墙停车。"

"怎么了?"

"停下再说。"

我把车停到墙角,她拉住我的手,浑身上下又散发出白光。我们下车来到院门口,她指着两百米外筒子楼的楼顶道:"看到没有?"

我踮起脚尖眺望过去,隐约望到楼顶上站着一个人影,头发和衣襟被风吹得飘然欲飞,好像是棕色皮肤的姑娘的身形。

"他们来了。"动物般的女孩在我手上写道。

"来找我们?"我也写道。她没回答。

棕色皮肤的姑娘站在楼顶,凛然望着大地,我们在隐身术的保护下观察着她。没过一会儿,从我所住那层楼的窗户里爬出两个人影,大概是那两个小伙子。他们像吊了钢丝一样几个起落,便沿着筒子楼外侧的墙面爬了上去,最后一跳,落到棕色皮肤的姑娘身旁。

他们在楼上说了两句什么,竟然纵身从楼上跳了下来,轻飘飘地落到地上。半秃顶的老头也从楼道里蹿出来和他们会合。

他们悄无声息地走到停在楼下的一部别克轿车旁边。棕色皮肤的姑娘举起发白光的右手朝车门猛击一下，汽车报警器叫了半声，戛然而止。他们依次钻进车，一个小伙子驾车缓缓开出来。

动物般的女孩赶紧扯着我回到波罗乃兹旁边，一手拉着我，一手按在汽车后保险杠上。波罗乃兹也和我们一起被白光所笼罩。别克轿车大开着车灯，毫无察觉地从我们面前开过。

动物般的女孩示意上车，我们钻进车里，发动汽车，跟在别克轿车的后面。这期间我们整个车都笼罩在雾蒙蒙的白光之中，波罗乃兹荧光闪闪，假如看得见的话，一定异常美丽。

"现在他们听不见我们说话了，"我们和别克车保持着两百米的车距，动物般的女孩对我说，"用了隐身术，他们从后视镜里也看不见我们。我想他们决定今夜就对什么诺夫大叔动手，临行之前先解决我。即使死在敌人手下，也要先拿叛徒歃血祭旗，这大概是他们的想法。"

"那我们怎么办？"尽管距离很远，汽车高速行驶的声音也很大，我还是压低声音说。

"跟过去，视情况而定，假如有可能的话，我们和诺夫大叔一起干掉他们。我们从暗处偷袭，尽量做到一击毙命，不留活口，把事情彻底了结。"

别克汽车果然朝城北的郊区开去,我们跟在后面,与他们保持着适当距离。使用隐身术后,不仅异乡人,就连路上其他车辆的司机也看不见我们,一辆大卡车轰鸣着从后面开过来,眼看就要和我们追尾,我连忙转动方向盘让开。

"小心点。"动物般的女孩惊叫。迎面又开过来一辆丰田牌轿车,我只好把车开下公路,在野地上行驶了一段。

这么下去早晚得跟丢,我心一横又开上公路,在夜间飞驰的车辆间穿梭,几次险些和别的汽车相撞,终于又跟到别克车的后面。

还好驶出城乡接合部后路上的车明显少了,在一段时间里只有我们和别克车一前一后地行驶。相安无事地开出不到二十公里。破烂山的轮廓在黑夜中遥遥可见,它犹如预示着城市的未来,看上去分外悲凉。

别克车在破烂山脚下稳稳停下,棕色皮肤的姑娘和两个小伙子下了车,被风吹得几乎像纸片一样飞起来,但他们仍然低着头弯着腰向山谷走去。

我将波罗乃兹开到别克车旁边停下,往那辆车的车窗里看了一眼,车里空无一人。

我指指别克车,又伸出三只手指,向动物般的女孩示意少了一个人。动物般的女孩拉着我下车,四下凝望一番,然后指着山上。

半山腰上，一个年老体衰的人影正在向上攀登，正是那半秃顶老头。原来他们是想兵分两路，棕色皮肤的姑娘吸引拉赫玛尼诺夫的注意力，再由半秃顶老头暗中偷袭。

我和动物般的女孩不约而同地跟了过去，一脚深一脚浅地踩着垃圾废品往上爬。由于我们熟悉地形，爬得远比半秃顶老头快，不一会就和他只差五六十米的距离了。他步履维艰，又兼在呼啸的狂风中站不稳，覆盖在头顶的头发被吹得飞扬起来，脑袋犹如一颗飞行的彗星。等到完全看清他的身影，动物般的女孩让我慢下来，我们匍匐着跟踪过去。

半秃顶老头摇摇摆摆，摔了两个跟头才越过山顶，爬到我第一次来时摔下去的地方，俯下身来，鸟瞰山谷。我们找了个废弃的滚筒洗衣机作为屏障，躲在他视线之外，看着他的动向。

他一动不动地看着山谷深处，犹如饿了三天，想要最后一搏的老年猛兽。我顺着他的目光往山谷里看了一眼，谷中漆黑一片，被吹动的垃圾碰撞声间或响起，就像史前的巨大爬行动物在梦中磨牙。

山顶的风像瀑布一般从四面八方压过来，我趴了一会儿就开始瑟瑟发抖，再看动物般的女孩嘴唇已经发紫。我往她身边靠了靠，紧紧搂住她，用脊梁给她挡住风。半秃顶老头形单影只，处境更加不利，他被吹得紧紧抱住一口没有盖的电饭锅,好像锅是热的一样。

我数着自己和动物般的女孩的心跳,假如每一次心跳就是一秒钟,那么我们足足趴了有半个小时。山上是空无一物的大风,谷里是空无一物的漆黑,让人想起几十亿年前地球刚具雏形时的模样,那时没有森林山川河流,有的只是亘古不变的大风和黑谷。

而棕色皮肤的姑娘一行的出现,可谓具有史前的天外来客登陆地球的效果。他们几乎是猛然出现在谷中,毫无预兆。而从其走路的姿势来看,他们已经战战兢兢地在山谷里摸索了很久。

最开始,我看到的只是山谷深处的一团耀眼白光,后来才看清白光里笼罩着三个人影,两男一女。虽然谷里风不大,但棕色皮肤的姑娘鬓发飞扬,好像周身笼罩在某种物质形成的旋涡里一般。她伸着右手,白光似乎就是从手心发出的,每走一步,近前两米处的塑料袋、报纸、易拉罐、烟盒等等杂物都会飘然而起,浮在半空中,如同突然失重。但只要他们走过去,身后的杂物就会颓然落地,隐没在黑暗中。

另两个小伙子则手插着兜,神经紧张地左顾右盼,并配合着棕色皮肤的姑娘的脚步,一步也不敢远离白光的覆盖。

他们像谨小慎微的探雷队一样在山谷里走着,似乎对周围的一切都存有恐惧。异乡人敬畏拉赫玛尼诺夫,如同敬畏神一样，动物般的女孩此言不假。

但他们依然犯此大忌，斩钉截铁地向谷里走去。鼓起勇气对神发难，这一行为在他们眼中大概极其悲壮。

拉赫玛尼诺夫却迟迟没有出现，棕色皮肤的姑娘已经快要走到山谷的另一端。她忽然停下脚步，有些犹豫，茫然失措地往近在眼前的谷口眺望。她大概以为拉赫玛尼诺夫或者在谷口，或者根本不在谷里。然而一眨眼间，他们的身后飘出一个高大瘦长的人影，拉赫玛尼诺夫在相反的方向出现了。

棕色皮肤的姑娘必然大惊失色，她转过身来又退了两步，全身上下的白光更耀眼了。拉赫玛尼诺夫则把手插在大衣兜里，孤身孑影，看似怅然若失，好像刚刚举办了一场独奏音乐会，为了避开记者而悄悄从剧院侧门走出来。

看到拉赫玛尼诺夫出现，动物般的女孩也警觉起来，她往前探了探身，捡起一个牙膏盒放到耳边。我也凑过去，竟然隐隐从牙膏盒里听到人说话的声音。

她所用的应该是一种传声术，能够把谷里的声音转移到牙膏盒里，同时又不被半秃顶老头听见。小小海螺里能听到大海的声音吗？那也不是一派胡言。

"收起你的能力吧，异乡人。"牙膏盒里，拉赫玛尼诺夫的声音伴随着呜呜风声响起，"看到了吧，我能够随时从你身后出现，而你根本无法探测到我的行踪。"

"钢琴师。"棕色皮肤的姑娘咬牙切齿般地只说了三个字。

拉赫玛尼诺夫道:"解释过多少遍了,钢琴师只是我的职业之一,我同时还是一个作曲家,全名叫拉赫玛尼诺夫。你们异乡人是不是永远记不住这个名字?"

"那只是你一厢情愿的名字,看来你还真被人间的梦幻迷住了。"棕色皮肤的姑娘说,"大概你也忘了自己的真实身份了吧?"

"人的任何一个身份都是真实的,不要把真实和虚假之间的界限看得那么重要,蝴蝶梦到庄周还是庄周梦到蝴蝶?在存在的万物中,谈真假是没有意义的。"拉赫玛尼诺夫用教导般的口气对她说,他一定还有其他面孔,只不过"拉赫玛尼诺夫"这一身份存在得太真实了,使人难以想象其他形式的存在。

"不要再对我讲这些人类自欺欺人的道理了,这一百来年,我看你真是老糊涂了。"

"要说糊涂,确实也有可能,否则上次怎么会让你们得手?"拉赫玛尼诺夫轻轻叹了口气说,"这一次费了好大力气,才把魔手又收集起来。"

"什么收集?"棕色皮肤的姑娘说,"是从异乡人手中抢过去的。"

拉赫玛尼诺夫道:"异乡人会使用魔手,能控制魔手,但魔手不应该由异乡人拥有，这是我早就明确了的，所以你们最好还是认命吧。"

"魔手天生就有，也不是你制造出来的，你有什么权力决定它的归属？"棕色皮肤的姑娘好像横下了心，发出一声似人似兽的咆哮，震得牙膏盒嗡嗡作响。

我听到山谷里如同有上百只不同种类的动物在嘶鸣，棕色皮肤的姑娘身旁的两个小伙子冲了出去。他们动作奇快，魅影一般，让人根本无法看清。

拉赫玛尼诺夫却还在不紧不慢地说教："如同世界上的所有事物都有一定之规一样，魔手应有的用途也是早已注定好了的，若依照你们的方式使用，与魔手的本性不符，逆天而行终遭恶果。"说话之间，他从兜里掏出右手，凭空展开，脚下的杂物立刻如同皮球落地又弹上半空一样，冲到面前的两个小伙子也被一股无形的力量震开，一人一个筋斗撞到谷壁上。

棕色皮肤的姑娘嘲讽道："你的说法是唯心主义还是历史目的论呢？这些年倒是学了不少人类的理论。"

那两个小伙子从谷壁上弹下来，脚也没落地就找回了平衡，再次冲到拉赫玛尼诺夫近前。但这次他们不敢冒进，只是像旋风一样绕着他游走，身影快得几乎不具实感，四面八方无处不在。

"不管什么理论也好,这世界上总有一定的道理,作为自然中的存在物,我们也不可强求。"拉赫玛尼诺夫像没有看到那两个小伙子似的继续说。

棕色皮肤的姑娘道:"那么你现在所使用的魔手的方式难道和我们不一样吗?"

拉赫玛尼诺夫说:"遭受恶果的准备,我已经做好了。"

"还有你的手。"棕色皮肤的姑娘说,"这么快就复原了?能医治异乡人的血咒,魔手的力量倒真是让人神往。这么说来我更是非要得到它不可了。"

"异乡人的血咒也自有它解开的办法,我希望你能理解,世界上的事物都有一定之规。"拉赫玛尼诺夫道。他将"一定之规"四个字说得一字一顿,掷地有声。说着,他全身发出了蓝光,右手一推,蓝光像流水一般向棕色皮肤的姑娘滚去。

棕色皮肤的姑娘马上向后跳了两步,右手做了两个武术中手刀的招式,将白光化为锐利的波浪劈出,斩断了源源不断的蓝光。但犹如抽刀断水,蓝光不但没有削弱,反而更加浩大地向她扑过去,她情急之下只得纵身跳起。拉赫玛尼诺夫抓住空当儿,用同样的手法劈出两记手刀,当胸砍中了她。刀刃一般的蓝光劈到她身上立刻消失,仿佛注入了她的体内。

棕色皮肤的姑娘惨叫一声,摔倒在地。两个小伙子见状非但没有后退,反而一头向拉赫玛尼诺夫撞去,但随即也被蓝光击中。可他们忍着伤痛,再次围着拉赫玛尼诺夫游走起来,伺机攻击,脚步更快了,身影模糊不清。

棕色皮肤的姑娘这时反而笑道:"钢琴师,我们之间总需要一个了断,这必须由血来完成。"

她向山顶打了一个呼哨,我还以为她已经看到了我们。可随着呼哨声,一直趴在峭壁上的半秃顶老头猛然蹿了出去,一头往谷里跳去。

半秃顶老头向下坠落了十几米,随即像被施了定身法一样悬在空中,一动不动,身体却陡然膨胀起来,没有几秒钟,体积已经像一只河马一样庞大,而且又鼓又圆,好像一个氢气球。

拉赫玛尼诺夫抬头看到他,第一次露出了惊慌失措的口吻:"什么意思?"

"非常简单,我们还是让血来冲刷恩怨吧。"棕色皮肤的姑娘说着挥动双手,数十道刀刃般的白光竟然向半秃顶老头飞去。他悬在当空的身体立刻被劈出无数裂痕,鲜红的血液如同下雨一样向拉赫玛尼诺夫落去。

"异乡人将身体化作了月亮,而月亮里却装满了鲜血。"棕色皮肤的姑娘像吟诵古老的诗歌一样说道。

拉赫玛尼诺夫迅速脱下大衣,缠绕在右手上凌空抖动,在头顶带起一股旋风,将落到身前的鲜血吹散,化为一片红雾。棕色皮肤的姑娘趁势向他劈出几道白光，拉赫玛尼诺夫右手不能招架，只能用左手挡开。

此时那两个小伙子又扑了上来，他只好辗转腾挪地躲开他们的拳脚。在三面夹击之下，他显得难以招架。

而半空中的半秃顶老头一直在往下漏血，我不知道他身体中到底装了多少血，竟然能像巨大的淋浴花洒一样无穷无尽地喷出。在拉赫玛尼诺夫和棕色皮肤的姑娘打斗期间，半秃顶老头曾停止了片刻，但身体却陡然胀得更大，随后洒下的血更多，简直像暴雨一样。

按照这种流量，他流出的血已经有两吨之多。鲜血洒进了垃圾堆，渗入了泥土，甚至在谷壁上汇成小溪。一个人身上怎么能有这么多血呢？

"不要孤注一掷了。"拉赫玛尼诺夫道，"难道你要把异乡人的血流干不成？"

"异乡人已经不知流了多少血，就算灭绝，也要把地球从人类手中夺回来。"棕色皮肤的姑娘喊道。她说着又向半空中劈了两刀，半秃顶老头的血像染房中的红布一样铺洒下来，拉赫玛尼诺夫闷声哼一下，看来已被鲜血溅中。

假如拉赫玛尼诺夫死去，异乡人也绝不会放过我们。听起来她连整个地球都不会放过。我必须有所行动，尽管力量微不足道。我放开动物般的女孩的手，抓起身边的一个电熨斗，使足力气向半空中那具硕大无朋的血囊扔去。

熨斗重重地砸到半秃顶老头头上，他的脑袋被砸出了一个大坑，身体也歪了一下，血液失去了方向四面乱溅，而不再专门飞向拉赫玛尼诺夫一人。棕色皮肤的姑娘发现了我们，也不说话，向上劈出两道白光。我眼前一闪，以为要被斩成两段，但一秒钟后发现自己安然无恙。动物般的女孩甩着右手说："好大力道。"

拉赫玛尼诺夫见状，立刻将蓝光在手中凝成一个球状物，向棕色皮肤的姑娘掷去。她立刻跳开，蓝色的光球在她脚下爆裂，像手榴弹一样发出巨大的光亮，一片海天般的蔚蓝。

"把他打下来！"拉赫玛尼诺夫指着半秃顶老头对我们喊。

半秃顶老头在空中旋转着，脸部扭曲，发出垂死的巨大食草动物的低吼。动物般的女孩费力地搬起一个破烂不堪的音箱说："把我举起来。"

我抱住她的双腿，把她举到半空。她高高地托着音箱，将全身的白光都汇聚到上面，转眼之间音箱已经亮得有如太阳一般，照亮了整个山谷，谷中的每一件杂物和每个人的表情都纤毫毕现。

她长啸一声，在我头顶将音箱扔了下去。我看到一个直径足有半米的光球向半秃顶老头的身体飞去，转眼之间将其击穿，并穿过了谷壁，深入破烂山中，留下一个深不见底的黑洞。洞中回响着传出一个声音,正是标准音"la",这是音箱的生命中发出的最后一个音了。

以一个标准音回光返照,结束生命,这样的结局对于音箱来说可算十全十美。而半秃顶老头则无法享受这样的了结。他被打穿了一个大洞,身体随即裂开,凌空肢解,无声无息地向地面坠落。身体破裂之后,里面竟然不再漏出一滴血了,这倒让人想起宝葫芦之类的故事:完整的时候,倒出的酒可以填满大海,被一刀劈开之后,内部却空空如也。

不但没有血,连内脏骨骼也没有。半秃顶老头已经变成了一个空空荡荡的破麻袋,他的碎片在山谷之中飘飘荡荡,打着转,不出片刻,竟然化作飞灰,无影无踪了。

一个人就这样消失,无论怎么看都是一件可怕的事。棕色皮肤的姑娘仰望着山顶,一副难以置信的表情。动物般的女孩两腿骑在我肩上,大声叫道:"快放我下来。"

我一个没站稳,仰面而倒,和她一起摔在垃圾上面。等我爬到峭壁边上往下看时,拉赫玛尼诺夫已经开始回击了。他站在原地观察了片刻,伸手往空气中一抓,就抓住了一个小伙子。小伙子立刻从魅影变回人形,恐惧地瞪大眼睛,似乎不相信自己会被这么轻易地抓住。

拉赫玛尼诺夫掐着他的脖子,将他提离地面,蓝光从他的领口处开始蔓延,不一会儿已经笼罩了他全身。等到蓝光消散，那个小伙子已经不见了，只剩下从拉赫玛尼诺夫指尖流下的飞灰。

另一个幸免于难的小伙子吓得蹿了回去，回到棕色皮肤的姑娘白光的保护下。拉赫玛尼诺夫将脱下来的外套抖开，向他们迎面扔去。外套裹着蓝光，像展开翅膀的老鹰一样直扑过去，转眼间将两人全都罩在里面。

棕色皮肤的姑娘在外套下挣扎，但全身的蓝光越来越亮，怎么也挣脱不开。如同被闷在口袋里的兔子一样，他们的动作幅度越来越小，身体也在逐渐缩小，最终消失不见，只剩下空荡荡的外套铺在地下。

拉赫玛尼诺夫向外套挥了挥手，它便被一股强风吹开，露出地面的几张废纸和两个罐头瓶。但这一次没有飞灰飘散，拉赫玛尼诺夫诧异道："你什么时候会这手的？"

棕色皮肤的姑娘又在山谷的角落里出现了。她半跪在地上，肩上扛着早已不省人事的小伙子。

"凭借异乡人的能力，短距离的空间穿行也能完成，你没想到我掌握了这招吧？"她说，"尽管时灵时不灵，但关键时刻也有逃命的机会。"

"我不杀你，你也不要再来硬碰了。"拉赫玛尼诺夫说，"其实我们本可以井水不犯河水的，异乡人以前的所作所为我也可以既往不咎。"

"事情早没这么简单了。"棕色皮肤的姑娘喘着气,发出猫科动物一般的呼噜声,"我们必须得到魔手,这关乎生死存亡。我向你保证,钢琴师,下一次你必将丧命。"

拉赫玛尼诺夫没有说话,静静地看着她。

"还有你,叛徒。"棕色皮肤的姑娘向动物般的女孩吼道,"没想到你会和他们联手,你已经背叛了族人,希望你能记住这一点。"

说完,她向后一跳,竟然带着那个小伙子一头扎进谷壁,像影子投射到墙上一般,转瞬不见了。动物般的女孩一声不吭,又举起一只暖瓶向她消失的地方掷去,但暖瓶化成的白色光球还没打中谷壁,便被拉赫玛尼诺夫伸手挡住,落到地上。

"不要毁掉这座山,还有九个年轻人在里面睡觉。"他说。

动物般的女孩拉起我向山谷里跳去,呼呼风声在我耳边急掠而过,我还没有叫出声,却已经轻飘飘地落到了地上。

"这一次放她走,以后麻烦就大了。"她对拉赫玛尼诺夫说,"也许所有的异乡人将集合起来,把我们置于死地,我们连逃命的希望都没有。"

"这一次若没有你们,我已经死了,我相信,下一次依然有绝处逢生的机会。"拉赫玛尼诺夫的身上竟被异乡人的血咒烧出了透明窟窿,往外冒着黑烟。但他非但没有死,反而若无其事地和我们说话。我一阵头晕目眩,动物般的女孩扶住我，让我靠在她的身上。

"我不知道你们究竟是什么人，但也不再想看到谜底揭开了。"

山谷之外的高空，风像呜咽一般呼啸。

远行

一千头牛等着现代化呢

那天晚上回到筒子楼,我就发起了高烧,反复梦到活生生的肉体化为灰尘的景象。

张彻每天上午来看我一次,给我们带些吃的。蛋糕也好,牛奶也好,热气腾腾的炒菜也好,我闻起来都索然无味,一口也不想吃。我让他给我买点朗姆酒兑上可乐,每次灌下一大杯才能换来片刻清醒。

他找来一塑料袋退烧药,我吃完了就出汗,出完汗继续发烧,反复几次,几乎虚脱。吃了几天不见效果,索性不吃了,全身上下也没有发炎的地方,病得莫名其妙。

实在没办法,他只能开着波罗乃兹把我送到医院住了一天。医生坚称我患的只是普通的感冒,开了两服中药,吃得我满嘴发苦也没有用。

黑哥来看我时，我总让他照着乐谱弹一段柴可夫斯基。《四季》改编成吉他曲后令人耳目一新，加之他的演奏更是令人沉醉。但一想起那绝妙的音色来自魔手，我又会心跳不止，四肢冰凉。

我本来只是一个普通的失意人，在现实世界中，梦想着到俄罗斯学钢琴，但不得不在无聊的生活中打发时光。自从魔手出现以后，整个世界为之改变，让我再也辨别不出真实与虚幻的界限。

无论是在筒子楼里还是在医院里卧床，动物般的女孩都一刻不离地守护着我。她像是一个来自虚假世界中的人，可在我眼中却又无比真实，让我感到除了她以外，世上再没有什么可以依靠的。

我总是紧紧闭着眼睛，在一片飞灰的可怕想象中发热不止，她握着我的手凝视窗外。

到了夜晚，她会钻进被窝和我搂在一起。由于高烧，我感到她的身体冰凉无比，便尽力搂住她，想要温暖她。她把头扎在我怀里，仿佛处于半梦半醒之间，我不出声她也不吭声，我叫她她就会马上答应。

一天晚上，我的体温奇迹般地降低了，如同泡在五月的春水之中，微风从头上吹过，凉爽之意沁人心脾。从得病到痊愈，都是莫名其妙。感到我体温消退，她立刻睁开眼睛笑着看我。

我从窗帘缝里看到外面的黑夜,夜色辽远幽静。

"胆儿够小的,"她说,"给吓成这样。"

"确实想起来都觉得害怕,但不光是害怕,大概是不能理解的事情积郁已久,陡然喷发出来的缘故。"

"现在还想了解真相?"

"什么真相?你、异乡人、拉赫玛尼诺夫、魔手,没有一件事的真相是清楚的。"

"既然所有的事纠缠在一起,那么背后只会有一个真相。这个真相我也不知道,即使告诉你异乡人的真实身份,也不可能揭开全部谜底。"

"真相也罢,谜底也罢,我现在全不关心了,反正真相只有一个,必须面对的生活也只有一种,只有耐心忍受而已。"

"以前你也就是假装想得开,经过一场大病,倒真看开了?"

"反正世事不为人类所左右,看不开也没办法。我只想知道,经过这件事,我们还有没有可能长相厮守在一起?"

她看着我郑重地说:"我只能告诉你,我也不知道。从来没有过叛徒在组织的追杀下逃脱的,但我向你保证,我会为了你尽力而为。"

"你说过需要我的保护,我会竭尽全力,"我说,"即使世事不为人所改变。"

"我相信你,"她说,"即使世事不为人所改变。"

我仰起头吻她,脱下她的衬衫。我看着她的身体,发现她的乳房又有了变化。维纳斯之乳上没有了鳞片,而又变成了荧光一般的半鸟半兽的羽毛,异常柔软,闪闪发亮,就和在拉赫玛尼诺夫口袋里掉出来的羽毛一样。

"怎么又变成羽毛了?"我抚摸着她的乳房说。

"这是我所属的种族成熟的标志。"她说,"我已经是一个完成自我进化的异乡人了。"

病好以后,我也坚决不去破烂山,那里就像脑海中储存可怕记忆的某个区间一样,我妄图把它永远留在噩梦里,不再染指。

张彻和黑哥倒是经常借我的车过去转转,据他们说,那里和以前一样,没有出过怪事的迹象。两个人已经变成了飞灰,"迹象"早已留在了记忆深处。拉赫玛尼诺夫也没再出现过,不知他将作何打算。

我每天在房间里喝啤酒,弹钢琴,和动物般的女孩在窗前看夕阳,尝试将自己变成一个只顾眼前无忧无虑的人。

异乡人无影无踪,下落不明,她也不再提起那件事。这样平静地过了一段日子,我甚至产生了幻觉,想象着一切诡异邪恶的事情都是昨夜的噩梦，现实生活就像眼前那般平静。我和动物般的女孩是知根知底的老相识，她是我的同学或朋友或邻家女孩，我们自然而然地相亲相爱，等待着水到渠成地老去。

直到要出远门的那天来临。那天我正在窗前弹琴，她坐在床边翻看几个月前的《爱乐》杂志。窗外的风一天比一天冷，已经时近深秋，所有景物都像涂了一层金粉般耀眼。张彻没敲门就进来，靠在钢琴上看我弹奏，旋即点上一根烟放到我嘴边。

我叼起烟，被熏得直眯眼睛。他说："这几天可能要出趟远门。"

我像没听见一样，歪着头一个劲儿弹琴，烟灰长了也不弹一下。

倒是动物般的女孩问："去哪儿啊？怎么一直没说？"

"老流氓也刚告诉我，说要去山东，大家一块儿去。"

我还在半癫狂地敲着和弦，一声不吭。

动物般的女孩考虑了一会儿，说道："怎么去？飞机还是火车？"

"开车去，说是要拉一批货。"

我忽然停下不弹了，小心翼翼地转开身子，以免烟灰落到琴键上,也不理张彻,自顾自抽了几口烟。

"怎么着。"张彻问我,"去之前把车保养一下,头一次跑长途,得换换润滑油。"

我把烟头扔到地上:"谁跟你说我一定得去了?"

"难道不是同志们一块儿行动吗?你最近可有点儿脱离组织的倾向啊。"张彻意外地说。

"他是在家养懒了,而且沾染了一身伤春悲秋的恶习。"动物般的女孩说,"得出去跑一趟,否则提不起精神头。"

"就是,怎么能置同志们于不顾呢?"张彻说,"你忘了你病的时候是谁给你端茶送水接屎接尿了?"

"别说得那么夸张。"我笑了,"我老婆给我端茶送水,接屎接尿的任务一直就落在抽水马桶头上,这么多年谁也没替代过。"

"行行行。"动物般的女孩拍拍我,用哄小孩的口气说,"咱们去对吧?这就乖——确定什么时候走,到时你再告诉我们一声。"

"瞧你老婆多识大体,现在你是落后分子了。"张彻从墙角拎了一瓶矿泉水边喝边出门,"瞧你还喝这么健康的饮料,多落后。"

他走后我问动物般的女孩:"你那么积极干吗?不知道这事儿背后有文章吗?"

动物般的女孩道:"我哪儿有那么傻?不过你想得也太简单了吧,一味逃避能躲到什么时候?你以为在家待着就安全吗?"

"那你的意思是……?"

"这趟出门,背后的原因肯定是诺夫大叔,我们现在和他是绑在一根绳上的蚂蚱了,必须得和他一块儿去。我曾经和你说过,异乡人的组织绝对不会放过一个叛徒,并且不达目的决不罢休。假如让他们把诺夫大叔干掉,我们更是难以自保,所以只能和他同进同退。"

"只是世事不为人所改变——"

"世事不为人所改变,所以只能一步一步走下去。"

动物般的女孩对生活充满了强烈的战斗精神,这一点和我绝不一样,她有时候就像一个铁娘子。

"假如一定要去,希望我们能一起回来。"晚上,我搂着她,想不出还有什么好说的。

"即使所剩下的只有灵魂,也要一起回来。"她靠在钢琴边对我说,"为我弹一首什么曲子吧!"

我坐在琴前,弹起拉赫玛尼诺夫《第二钢琴协奏曲》。尽管我没有魔手,无法掌握无与伦比的技巧,但从未有人将这首曲子演绎成情歌。

第二天早上,张彻背着巨大的帆布包来找我,此时黑哥已经拎着吉他站在楼下。我们钻进波罗乃兹汽车,往破烂山开去。一路上我心情抑郁,想着要从那样一个地方出发,此行必然充满苍凉之感。

老流氓已经将小卡车停在山脚等我们了。看见我们停住车,他便指挥几个呆傻青年将一个大箱子往波罗乃兹的后备厢里搬。箱子似乎特别沉重,两个呆傻青年几乎搬不动它。把它放到后备厢里,轮胎被压扁了一厘米左右。

"什么东西?"我问老流氓。

"野生动物寻呼器。"他说。

"再说一遍,什么玩意儿?"

"也就是BP机,都在箱子里,足有一千多个。"

"哪儿找的这么多?"

"是摩托罗拉公司的淘汰产品,现在没人用这玩意儿了,就索性给扔掉了。"老流氓说,"据说BP机这种东西最开始就是呼叫动物用的,这次正好恢复原有功能,卖到山东的一个牧场。"

我拍了拍大箱子,看了看商品名称:"嚯,还是汉显的呢,动物识字吗?"

老流氓一边盖上后备厢盖一边说:"一千台,每台两百块钱,这一趟可以赚二十万,而且还是全新的,用不着修理。

那边的买家都说好了,就等着提货了。"

我看着他那副让从天而降的馅饼砸着的表情,越发怀疑他的话的真实性。

"这趟出门,应该还有其他的事吧?这也不是你的主意吧?"经过那天晚上,我觉得应该开门见山了。

"我就管赚钱。"老流氓闷头说了这么一句。

"除了我们之外,还有什么人去吗?"

"还有一二三四五六七八九。到牧场以后,他们负责把寻呼器套在牛身上。"

"加起来简直有半个排的人,用得了那么多吗?"

"说起来简单,干起来就知道有多麻烦了,光把牛一头一头地牵过来就挺费劲。所以 BP 机放在你车里,呆傻青年坐在卡车斗里。"

"那么远的路,非颠肛裂了不可。"

我和动物般的女孩躲开老流氓,我问她:"看到拉赫玛尼诺夫了吗?他不可能不去吧?"

"按理说他肯定去。"她说,"但我想他不会在明处,可能会暗中跟踪,也可能早已到了目的地。"

装好箱以后,老流氓过来问我:"什么时候出发?"

我说:"问我干吗?这事儿你定。"

"那就现在,一千头牛等着现代化呢。"

老流氓自己开着小卡车在前头开路,我们和张彻、黑哥随后跟着。小卡车颠簸起伏,呆傻青年像木偶一样听话地坐在车斗里,随着车的走势弹上弹下。

"老流氓这一趟又没少赚。"张彻哼哼着甲壳虫在后座说。

"到时候得多跟丫要点儿。"我附和着,心里奇怪为什么要把张彻这个不明就里的人也带来。

车在乡间公路上不紧不慢地开着,没到半天工夫已经绕过半个北京。老流氓在一家附带垂钓的大饭馆门口停下。

我们到饭馆里品尝了秋天肥美的虹鳟鱼,每人用茶杯喝了二两白酒。在吃饭的时候,张彻指着门口停着的一辆韩国大宇汽车说:"那车怎么样?"

"看它干吗?款式太老了。"那辆车身材魁梧,煞有介事,不过看得出来是十年前的产品了。

张彻说:"甭管款式,里边的车载音响肯定不错。"

我看看饭馆里的其他客人。一个身穿双排扣西服和梦特娇牌毛衣的汉子已经喝得脸红脖子粗,真心实意地和人说虚头巴脑的话。他大概是个乡镇企业家,很像老式大宇汽车的车主。

张彻让黑哥坐到靠窗的座位,挡住乡镇企业家的视线,拉上我借故上厕所,来到门外。他猫着腰蹲到大宇车的驾驶舱门下方，掏出一段小铁丝，没两下就捅开了车门。

"时间太紧任务太重了吧？"我回头看看屋里说。

"没关系，很好办。老款汽车的音响都安在仪表盘附近，假如是新款就麻烦了，还得到后面去找。"

他从兜里拿出改锥和刀片，屁股撅在车门外面忙乎着。随身带着作案工具，他真适合当个技术工程师而非吉他手。没过一会儿，他已经拎着一串叮当作响的电子设备爬了出来，酷似从汽车的子宫里取出了一个胎儿。

我们关好大宇车的车门，把音响扔到波罗乃兹的后座上，回饭馆让老流氓结账走人。

把车开出几十公里以后，我们才重新停下车。其他人在野地里抽烟闲逛，张彻自己把音响装到车上。汽车的动静惊起了两只农村的土狗，它们从远处一路狂吠着跑来，但看到动物般的女孩后，便一声不吭，夹着尾巴低眉顺眼地坐在她脚边，好像见到老熟人一样。

"够有亲和力的。"我对她说。

她一言不发，把从饭馆里带出来准备当作下一顿饭的红烧肉喂给狗吃。

这时车里猛然响起了甲壳虫乐队的歌曲，声音震耳欲聋，两条狗被吓得叼起肉跑开了。张彻一边跟着唱《一周八天》，一边得意扬扬地走过来问："怎么样？"

"可以。"我说,"一路上都清静不了了。"

一路上乐声不绝于耳,震得车窗直颤。张彻心满意足地喊道:"这才有旅游的味道呢。"

开着马力强劲的旧汽车听甲壳虫,倒也真像"垮掉的一代"结伴出游的架势。只是在道路的尽头不只有渺茫的前途,还有实实在在的危险。即将丰收的农田和冒着黑烟的工厂交替着一闪而过,我把车开得飞快,时常把老流氓甩开很远再慢下来等他。九个呆傻青年茫然失措地望着陌生的大地,轮换着蹲起来揉屁股,或者你打我一下我打你一下地解闷。我们把罐头和汽水从车窗里扔过去给他们吃。

张彻和黑哥干脆在后面喝起了烈酒,还把瓶子递到前面让我喝。出于安全考虑,我拒绝了。

一直开到夜里,老流氓在找好的落脚的地方停下车。此时我已经累得浑身虚脱,坐了一天,腿几乎直不起来了。无论看什么东西,都感觉它们即将迎面扑来,完全适应不了站在平地的感觉。晚饭格外丰盛,我们在宾馆餐厅吃了满满两桌子鸡鸭鱼肉,呆傻男青年外带每人一只肘子。张彻他们还要到县城去闲逛,我坚称需要睡眠,黑哥也钻进了房间。

和黑哥分别进房时,我问他:"这些天可曾看到那个拉赫玛尼诺夫?"

"见到了,他找过我。"

"这趟出门到底有什么目的,他有没有对你说过?"

"没有。我不知道这趟出门还和他有关系。"

"那他对你说什么?"

"只告诉我他不久就要走了,让我善待自己,保存好魔手。"

拉赫玛尼诺夫要走了?这倒是个意外。

我问黑哥:"那你怎么打算?要怎么处理魔手?"

"该自杀还自杀。"黑哥说,"音乐才能没有意义,什么魔手不魔手的,对我来说一点意义也没有。你觉得卧轨怎么样?临死前想象着一派美好的景象面朝大海春暖花开之类的。"

张彻他们闹腾到半夜才回来,好像还和人家打了架,九个呆傻青年兴奋地大喊大叫,经久不绝,天快亮了才渐渐安静下去。我被吵得一夜没睡好,迷迷糊糊间总感觉有人从屋外穿墙而入,站在床边手插着兜看着我。

我知道那人是拉赫玛尼诺夫,但等唤醒神智睁开双眼,床边早已空空如也。动物般女孩乳房上的羽毛在被子里闪闪发光。

第二天中午我们才起床洗脸,老流氓定好了午饭,催我们快点吃完上路。他的左眼肿了一圈,显然是让本地流氓打的。

当逐渐适应旅途以后,旅途也变得枯燥起来。甲壳虫的歌声一遍又一遍地重放,时间和空间好像静止了。张彻也把精力消耗得所剩无几,安安静静地听黑哥讲解基本的吉他技巧。动物般的女孩歪着头靠在车座上睡觉。

只有小卡车车斗里的呆傻青年一成不变,无所谓无聊不无聊,仿佛悟透了人生无聊的哲理。

北京早已被远远地抛在身后,我们正在山东境内行驶。无论路过哪个城市,都会在市郊看到荒野中的破烂山。比起老流氓那个,这些破烂山的体积要小得多,但外形和带给人的感受无一二致。整个地球全是由浮光掠影的城市和荒凉的废墟组成的。

我们在胶东半岛的北部住了一夜,第二天中午到达了老流氓所说的牧场。牧场坐落在前不着村后不着店的平原上,面积几千公顷,距离最近的城市有三百多公里,开车需要一整天的时间。我们停车的地方是一个带有砖墙的院落里,院里盖着一幢二层小楼,楼体通身涂成土黄色,第二层还有一个小露台,看起来很像富裕农民的家。

一个长着络腮胡子、身穿半长皮外套的男人出来接我们。他用山东口音和我们热情地打招呼,硬要帮张彻拿行李,不停地重复"欢迎北京来的技术员"这么一句话。

我悄悄问老流氓:"咱们怎么成技术员了?"

他说:"我打的是一家科贸公司的旗号。"

长着络腮胡子的男人吼叫了一阵,又叫下来一个十七八岁的小伙子帮我们卸车搬行李。除了他们以外,我没看到楼里还有其他人。

"你们这儿就俩人?"我问那男人。

"好几十个工人呢,都住在附近的两个村子里,平常直接到厂里去干活,不到办公室来。"

"这儿也没养条狗?"

"用不着,这儿太偏僻了,轻易没外人来。"

我走到院门口,遥望广阔的牧场。牧草的品种优良,到这时候还绿油油的,只不过不少地方已经被啃出了地皮,好像皮毛上的藓。近处是草,远处是草,远处的远处还是草,天际尽头似乎有两处炊烟,大概就是那男人所说的村子。

"牛呢?"我忽然想起来,"怎么没有牛?"

"牛每天上午到几里地以外的河边去,动物都喜欢靠近水源。"

"一共有多少头牛?"

"大概一千来头。"

一千头牛轰鸣着跑向河边,景象自然异常壮观,不知那河有多宽,会不会被牛一口气喝枯了。

"那您是这牧场的什么人啊?"我又问他。

"我是业务部主任,负责牧场的日常工作。"他眼中似乎闪过一丝异样的光,"您还挺有好奇心,又问狗又问牛又问我。"

"不不。"我说,"您和狗、牛还是不可同日而语。"

"牧场的老板住在青岛,是我的亲戚,平常不来这里。几年以来,工人都是附近村里的村民,人手充裕,而且薪水不高。但最近政府要征用那两个村的土地,大部分村民都要迁到一个县城里。到那时候人手肯定不够用,再雇工人的话价钱又太高,所以干脆尝试一下现代化的畜牧设备,买些挤奶机寻呼器什么的,变成美国农场算了。"

那男人负气般地一口气介绍完了,不再开口。这样我也没什么好问的了,不免有些尴尬,就回去找张彻他们。

张彻正指挥两个呆傻青年搬装寻呼机的大箱子,老流氓被牧场的小伙子带上楼去看房间,我们也走进楼里。走廊空洞潮湿,但腾给我们住的几间房却明亮宽敞,装修虽简单但也设备齐全,甚至还有电视机和冰箱。

"电视只能看两个台,这儿地方太偏。冰箱里基本都是肉,啤酒也多得是。"那男人跟上来对我们说。

"改装一下,美国黄色电影台都能看。"张彻调着电视,信心十足地说。

那男人欣喜道："你们真是太热情了，不但送科技下乡，还送文化下乡。"

旅途劳累，我们分完房间安顿好后，睡了个午觉。醒来以后，张彻要爬上屋顶看看。老流氓问："干吗？"

"呼叫器得配上寻呼台才能用，选个合适的地方安天线。"

"你还真是技术员。"

我确定老流氓和拉赫玛尼诺夫有勾结，而且这一趟来绝不是做买卖的。哪有来卖呼叫器，却连寻呼台都没考虑的道理？

我无心看着张彻一头热地乱忙活，便叫上动物般的女孩去牧场里看看。我们开上波罗乃兹，在一望无际的草场上飞奔。车轮轧过草面的沙沙声窃窃在耳，风从洞开的车窗里灌进来如歌如咏。

"向着太阳升起的地方飞飞飞飞奔吧。"我踩着油门往地平线上的两处炊烟奔去。大约开了十分钟，前挡风玻璃里出现了一个小村庄。像北方农村常见的小村庄一样，这里由零零落落的几排红砖平房组成，村口摆放着农用机动车、水井、狗、蹲在墙边晒太阳的老头等必备之物。

我把车停下，到村里的供销社去买烟。这里只有两块多钱一包的低档国产烤烟，货架上的可口可乐易拉罐铺满灰尘。

"牛呢，牛都在哪儿？"我问供销社老板。

那是一个脑门被产钳夹得又歪又扁、嘴里龅牙绽放的中年男人，他当空挥舞胳膊，含混不清地指着："那边，那边。"

"哪儿哪儿？"我随着他的手摇着头，"明确点儿行吗？"

"只要往西北方向走，看见河，再往下游走就能看到了。"

我在供销社门口点上一根烟，观察了一会儿胡同里零星可见的村民。都是一些风尘仆仆、面相比实际年龄远为苍老的人，脸上带着既麻木且畏天畏地的神情。

没有什么可奇怪的，农村都是这个样子。就像所有城市毫无区别一样，所有的农村也像同一原型的翻版。我对村子失去了兴趣，开着车向西北方驶去。

没过多久，果然看到了一条十米见宽的河流。大概是黄河支流的支流，也即孙子辈支流。河里的水不多，处于半干涸状态，而且毫不清澈。

我们沿着河水向下游驶去，牛的鸣叫和跺地声渐渐大了起来，盖过了本来就不响亮的水声。果然有好大一群牛，河流的一个拐弯处，牛山牛海，摩肩接踵。牛们无所事事地乱叫乱转，却时刻保持挤在一起。几个农村小伙子骑着毛色斑驳的马，在牛群周围巡视。

"一点也不浪漫。"我对动物般的女孩说，"一点也不像《廊桥遗梦》里的情景。"

她却看着那无穷无尽的牛，出了半天的神。想来一个普通人，陡然见到那么多的动物，也应该感到震撼。

在回农场办公室的路上，我们果然遇到了拉赫玛尼诺夫。他像一个迷路的旅人一样，将粗呢外套搭在肩上，在草场上低着头行走。听到汽车的声音，他如同早知道我们要来，站住脚向我们挥挥手。

我把车停在他跟前，说："您是什么时候来的？"

"大概二十天前就来了。"他说，"你生病的时候也没去看你，真不好意思，事情太忙啊。"

"听说您最近要走，走到哪儿去？"

"从哪儿来的就回哪儿去呗，我的任务就要完成了，不出意外的话，所有的事情将在这个农场上做个了结。三十年前被遗失的魔手已经全被找到，只要异乡人不来骚扰，我便可以带着它们回去了。但我不知道能不能闯过这一关，带走魔手的步骤很复杂，万一出了点差池就会前功尽弃。"

"那么您找到这个牧场，也就是为了躲避异乡人了？"

"正是。他们已经发现了破烂山，那里不能久留。这里地广人稀，他们即使来了我也能立刻察觉。"

想起异乡人夜袭破烂山那天夜里的场景，我仍然感到后怕。我对拉赫玛尼诺夫说："魔手这东西，您还是赶快带走的好，实在太可怕了，留在人间为害不浅。"

"其实也用不着太害怕,"拉赫玛尼诺夫说,"只要不用在歪门邪道的地方,它对于人类来说只是杰出的音乐才能而已。假如人类失去了魔手,那么音乐这东西也将失去灵魂,变得味如嚼蜡,这才是悲哀的事情。所以我还是决定冒险留下一双魔手,让它为音乐出力。"

"留下一双?假如它落到异乡人手里怎么办?"

"那也没关系,只有一双魔手,异乡人的力量不会因此膨胀到无法制服的地步。大不了我再麻烦一次,从他们手里把魔手抢回来,还给人类。毕竟音乐这东西是一种美,人为了美总会做些得不偿失的蠢事。"

"留下的魔手,是黑哥体内的那双么?"

"就是它。我已经告诉了你那个朋友,让他善用魔手,致力于音乐。"

"可是黑哥未必认同你这个伟大使命,人家想自杀。"

"那家伙的自杀说起来也真可笑。我倒不是怀疑他自杀的诚意,只不过他患有这个时代人常见的心理病症,也就是强迫症,既想自杀又会感到任何一种自杀方法都不完美,于是只能矛盾地活下去。而且即使他死掉了,魔手也会找到新的宿主,可能是你,可能是别人,依然能在地球上存活下去。"

"对了,"我说,"你说带走魔手的工作很复杂,将要如何进行?需不需要帮忙?"

"不用帮忙,但你愿意的话,可以来目睹全程。大功告成之后,我会将事情的真相告诉你,告诉你我究竟是谁,从哪儿来。当然假如涉及其他人,我也不会多说一句。"他看看动物般的女孩,笑着说。动物般的女孩会心一笑,不置可否。

"然后你就走了?"我忽然感到对眼前这个人恋恋不舍,虽然他给人的感觉过于不真实,并且我连他的底细一无所知。

"然后就再会了。假如有机会,我想我们一定能再会。"

"工作什么时候进行?"

"事不宜迟,明天夜里。成功了我就走,不成功则成仁。"

"那明天夜里见。"

"明天夜里见。"

那天晚上,长着络腮胡子的男人招待我们吃了一头乳羊,佐以山东名酒"孔府家酿"。大家尽欢而散,我和动物般的女孩勾肩搭背地回到房里,仰面躺在床上。

我问她:"拉赫玛尼诺夫把魔手带走以后,异乡人再找你的麻烦怎么办?他倒一甩手跑了。"

她说:"他告诉过我,会想办法把我保护起来。具体是什么法子我不知道,但钢琴师不会食言。"

"你那么相信他?"

"异乡人既恨他,又敬畏他。钢琴师不会食言。"

"那我也只能相信他。一切顺利,万事大吉,我们应该再喝一杯。"

"睡觉睡觉。"

不知为何她从草场回来以后就显得疲倦又烦躁,大概是有些紧张。

消失 永无再会之期

第二天,张彻一早就和长络腮胡子的男人出门去,给牛的脖子挂上呼叫器。呼叫器的工作原理很简单:将呼机的波段调整到一个固定的范围内,确保接收到总台发出的信号,再根据不同类型的信号给牛发出各种指令即可。但要想正常工作,光装上呼叫器、设置好总台是不够的,还需要对牛们进行训练。比如说呼叫器响两声,是让牛们回圈睡觉,响三声是到河边喝水,响五声是找安全的地方避雨,长络腮胡子的男人自称是个出色的驯兽师,他告诉我们:"动物的智商比想象的要高,假如不听指令,不见得是因为它们笨,而是他们认为人类的意图无聊透顶。"

一千头牛,不知要到什么时候才能都挂上呼叫器。遥想二十年前,有多少剃着板寸、蹬着尖头皮鞋的北京糙汉佩戴着这种呼叫器，守着胡同口的公用电话大干市经济，他们逢人就侃"管儿钢二十车，一夜到山西，钱到就发货，哥们儿有条子，建设部咱有人"。

现在都挂牛脖子上了。

张彻和长络腮胡子的男人满牧场地追着牛，逮谁给谁发BP机："戴上吧哥们儿，还是大汉显呢，过去三千多还不一定买得着呢。"牛们表情傲慢，无可无不可地挂着那玩意埋头吃草。

一直挂到中午，才挂了两百多个。张彻已经累得不行了，浑身牛屎味，还被一头母牛踢中了肚子，吐了半升白沫。看看天色不早，他不得不停下工作，急着开车进城去买呼叫台的必要设备：发报机、天线和功率放大器。

"你自己开车去好了，我又不懂，免得给你添麻烦。"我把车钥匙给他。开车进城需要往返近两百公里，回来时天肯定黑了，我不想误了给拉赫玛尼诺夫送行。

张彻自己开着车出了牧场，我无所事事地站在院子门口看着秋草。草场犹如一夜愁白的鬓发，已经在绿色之上覆盖了枯黄，平原上的风吹过，方圆十里内似乎回荡着悲鸣。

晚上那顿饭，大家照例喝高了。虽然张彻不在，可老流氓兴致不减，一个劲地灌黑哥。黑哥闷声闷气地像个无底洞一样，喝了三四瓶38% voL度的白酒也不动声色，黑脸上一丝酒红也没泛上来。

"哥们儿你太牛了。"老流氓语无伦次地说。

黑哥已经喝得机械了，都不用别人劝，咕咚又是一杯进肚。

我和动物般的女孩随便吃了几口羊肉，小杯沾唇地抿着酒，坐等夜色全部降临。老流氓还想灌我，被我像豹子一样暴声喝开："滚蛋啊，别招我，否则灌你老丫的。"

他佯装无事地躲开，小声取笑："你是不是到经期了，这两天脾气那么大？"

我扭过头去不理他，看着窗外泼了蓝墨水一般的天色。

长络腮胡子的男人彬彬有礼地举杯和我碰了一下，但我感到他神色古怪。看什么都不对劲，大概我也有点精神紧张了。我和他对笑了一下，一口把酒干了，反扣杯子，不再喝了。

一直到窗外完全漆黑一片，草场的风吹进寒意，黑哥还是一杯接一杯地喝。我按住他的杯子说："黑哥，没人劝你就别喝了。"

他忽然奇怪地说："你闻闻，这酒怎么没酒味儿啊？"

我接过杯子闻了闻，呛得抽了抽鼻子："怎么会，曲酒，味儿挺冲的。"

"不会吧,"他摇着头说,"我喝着明明就像白水一样,白水一样,白水一样嘛——"

说着又喝了两杯,就像喝水一样,品都没品就吞下去。我想坏了,喝不出酒味儿,大概就是喝得太多了,所以鼻子和舌头都麻木了。他的面前已经或立或倒地放了好几个空酒瓶子,用筷子一敲,叮咚作响。

我说:"黑哥,真别喝了,就是水也犯不着这么喝吧。"

黑哥饱含热泪地大叫一声:"让我喝,我心里苦!"

刚说完,他忽然轰隆一声,仰面就倒。我低头一看,何止是脸,他就连脖子都通红了起来。他仿佛醒悟一般说道:"原来真是酒,有酒味儿了!我的妈呀,怎么灌进去那么多酒啊!"

然后黑哥便满地打起滚来,一边滚,一边哭诉自己想自杀,但又不知道怎么自杀。每打一个滚,他就举例一种死法,问我好不好:"上吊好不好跳河好不好吞金好不好喝农药好不好跳楼好不好——"

我只能说:"都挺好都挺好都挺好。"

这么闹腾了半个钟头,人类的死法大约被穷尽了,黑哥忽然坐起来,像鹅一样伸着脖子干号两声,对我说:"我想吐。"

"那我躲开点。"我后退一米,"就这儿吐吧,这儿不是咱们家,吐完咱还不用收拾。"

"可我吐不出来,噎住了。"

"噎住了那是咽不下去,不是吐不出来。"

"反着噎住了,总之是堵着了憋着了管道不通了。"黑哥吼叫着,脸越涨越红,而且像吹了气一样越胀越大,抓胸捶背,弯腰顿足,看起来十分痛苦。

我看到他无比躁狂,眼见发疯,也手足无措。老流氓还在扯淡,问长络腮胡子的男人要洗衣机水管"给丫灌肠"。

我正想给他找点水喝,黑哥忽然暴吼一声,拔地而起,破门而出,他一边在原野上奔跑,一边遥遥地喊道:"我要吐,我要吐,我要吐——"

远方传来的回声说道:"噎住了,噎住了,噎住了——"

我拉上动物般的女孩,说去追黑哥。但来到门外,黑漆漆的夜里已经空无人影。我们肩并肩地向昨天下午遇到拉赫玛尼诺夫的方向走去。

夜风有如海浪,在耳边呼啸不停。我和她踏着齐膝的杂草,连星星都看不到,只得凭着感觉寻找方向。那么大的风竟然不能遮盖住她的呼吸和我的心跳,并且每走一步,脚下草茎的呻吟声都清晰入耳。

如果不开车的话，这段路真是遥远。我们失去了车厢的保护，仿佛赤身裸体地暴露在苍穹之下，去迎接世上最奇异的变化，每走一步都危机四伏。

大约走了一个小时，我才看到几百米外似乎有人影。逐渐走近，拉赫玛尼诺夫的身影显现出来，他孑然一人，好像无所事事一般手插着兜，站在原野之上。

我们加快脚步，几乎是小跑着奔了过去。他看到我们，并没有打招呼，只是转了半个身，面向我们。

"魔手就在这里，一共九只。"他从兜里掏出一只厚厚的金属杯子说，"不要看它小，其实魔手是无形无状之物，不管多少只，都可以装进去的。"

我看着那杯子，它在深夜里连一丝光芒也没发出。我忽然想起，这就是我们偷窥他的那天晚上，他使用的杯子。当时他从杯子里拿出几个金属块，喂给神情迷乱的呆傻青年吃。呆傻青年和魔手又有什么关系？

"那您将怎么离开这里呢？"我撇开自己的想法，问他眼下的问题。

"用这些魔手的力量，完成一次时空穿行，就像我来的时候一样。在魔手成熟以前，跨度超大的时空穿行是不可能的，但好在终于到了它们瓜熟蒂落的时候。"

"就这么简单？"

"说得简单而已。时空穿行哪有那么容易，需要将魔手的力量恰当地集中在一个点上，确定好目的地，确定好到达的时间和位置，假如出了一点差错，那么很有可能会被抛到黑暗的未知空间里去，再也回不来。而且时空穿行是有一定原则的，最主要的一条就是不能影响所去时代的历史。所谓的蝴蝶效应一定要注意，比如我到达 18 世纪的俄国，可能降落的时候碰碎了一个花瓶，花瓶的碎片扎伤了一个小孩的脚，导致伤口化脓腐烂，必须截肢，而这个孩子长大以后却是一个出色的情报员。这事情的后果就是俄国军队在滑铁卢战役中失去了重要情报，因此败给了拿破仑。这就是影响到了历史。所以在穿行之前，必须计算清楚，千丝万缕都要估量好，一丝一毫也不能出差错，正如同在历史的夹缝中穿行。"

我说："那么您这次去，要去什么地方？"

"还说不好。魔手的力量终归是要用于音乐，所以我的时空旅行也就是在各个时代之间穿行，假如某个时代缺少一双魔手，我会把魔手留在那里，造就一个音乐天才，使人类的历史不再贫乏。就像播种机一样，我将走过九个时代，进入九种不同的人类文明，将魔手赠予他们。我曾经说过，这才是魔手的真正用途。魔手将永存于人类的音乐中，而不应该用于其他任何目的。"

"那么您将魔手放出去以后，如果异乡人再去抢夺怎办？不知道别的时代有没有异乡人？"

"异乡人这种角色，据我所知在别的时代没有，只是近些年才出现的。我在远古留下的魔手流传到现代，当然有可能被异乡人抢走，但我还会将它们夺回来。这是我的工作，可能就在夺走与抢回的周而复始之中，我维持了人类历史的平衡，也就是音乐和暴力的平衡。"

我说："那您这么做的目的是什么呢？培养艺术家这事儿好像归文联管。"

"我当然自有我的目的。"他说，"只不过现在告诉你还为时过早。尽管都到了这个节骨眼儿上，但依然是为时过早。仅从人类的角度看来，让历史有声有响，不也是一件好事么？"

"这个当然。"我想了想说。没有音乐，地球大概照转无误，不过每个零件——人类、动物、植物甚至山川河流都会转得异常乏味。

"所以嘛，新的魔手之旅总要出发，把音乐带到蛮荒之地，这终归是一件有意义的事。"拉赫玛尼诺夫说着托起手中的金属杯，像鉴赏古玩一样长久凝视。那杯子一尺多高，是个规则的圆柱体，看起来重量非常大，杯壁异常厚实，任凭什么力量也别想穿透。他看着杯子的时候，身体被蓝光笼罩，眉头紧锁，嘴唇轻轻闭上，仿佛正在思考一项复杂的问题。

这大概就是他所说的运算。拉赫玛尼诺夫和魔手即将离开这个时代。

但就在这时,动物般的女孩忽然攥紧了我的手。她手心发亮,胳膊不停颤抖。我听到大地深处传来一声呼哨,悠长而又遥远,不紧不慢地掠过杂草。我们身边的草丛里站起几个人来,他们不像是躲在草里的,而像是直接从地底长出来的,就如同传说中的龙牙武士一般。

而站起来的人正是棕色皮肤的姑娘。异乡人再次造访。

她和那个小伙子站在草丛里,眼睛闪闪发亮,看来伤势已经痊愈。我正诧异于只有他们两个人来,却感到不远处有什么东西正在随着风上升。动物般的女孩叫声不好,我仰头环顾,看到空中飘浮着八个人的身体。他们和那天的秃顶老头一样,身体急剧膨胀,就像"一战"时期欧陆上空的齐柏林飞艇,君临天空,威慑地面。

"钢琴师,"棕色皮肤的姑娘道,"你想去哪儿就去哪儿,但魔手不要带走。"

拉赫玛尼诺夫闭着眼睛,没有说话,但身体依然被蓝光覆盖。

"否则的话,你将永远留在这片牧场上,哪儿也去不了。"棕色皮肤的姑娘继续说道,她停了一停,等着拉赫玛尼诺夫开口。

"据我所知,"拉赫玛尼诺夫睁开眼睛说道,"异乡人在地球上为数不多,而每用一次血咒,都会有一个生命牺牲。"

"即便只剩下一个,也必须和魔手融为一体。"棕色皮肤的姑娘道。

拉赫玛尼诺夫不动声色地说:"那是你们一厢情愿的想法,不要再和我讨价还价。"

"也好。"棕色皮肤的姑娘说着向天空挥了挥手。血液从四面八方喷涌下来,而且如同高压水枪一般,速度极快,力道极大。

动物般的女孩立刻拉上我,跳到拉赫玛尼诺夫身边,他用蓝光将我们一齐笼罩起来。血液射到蓝光上立刻弹回,在我们脚下汇成河流。被血溅上的草立刻枯萎,变成了一团黑灰。随着血液的冲刷,蓝光越变越弱,但拉赫玛尼诺夫睁大眼睛,振奋起来,又将血液挡了回去。

"这就是魔手的力量。"棕色皮肤的姑娘赞叹道,"异乡人的血流得值得。"

天空中涌下来的血越来越多,似乎又有不少异乡人变成飞艇,飘了上去。

"异乡人这次是要倾巢而出了。"拉赫玛尼诺夫道。

棕色皮肤的姑娘忽然又打了个呼哨,空中的异乡人忽然暂时停止了喷血。他们调整了一下队形,陡然间将血液汇成一股，直向拉赫玛尼诺夫胸前射来。

那血柱好像掩钟的大锤一般，登时将蓝光打了一个窟窿。动物般的女孩马上拉着我飞快地跳开。一滴飞溅的血珠打到我的腿上，我感到一阵钻心的疼，整条腿都动不了了。低头一看，小腿完全变成了铅灰色。

动物般的女孩赶快用白光保护住我，但这时天上却没有血液射下来了。我还以为异乡人的血已经流干，但忍痛抬头一看，他们还挂在天上，沉甸甸的，丰满如初，好像不会发光的圆月。

但我却听到了棕色皮肤的姑娘的笑声。再一看拉赫玛尼诺夫，他的手里已经空空如也，装魔手的金属杯不见了。和棕色皮肤的姑娘站在一起的小伙子不知何时已经到了十米开外，他的手里正拿着那个杯子。

原来在拉赫玛尼诺夫躲闪血柱的一瞬间，蓝光的保护消失了。利用这个间歇，那小伙子电光石火般地冲到了他的身边，抢到了魔手。

"为了获得速度，你牺牲了一切能力。"棕色皮肤的姑娘微笑着对小伙子说，"我早告诉过你，终归会派上用场。"

小伙子像风一样飘到她身旁，一只手按住杯盖，就要打开。

"先等一下。"拉赫玛尼诺夫说。

"钢琴师还有什么要说的?"棕色皮肤的姑娘嘲讽地说道。

"我劝你们还是不要打开,否则会后悔的。"

"事到如今你还说这些没用的话。"棕色皮肤的姑娘对小伙子说,"钢琴师真老糊涂了。"

"也许真的是老糊涂了。"拉赫玛尼诺夫挠着脑袋说。看起来他的神色并不怎么紧张。

"打开。"棕色皮肤的姑娘说。

打开装满魔手的杯子即将被打开。小伙子的手腕转了一下,又转了一下,杯盖越来越松。我屏住呼吸,看往下会发生什么。照拉赫玛尼诺夫曾说过的那样,世界的终结可能即将到来。

几千年前,潘多拉的盒子被打开时,人类正在想什么呢?

小伙子的手里呲地一响,金属杯被打开了一个缝。他低下头去,像往里看看究竟,但那缝隙里却发出了一股强烈的光芒,小伙子叫都没叫一声便仰面而倒,身体不停地抽搐。棕色皮肤的姑娘见状大惊失色,飞快地往后跳去,但她的肩膀也被光芒射中,陡然间失去了水分,发出一声寒冬树枝断裂的声音,一只胳膊掉了下来。

而地上的小伙子已经变成了一具干尸。

金属杯落到地上,杯盖被彻底摔掉,其中的光芒毫无阻挡地射了出来，照得黑夜如同白昼。在这光芒之中，天上飘浮的异乡人纷纷坠落在地，再无声响。

不知何时，拉赫玛尼诺夫已经来到我们身旁，用蓝光护住了我们。杯中的光芒越来越大，达到顶点时竟然比太阳还要明亮，晃得我睁不开眼。但没过多久，光芒开始暗了下去，逐渐消失，最后不见了。我眨眨眼往杯子看去，只见它侧着倒在草丛里，杯口处似乎有几个金属块。

那正是拉赫玛尼诺夫喂给呆傻青年的金属块。

棕色皮肤的姑娘歪歪斜斜地从地上爬起来，她少了一只胳膊，头发像被火燎了一样短了一截，半边脸上也被强光照中，留下一片黑斑，似乎连面骨都被烫焦。

"异乡人在世界上存在了多长时间呢？"拉赫玛尼诺夫仿佛流露出怜悯的表情，对她说道，"大概也只有五十多年那么长吧。如今已经全军覆没，只剩下你一个人了。诚然，从某种角度来说，地球曾属于你们，但时至今日，你们终将变成这个世界上的异乡人——如何到来，就如何离去，正像你们的名字所表达的那样。"

"杯子里的不是魔手。"棕色皮肤的姑娘哑声道，声音如同沙子被用力摩擦，"你下了圈套。"

拉赫玛尼诺夫极其平静地说："确实卑鄙，这我承认。但杯子里的东西不是特地为你们准备的，而是收集魔手的必备之物。"

"你从哪儿搞来了这种金属?"

"买来的。镭这种金属,你也知道,极其稀少,而且放射性太强,属于危险物品。它们本来被各大国严密保管,用于制造核武器,但百密一疏,总有一些会被恐怖分子买通内应偷窃出来,在地下黑市流通。我的这些是从S国买来的,因为S国实验室难以负担保存放射性金属的高昂代价,不少镭流失到了民间。"

棕色皮肤的姑娘说:"镭可以吸收超能力,这你是怎么发现的?"

"这一点我早就了解,你们不清楚魔手的真正面目,当然会想不通。魔手的力量遇到镭就会减弱,而异乡人接触过镭之后,超能力不仅会完全消失,而且还会受到极大的伤害。我早已料到今天你们会孤注一掷,抢夺魔手,所以特地将镭放在杯子里诱你们上钩。这些镭经过我的特殊处理,会在片刻之间将能量完全释放,好像一次小规模的核爆裂一般。在这种程度的爆裂之下你还能逃脱,可见你能力也远在一般异乡人之上。"

棕色皮肤的姑娘道:"只要剩下一个异乡人,就不会放弃魔手。"

拉赫玛尼诺夫道:"我留下你的性命,希望你和我一样,从何处来,就回何处去吧。不要痴心妄想,异乡人的生命格外值得珍重。"

棕色皮肤的姑娘脸上忽然现出一丝诡异的笑,她强撑着身体站着,烧焦的头发随风飘荡,有如蓬草:"现在只剩下了我一个异乡人,但也可以理解为无数个异乡人。"

动物般的女孩忽然叫道:"这种事情你也做得出来?"

棕色皮肤的姑娘道:"我早就认为异乡人的种族应该纯洁,再纯洁,纯洁得全族如同一个人,那才是坚强战斗的集体呢。以前的组织里不是能力平庸之辈就是胆小鬼,还时常冒出你这样的叛徒,实在令人痛心,所以我在上次失手之后,就开始致力于组织的改造。"

拉赫玛尼诺夫道:"难道你下定决心,牺牲了'自我'的存在?"

棕色皮肤的姑娘笑道:"这是牺牲小我,成就大我,小我在大我中存在,和大我融为一体。"

我还没有听懂,正想问拉赫玛尼诺夫,棕色皮肤的姑娘忽然又向远方打了个呼哨。

声音不紧不慢,但中气充足,越飘越远。两里地开外的地方出现了几点白光,随着声音掠过,白光越来越多,如同星星之火一般在牧场上点亮开来。亮起来的白光飘然向我们周围靠拢,看似速度不快,却像风吹过来一般,转瞬到了身边。竟然有几百个光球之多,从四面八方将我们围住。到了近前我才发现,原来每个光球都是一个人,来得最快的正是管理牧场的那长络腮胡子的男人,还有帮助我们搬行李的小伙子、昨天遇到的小卖部老板,还有几个我也认识,都是村里的村民。来者有老有少,衣着各异,但看得出来,全是牧场附近居住的农户。

"这些也是异乡人?这片地方已经被异乡人占领了?"我问动物般的女孩。

"从理论上说,他们如今都是异乡人。不仅如此,他们都是一个人,也就是她。"动物般的女孩指着棕色皮肤的姑娘说。

"一个人?"我问她。

"对,所有这些人都是她,他们只是一个人。"动物般的女孩说,"你还记得我对你说过的异乡人更换身体的事情吗?"

"也就是将自己的大脑沟回完全复制到另一个人的大脑上,这样另一个人便具备了同样的想法、记忆和能力?"我如有所悟地沉吟道。

"对,就是这个技术。异乡人内部有个规则,那就是每当复制出新的自我,旧的自我必须被消灭,这是对'人的存在'本身应有的尊重。但她打破了规则,复制出了无数个自我,这样的结果是，她的存在意义已经被抹杀了，只剩下无限分裂的主体。异乡人已经变成了抢夺魔手的机器。"

"变成这种样子确实让人很别扭。"棕色皮肤的姑娘插口道，"但也是无法之法。只要夺得魔手——"

长络腮胡子的男人忽然也插进来，而且说的每一个字都和棕色皮肤的姑娘一样，就连说话的强弱和音高也一样，仿佛同一个灵魂同时占用了两个身体。他们异口同声地说："就可以再把眼前的所有这些我合成一个。即使合不成一个——"

又有两个人插了进来，和他们一起说："为异乡人的事业做出这点牺牲也是值得的。唤醒所有的生命，在自然界进行一次起义——"

不足片刻，所有新来的人都加入了进来，如同在牧场上进行一次整齐划一的诗朗诵："把自然界从人类的手里解放出来，到那时候我们自我毁灭也值得。"

我听着两百多个人用一种腔调一种口吻说一样的话，心里骇然到了极点。无法想象世上存在复制出来的"自我"会是什么感受，假如是我，一定会精神分裂，但他们或"她"却用一种坚定而强大的意志将这许许多多的"自我"统一了起来，那种意志只是一个欲望：抢夺魔手。

"而钢琴师，"两百多个"棕色皮肤的姑娘"异口同声地说，"假如镭能够伤害异乡人，那么同样也可以减弱你的力量，因为异乡人的能力和魔手是同一性质的，只不过强弱有别而已。那么你又到底把那些魔手藏在哪儿了呢？不在你身上，不在那几个男青年的车上，也不在你那个兄弟的车上。那么只能在一个地方了。真想不到，你居然想出这个法子，把魔手藏得那么隐秘。"

说着已经有九个人窜了出去，像流星一样飞往办公楼的方向。一眨眼的工夫，他们又飞窜了回来，每人身上扛着一个熟睡的身体。

被扛回来的正是那九个呆傻青年。

棕色皮肤的姑娘继续一起说道："你将魔手保存在了这些痴呆的体内，然后又用经过处理的镭来吸收掉魔手的能量，这样一来就不会被人发觉了。这一招儿真是巧妙，怪不得我们几次三番找不到魔手，又被你迎头痛击。"

拉赫玛尼诺夫叹了口气，笑道："最后还是被你看出来了，真可谓功夫不负有心人。"

"那么现在事情也该收场了吧。"棕色皮肤的姑娘共同说道，"魔手、异乡人和你的恩怨彻底做个了结，才是自然界起义的开始。无论如何，钢琴师，我们还是很尊敬你的。"

他们说着，一步一步地走近我们，陡然间，几个人已经向拉赫玛尼诺夫扑过去。但他不动声色，身上的蓝光猛然大亮，一把抓住眼前一个异乡人的胳膊。所有异乡人同时惨叫了一声，被拉赫玛尼诺夫抓住的那个化成了飞灰，从他手指间飞走。

"我还有成百上千条生命呢。"异乡人群说道，"而你，钢琴师，你也接触到了镭，力量已经是强弩之末，何必和我们对抗？假如你放手不管，我还可以放你离开地球。"

"我倒希望你杀了我，"拉赫玛尼诺夫道，"我不愿意看到魔手的力量被你滥用。"

"自寻死路，没想到你也具有这样的伦理。"异乡人群说着，扑上来更多。拉赫玛尼诺夫在他们的拳脚之间腾挪躲闪，刚开始还从容不迫，后来就略显吃力了。他没有空暇主动进攻，只是找准破绽将两个逼得太近的异乡人变成了飞灰。

但没过多久，他便挨了两脚，白光留在他的腹部，一直发亮。他招架着退到一边，想逼退白光，可异乡人群又像狼群一样扑上来。他又被打了几拳，在地上打了几个滚才躲开。

眼见他要招架不住，我问动物般的女孩："怎么办？"

拉赫玛尼诺夫在远处对我们喊："快走。"

动物般的女孩却一动不动地站在原地，面如死灰。异乡人群说道："她是逃不掉的，我说过，叛徒必须死。"

我们的身边都有异乡人围着，他们冷冷地看着我们，似乎等着拉赫玛尼诺夫倒下以后再来对付我们。没过多久，拉赫玛尼诺夫身上的蓝光越来越暗，最后被当胸一拳打中，彻底消失。他仰面朝天，重重地倒在地上。两个异乡人立刻将他架起来，抬到九个呆傻青年身边。

"他的身上也有一双魔手，我们也要留下。"异乡人群说着，做出用手劈开他胸膛的架势，对我们笑道，"至于你们呢，向生活说再见吧。"

一个异乡人慢慢走近我们，向我的喉咙伸出了手。我趁他还没接触到我，一脚踹到他的肚子上，却被震得倒仰过去，摔了个屁蹲儿。异乡人毫发未伤，只是拍了拍身上的土，举起手来，白光在指尖闪耀，马上就要劈下来。

动物般的女孩突然发出一声嘶号，冲上去架开了他的手，一拳打在他的脸上。白光穿透了他的脸，异乡人又集体哀鸣了一声，被打的那个仰面而倒，五官都不见了，只剩下一个大坑。

又有两个冲了上来。动物般的女孩身形轻盈地在他们之间跳来跳去，找准机会踢中了一个异乡人的下颌，顺势用手一掰，我听到一声骨头断裂的声音，他的脑袋像油瓶一样挂到了背上。但另一个异乡人已经用手裹着白光，像刀一样劈到了她的肋上。动物般的女孩惨叫了一声，倒在地上再也站不起来。

我滚过去，抱起她的上身端详。她脸色苍白，嘴角挂着血，呼吸伴着咳嗽。她身上的白光也消失了，看来是受了重伤。我抬起头,看到异乡人群慢慢围过来,怜悯地低着头,看着我们。

"先杀哪一个呢?"异乡人自言自语,"既然是惩治叛徒,还是先杀这小子吧,这样可以让她临死之前伤心一下。"

两个异乡人举起了手,在空中悬了很久,同时于心不忍地看着我们,似乎随时就要劈下来。

但就在此时,我忽然看到远方的天空升起了一道蓝光,是一个蔚蓝的光球拖着长长的尾巴飞上了天空。动物般的女孩也看到了,她瞪大眼睛,仿佛看到早上的朝阳一般欣慰。

"魔手,"她喘息着低声对我说,"有一双魔手飞过来了。"

但在这里,怎么会又出现一双魔手呢?我忽然想起了黑哥。黑哥一直想要自杀,他今天晚上吐不出来被噎住了,但现在黑哥死了,他死掉之后,魔手脱离了他的身体,飞了起来。我不知道黑哥是怎么死的,但魔手确实出现了。

拉赫玛尼诺夫忽然挣脱了异乡人的手,冲到我身边,抱起我,将我立起来。

"伸手,让魔手朝你飞过来,快!"他在下面抱着我说。

我情急之下,不及多想,朝那蓝光伸出了手。蓝光立刻像拥有意志一般飞快地向我冲了过来。

"不能让他得到魔手!"异乡人群自言自语道,"别让他变成另一个钢琴师!"

但魔手已经势不可挡地向我的手飞来,快如闪电。几个异乡人跳起来,想要用身体挡住魔手,但他们的白光随即被蓝光冲散,身体也化为飞灰。我还没有弄清怎么回事,魔手已经钻进了我的掌心,如同电流涌过我的全身。

"变成另一个钢琴师"是什么意思,我不明白,但那个事实马上便出现了。我感到浑身充满了奇异的力量,仿佛海潮正在胸中奔涌,自己与整个宇宙融为了一体。但这个宇宙不是我的故乡,只有宇宙之中的黑洞深处才是我的归宿。

我的身上也发出了蓝光,拉赫玛尼诺夫将我放到了地上。异乡人群没有退开,但都呆若木鸡地望着我。动物般的女孩瞪大了眼睛,呼吸困难,嘴角的血流到了胸前。

我说过要保护她,如今才到了兑现的时候。我看着异乡人,胸口被仇恨填满。我什么也不想,只想把他们变成飞灰。

我飞一般冲进异乡人的重围之中,每遇到一个人,便一把抓住他的手或者脚,魔手的力量不由自主地传到了他的身上。异乡人马上变成了飞灰,一个又一个,我身边的风中只有飞灰在飘荡。他们刚开始还想抵抗,但到后来连跑都跑不了。只要被我靠近,只有死路一条。

"血咒,血咒!"他们一起叫道,"只有这样才能制服钢琴师!"

但我根本没容得他们膨胀起来。只要有一个异乡人离开了地面，我立刻冲到他的身边，将他变成飞灰。我不知道我的脚步有多快，但可以肯定跑起来连草都不沾，喷气式战斗机的引擎开到最大，也不过如此。

在我的左冲右撞之中，异乡人的数量越来越少。到后来我干脆跳了起来，悬浮在二十来米高的半空中，看到已经只剩下十几团白光在四处奔走。每当有一个跑远了，我就迅速冲下去，将他变成飞灰。

异乡人从活生生的生命变成不留痕迹的虚无，仿佛从来没在世上存在过一般，这个景象曾经让我噩梦重重，但我现在却在亲手制造它，做时不假思索。我感到自己拥有比拉赫玛尼诺夫更强的力量。

我只想把异乡人赶尽杀绝。当白光只剩下三四个的时候，我忽然听到拉赫玛尼诺夫在下面喊："住手！"

此时我正在逼近棕色皮肤的姑娘。我知道眼前的异乡人全是她，但仍感到这个才是罪魁祸首。当我正要抓住她仅剩的那只手时，我听到动物般的女孩也在喊："住手！"

"住手！"拉赫玛尼诺夫重新站了起来，跳到我面前拦住了我。此时我又听到有一个人喊："住手！"

这个声音不是拉赫玛尼诺夫的，不是动物般的女孩的，也不是硕果仅存的那几位异乡人的，而是一个我从未听到的声音。那声音不像是从耳朵里传进来的，而像是通过某种特殊的渠道，直接在我大脑中出现的。

"放过我的族人吧。"那声音又说道。我侧过身四下环顾，却没有看到一个人。

"你是谁？"我问。

"我是动物。"

"什么动物？"

"就是动物，既是任何一种动物又不是任何一种动物，从某种范畴来说，你可以叫我抽象中的动物。"

"抽象中的动物？"我还是搞不懂他的意思，但感到自己正在飞快地接近事情背后的真相。

"假如你想要看到我，那么我也能以最简单的形式出现。"他这么说着，我忽然听到牧场上隆隆作响，如同惊涛骇浪一般在黑夜里奔涌。循声远望，我看到一千头牛正气壮山河地向这里跑来。它们脚步飞快，势大力沉，而且步伐整齐划一，虽然没什么队形但也毫不散乱。不少牛的脖子上还挂着寻呼器。虽然声势浩大，但牛们都紧闭着嘴，一声不吭，牧场上充满着沉默的轰鸣。

牛们奔到我们近前几米处，霍地停下不动，没有一只再迈一步。它们默默地看着我，我也默默地看着它们，不知说什么好。

"只有在人的理解中，动物才分为不同的种类、不同的习性，归根结底是不同的用途——有的可以食用，有的提供皮毛，有的看家护院，有的供人观赏。"那声音从静悄悄的牛群中传了出来。牛群里没有人，也看不见哪头牛张嘴，好像是牛们在用脑波与我交流，"这并不是简单的分门别类，而代表着人类对动物的统治。被食用的动物只是肉，做衣服的动物只是皮毛，其他七情六欲生老病死全被忽略不计。但在动物的眼里，动物就是动物，没有种群之分，没有统治与被统治的关系，大家一起生活在自然界。"

我弄不清楚是怎么回事，但不由自主地插嘴说："可动物明明分成了许多种，比如说牛，食草动物偶蹄目——"

"再说一遍，那只是人类的分类方法。那种标准太简单了，人类不知道，所有的动物都是亲兄弟，共同寄居在地球上。"牛群里的声音说道，"任何动物都没有本质区别，只有人类与众不同。"

"那好，那好。"我摇着脑袋说，弄不清楚为什么动物会说话，而且还要插上一杠子，"动物是动物，人类是人类，不过现在这件事好像和动物没什么关系，是人类正在自相残杀——"我指着棕色皮肤的姑娘说。

"他们也是动物。"牛群里的声音说道。

"当然你也可以说人类也是动物，人类也是由动物进化出来的嘛。"我说，"不过问题是，这关你们什么事？你们该吃草吃草该下崽下崽去，凭什么来干涉我？别以为挂上 BP 机就会说人话了。"我说这话时自己也乐了，因为这些动物确实会说人话了，不知道是不是挂 BP 机使然。

拉赫玛尼诺夫忽然来到我身后，按住我的肩膀说："别对动物不讲礼貌。"

"那当然，我们五好青年对谁都很有礼貌，不过这确实不关它们的事儿。"我回头看着拉赫玛尼诺夫，他正望着牛群，表情煞是严肃。

"礼貌不礼貌倒无所谓，"牛群里的声音似乎带着笑意，"新的钢琴师很有意思。动物和钢琴师井水不犯河水，不知共处了多少年了，我们也没必要再起口舌之争，况且他还不知道实情吧？"

"不知道。"拉赫玛尼诺夫对牛群说。

"那也不怪他。异乡人给你们添了不少麻烦，我们深表抱歉，所以这次要把他们带走，不知道钢琴师能否高抬贵手？"

"当然可以。"拉赫玛尼诺夫说，"也请你们注意一下，以后不要再让异乡人冒出来为害人间了。"

"异乡人的出现只是他们自由意志的结果，为害人间的却也不见得就是他们。"牛群里的声音略显生硬地说道，"但作为我们可以向你保证，以后再有异乡人出现，我们会对你负责。动物负责自然界的和谐，钢琴师负责在世界上传播艺术，我们本是相互协作的友好关系，谁也不希望大动干戈。"

拉赫玛尼诺夫道："异乡人你们尽可带走，他们从哪儿来，就应该回哪儿去。至于我，我也要带着魔手回去了。从哪儿来，回哪儿去。"

"那么这个小伙子呢？"牛们的眼睛似乎都在看着我，我在众目睽睽之下有些手足无措，"他将正式成为下一位钢琴师么？"

"那也由他而定，恐怕远没那么好说呢。"拉赫玛尼诺夫说着向棕色皮肤的姑娘挥挥手，"你们可以带她走了。"

棕色皮肤的姑娘表情倔强，简直可以说是大义凛然，她支撑着残躯，立在原地，一动不动："我不走，我坚决不和人类妥协。"

"已经跟你说过多少遍了，"牛群里的声音说，"人类统治世界，这并不是妥协，只是另一种自然界的平衡。假如他们能和世上万物和谐相处，那么我们都拥有长久的和平，假如他们一意孤行暴殄天物，超过了底线，也会自食苦果。在人类和动物的平衡尚未打破之前，我们不应该轻言战事。"

"等到底线被打破的时候，动物已经被屠杀干净了！"棕色皮肤的姑娘忽然流着泪说道，"到那时候连后悔也来不及，你们一再忍让退缩，难道还没受够苦么？喝不到干净的水，空气里全是毒素，家园毁灭，无论怎么迁徙都找不到安家之地，每一只动物都被人戏耍和屠杀,难道你们愿意忍受这样的现状?"

"这样的现状自然痛苦,"牛群里的声音沉默了半晌才说道,"但你看看自己的脚下,土地有多厚呢?这样一个小小的地球经受得住几次战争?我们以前吃战争的亏吃得够多的了,现在再和人类开战,不止我们,整个地球都会毁灭。不管如何吃苦,不管受谁的奴役也好,我们都要竭尽全部力量去避免战争。战争不能解决问题,和平即便伴随着苦难也值得,这是我们千百年来悟出的道理。"

"没有这样的道理。"棕色皮肤的姑娘咬着牙低下了头,"我不接受。"

"不接受也罢,当下的和平必须保持。"牛群里的声音僵硬地宣布说。

棕色皮肤的姑娘一言不发,一头牛从牛群里走出,在她面前弯下脖子。她抓住牛毛,慢慢地爬了上去。另几头牛跟着走出来,其他几个复制出来的异乡人也如此这般坐到了牛背上。

还有一头牛默默地走到了动物般的女孩面前,向她低下了头。动物般的女孩看着它背上的毛皮,轻轻用手抚摸着,仿佛想和牛说什么,但牛歪过头去没看她。

"走吧,孩子。"牛群里的声音对动物般的女孩说,"你是在人间生下的孩子,但终归是异乡人,也到了回家的时候了。"

我猛然醒悟，跳到牛群面前说："不能带走她。"

"为什么？"牛群里的声音说。

"不为什么，就是不能。"

"不为什么为什么不能？她是我们的孩子。"

"谁的孩子也不能，我本来就是一混蛋，你们也别想跟我讲理。"我跑到动物般的女孩面前，攥住她的手，"谁也别想把她带走，除非先弄死我。"

我看了看她的脸，她的脸上极度平静，没有任何表情，这就和与我第一次见面时一模一样。但我看到她的眼中藏有莫大的悲哀，那种悲哀只能用冷漠来抑制，如果不这样，一旦宣泄出来，将无可抑止。

"别犯傻，小伙子。"牛群里的声音道，"钢琴师和动物不能刀兵相见，否则后果不堪设想。"

"我不是什么钢琴师，也不会想什么后果。"我说着抬起了手，手上的蓝光如同太阳般明亮，照亮了牛们的每一根汗毛和在场所有人的脸部曲线，"谁想带走她，谁就和那些异乡人一样。"

"别不懂事。"拉赫玛尼诺夫厉声对我说，"不能和动物动手。"

"这没你的事。"我说着一耸肩，将他撞开两步，同时紧紧抓住动物般的女孩不放。

"你这么做的原因是爱情么?"牛群里的声音好像困惑一般,自己沉吟着,"钢琴师是没有这种感情的,动物也不具备,怎么你们会这样?"

"我们不是钢琴师也不是动物,我们就是普通的人。"我说。这时已经有两头牛往前迈了一步,我向它们一挥手,蓝光在它们脚下划过,被掠过的杂草登时枯萎,牛们不禁叫了一声,后退几步。

"算了吧。"动物般的女孩说,"你已经保护过我一次了,这次实在不是你力所能及的了。而且它们也不会把我怎么样,只是带我回去而已。"

"回哪儿去?我保护过你一次就要保护第二次,谁也不能带走你。"我对她说。

"算了吧,人类社会确实不是我应该待的地方,让我跟它们走吧。"动物般的女孩黯然说道。

而这时又有几头牛冲了上来。我拉着动物般的女孩后退两步,用蓝光劈在一头牛的角上,牛角应声而断,如同被刀划过的枯草一般。

牛群里的声音对拉赫玛尼诺夫说:"钢琴师啊,我们尊敬你,就因为你恪守原则。魔手归你,但动物的孩子也不能流落在人间。"

"这个我明白。"拉赫玛尼诺夫说着,突然伸手搭在了我的肩膀上。我想脱身走开，却感到浑身无力，想再使用魔手的力量，却感到那力量被抑制住了。

"放开她的手吧，让她回去。"他对我说着，同时用手划过了我的胳膊，我想死死抓住动物般的女孩的手不放，却一点力气也没有，就像刚睡醒的猫一样任人摆布。

我不由自主地放开了手，动物般的女孩绝望地看着我，也浑身无力地被围上来的牛群围住。

牛们不做一声地变换着队形，将动物般的女孩不断向里推去，不到一会儿，我已经看不见她了。

我连喊都喊不出来，就这么眼睁睁地看着她被人抢走。拉赫玛尼诺夫闪耀着蓝光的手按着我的肩膀，将我搂在他怀里，使我无法挣脱。我虽然获得了魔手的力量，但他却能轻易地制服我，看来他对魔手的特性已然了如指掌。

"那么，永无再会之期，钢琴师。"牛群里的声音对拉赫玛尼诺夫说道。

"永无再会之期。"拉赫玛尼诺夫轻轻地扶着我，自言自语一般沉吟道。

永无再会之期。我的泪水夺眶而出，流得满脸都是，湿透了拉赫玛尼诺夫的衬衫，我想他一定也感觉到了，因为他的胸膛正微微颤抖。

牛群便在黑夜之中默默无闻地远去，我在拉赫玛尼诺夫的臂弯中瞪大眼睛,看着它们逐渐隐藏在牧场之上的雾气里,知道它们永远不会重现了。

　　动物般的女孩就这样永远消失了,直到我作为人的有生之年完结,我再也没有见到过她。

真相

我想回到现实的生活

整个牧场上只剩下我、拉赫玛尼诺夫和九个呆傻青年。他们歪七扭八地躺在草地上酣然大睡。拉赫玛尼诺夫放开了我,我陡然跳开两步,身上重新发出蓝光,一拳向他打过去。

他轻轻侧身闪过了,同时拍了一下我的背,我一个狗吃屎摔在草里。

"你干吗要这样?我们帮了你多少次,你干吗要对我这样?"我坐起身来对他喊道。

"不好意思,确实情不得已。它们把那女孩带走,天经地义,而且也是自然界的规则所决定的。我没理由不让它们这样做。"拉赫玛尼诺夫低着头对我说。他的表情也很难堪,仿佛于心不忍。

我也丧失了向他泄愤的心情,颓然坐在地上,看着杂草在风中发抖。过了半晌，我才说道："那它们把她带到哪儿去？"

"不出意外的话，应该带离这个世界，去另一个没有人类、没有钢琴师的维度所在的地方接受改造，改造完成以后再回到这里，但那时她已经不属于人类社会了，即使遇见，你也认不出来。"

"就是说我要和她永远分开了？"

"可以这样说。你们没法生活在过往的记忆中了。"

我黯然神伤，仿佛被整个宇宙抛弃一般抽泣起来。拉赫玛尼诺夫走到我身旁蹲下，拍拍我的膝盖说："以前你不知道的事，现在也可以告诉你了，不知道你还有没有兴趣知道。"

"你说吧。"我说。

"你大概也会猜到，那女孩和异乡人并不是人类，他们实际上都属于动物。"拉赫玛尼诺夫说道。我没有说话，她是人类还是动物都不能使我吃惊，占据我的心的只有永世隔绝的悲哀。

"你从来没想过吧，动物其实不是你们想当然的模样，它们的真面目是比人类聪明得多的生物。"拉赫玛尼诺夫继续说，犹如在讲一段历史，"远在人类存在以前，动物统治着地球，而且创造了比当今人类发达得多的文明，也拥有人类难以想象的先进科技和深邃的文化。它们改造了地表环境，建造了坚固的建筑，拥有强大的军队，不论是哺乳动物、爬行动物还是鸟类，全都不分种类地属于动物的帝国。它们持有共同的语言，崇拜着不同的图腾，信奉着相异的哲学。但由于动物帝国的兴盛和发展，地球的面积显得太小了，资源也日渐紧缺，帝国内部爆发了战争。不同的动物群体分裂成许多小国，陷入旷日持久的鏖战之中。由于科技的高度发达，它们使用的武器都具有极大的杀伤力，卫星、飞船、激光武器这些尚在人类理论中设想的杀人工具对它们来说都是家常便饭，甚至人造火山、中子弹和超声波兵器也不足为奇，但最可怕的武器还是它们开发自身能力所产生的超能力，也就是那种类似于魔手的力量。这种力量一经使用，产生的毁灭性后果是不堪设想的，世上任何一个角落的任何一只动物都有可能不知不觉地被杀死，连地球的生态系统和地理结构都能被轻易改变。超能力的战争很快到达了动物和地球本身所能承受的极限，三叠纪大灭亡、侏罗纪爬行动物的大规模灭绝完全都是使用超能力的结果，地球甚至也险些偏离轨道，失去大气层、在星际中四分五裂。争夺资源反而会导致所有的动物同归于尽，这个前景让所有的动物都感到害怕，于是在动物的文化中酝酿出了一种新的信仰，那就是自我退化。

"所谓自我退化，是一种将智力、文明和超能力完全抛弃的哲学，它倡导动物变成真正的动物，也就是变成没有文化没有科技没有思想的生命。这是一种类似于人类先贤甘地所倡导的'非暴力不合作'思想。积极进取的哲学只能导致战争和自相残杀，消极的哲学将动物都变成蠢货，反而能让它们相安无事，和谐生存。食草类动物吃草，食肉类动物吃肉，寄生动物附着在宿主身上，就这么简单地生活在地球上，不需要汽车、飞机、核能源，也不用社会组织、压迫剥削和超能力，一切都简简单单，但一团和睦。动物们只需要清澈的河水和永远茂盛的植被即可。在这种哲学下，虽然也有动物之间互相捕食和为求偶尔决斗的情况，但那只是自然界和谐规律的体现，并不是真的争斗。由自然界的规律来支配世界，把自己交给自然界主宰，动物们认为这并不是退化，而是更高等级的智慧。

"至于抛弃智慧的方法也很容易做到，只需要用超能力将大脑皮层中负责智力、知识和思想的那一部分抹去即可。自我退化的哲学在动物之间广泛传播，并且有了越来越多的实践者。先行者的勇气令人赞叹，它们在面对气势汹汹的敌人时，忽然将自己变成了任人宰割的鱼肉，刚开始，它们被敌人残酷地杀光了，但随着追随者的增多，自我退化演变成了一场呼唤和平的革命。在许多战役中，本来正在浴血奋战的士兵忽然摇身一变，成了大智若愚的低能儿，它们放下武器，藐视敌人，优哉游哉地去吃草喝水了，这一事实带给那些智慧动物的震撼是巨大的,而抛弃智慧之后的幸福神态也让它们羡慕不已。于是有一天,所有的动物全都醒悟过来,决定从战争中解放出来,集体去做一场千年大梦。动物们通过了一项公约,它们毁掉了一切文明,废除了一切法律,全部将智慧从大脑中剔除了,就变成了现在这个样子——自然而然地生活,没有思想,却也没有烦恼。

"这一举措给地球带来了天长日久的和平,直到人类出现。人类是从没有智慧的低等生命进化而来的,但他们获得了智慧之后,就走上了动物们的老路。他们不仅毁坏了地球的和谐,而且将原本高度文明的动物视为鱼肉,尽情残杀。但由于恐惧战争,大多数动物都不愿以起义的方式结束人类的统治,它们看到人类终究是自然界的一部分,到了某个时候,人类依然会按照自然界的规律行事和生活。不幸的是,人类似乎没有当初动物们所具有的智慧和胸怀,他们一意孤行地破坏自然界,时至今日,已经到了不可收拾的地步。于是一小部分动物开始转变了想法,这就是异乡人的产生。

"异乡人实际上就是恢复了智慧的动物。他们难以忍受人类的迫害,决定以暴制暴,在地球上发动一次起义,推翻人类的统治。大部分动物并不赞同他们的想法,因为以战争的形式反抗人类,即使获胜,战争和智慧这两样东西也回到了它们身上。异乡人的想法并不能跳出战争的怪圈,以一种暴力结束另一种暴力是不可取的,大多数动物依然愿意等待人类自己醒悟。可异乡人是一些激进分子,他们不惜成为整个动物界的叛徒,只身潜入人类社会,用超能力改造了自己的身体,变成了人类的模样,学会了人类的语言,四处打击报复人类。力量薄弱的他们最开始只能搞一搞制造人工沉船、地震、瘟疫之类的勾当,后来就挑拨人类自相残杀,发动战争,想借以毁灭人类。最后他们发现了我带着魔手来到地球,便企图抢夺魔手,获得最高的超能力,毁掉人类或干脆与之同归于尽。

"在魔手第一次丢失以后,我曾通知过动物界,让它们约束好自己的同伴,但动物们当时不愿利用智慧做任何事情了。智慧产生的最高法则就是忘掉智慧,这是动物们深信不疑的规律。因此异乡人的行为越来越过分,终于产生了这种大规模抢夺魔手的事情。直到意识到魔手被异乡人抢走的严重性,动物们才决定在最后关头出动,强行带走异乡人。好在动物们醒悟得不算太晚,你也亲身体验过魔手的威力,一旦它用于战争,其破坏力是任何超能力都难以比拟的;而掌握了魔手的异乡人一旦成为地球的统治者,很可能比人类还要残暴,他们极有可能以维护和平的借口自相残杀,将地球拖入更可怕的新一轮的战争,这与他们的初衷背道而驰,到了那时动物们也只能无能为力了。

"至于那个女孩,她实际上是异乡人中的叛徒。一些异乡人潜入人类社会之后,反而被人类的文化和情调所感化,变成了介于人类和动物之间的生命。他们力图像人类一样生活,拥有人类的兴趣,甚至与人类产生了感情。那女孩的妈妈,也就是方骚的爱人安琳就是这样一个,而那女孩在人类的环境中长大,算是被人类感化的第二代异乡人,她对异乡人的计划不感兴趣,只想做一个普通人类。但这种想法是不容于其他同类的,异乡人中坚定的反人类者将他们视为大害,甚至比恨人类更甚。但他们的恩怨已经算是了结,因为动物们将他们带走,不允许他们和人类接触了。"

我听完拉赫玛尼诺夫的话,不知心里是一种什么感情,大概是积淀在心底的忧虑到达了极致,除了沧桑之外什么也无法感觉到了。我仿佛忘记了自己有听觉,还能说话,直到看到一个呆傻青年在梦中转了个身才问道:"那么你呢?你又是谁?"

"至于我,我既不是动物,也不是人类,我原本不属于地球,而是来自另一个星球。用你们的通常说法,我是一个外星人。人类的天文学里没有我的星球的记录,所以对于你们来说,我的故乡根本没有名字。那个星球是什么样子的呢?总之和地球完全不同,那里的文明已经存在了几千万年,早已消灭了剥削和压迫,解决了一切社会矛盾,就连劳动生产也变成了多余的。人人都是艺术家，依靠魔手探索艺术，依靠魔手穿行于整个宇宙之间，并且生来和魔手相处在一起。但生活安逸到了极点，总会让人感到乏味，于是我们开始尝试着到其他星球上居住，体验那里的生活，并尝试着和那里的居民融为一体。和地球人一起经历和平、战乱以及世间的悲欢离合，对于我们来说只是一场真实的电影，或者只是一次耗时漫长的旅游。在我之前已经有很多外星人来到了地球，他们以人类的面目出现，和人类混居在一起，并且留下了很多后代。至于我，我算是个外星的研究人员，我的任务是考察那些移民的生活是否有意义，来地球体验生活是否对艺术有益，是否值得在我们的星球推广。我们只是在地球上生活，把亲身体验和冷眼旁观合二为一，绝不干涉地球人的生活和历史，但作为回报，我们将要送给地球一些魔手。

"魔手只是一个名称，它的真正面目是黑洞背后的物质。这一点地球上的科学家也或多或少有所了解，他们称之为'反物质'。在黑洞的背面，存在着一个与这个宇宙相反的宇宙，时间、空间、存在等等一切范畴都是与我们的世界相反的，那里的物质存在方式也和这里完全不同，也就是所谓的'反物质'。反物质在那个宇宙只是正常的存在，但一旦穿过黑洞，来到这个世界，就变成了无所不能的神物。它可以给人强大的超能力，也能给人音乐天才。当然，我们这个世界的物质到了那个宇宙，也会变成魔手。我们一贯相信，音乐是这个世界和那个世界之间的连接，也是魔手的存在方式。到黑洞内部去采集流散出来的魔手是我们唯一必须从事的劳动，而这个任务极其危险，偶然不受黑洞引力控制而逃逸的魔手数量又非常少，因此魔手也就成了极其珍贵的资源。"

事到如今，真相大白。动物般的女孩就是动物，动物比人聪明，拉赫玛尼诺夫是外星人，魔手是反物质。

我问他："那么你的名字呢？真的叫拉赫玛尼诺夫么？还有长相，是天生如此还是像异乡人一样借用了钢琴家拉赫玛尼诺夫的身体？"

他说："天生如此。一百多年前，我来到地球上就是这个样子，刚以人类的身份出生，就被取名谢尔盖·瓦西里耶维奇·拉赫玛尼诺夫。在我之前还有帕格尼尼、维瓦尔第、贝多芬、莫扎特、肖邦，所有精通音乐的大师事实上都是外星人。地球人里是没有音乐天才的，在某种程度上，音乐不属于地球人。而为了将音乐之美赠予地球，我才决定把魔手撒播到各个时代。"

"那么老流氓和九个呆傻青年呢？他们知道你的身份吗？"

"他们不知道。老流氓是方骚的第二个哥哥。他们——我们兄弟三人自打进入青春期以来就没凑全过——两个哥哥不是这个被抓进去，就是那个被抓进去。现在大哥还在服刑。

我以陌生人的身份和老流氓结识，帮助他开发了破烂山，又帮他顺利把电器卖出去而不被发现。作为回报，我要求他把九个呆傻青年借给我用，我把魔手储存在他们体内，这样可以不被异乡人发现。我还用破烂电器利润的百分之五十购买镭。魔手在呆傻青年的体内被镭压抑住了，不知不觉地发育成熟，现在已经到了带走的时候。"

我看着对面和我说着话的人，心里归结着他在地球上的经历：一个外星人，以拉赫玛尼诺夫的身份降临在一百年前的俄罗斯，不仅成了一代最伟大的音乐家，而且致力于研究魔手对人类艺术的作用。作为拉赫玛尼诺夫的一生结束以后，他投胎转世成了方骚，想在地球上复制魔手，但因为异乡人安琳的介入失败了。为了找回魔手，他来到了我们这个时代，摆脱了异乡人，顺便帮前世——方骚的哥哥老流氓发了财，现在任务完成了，他要走了，简单而又目的明确的经历，当然这只是对他而言，对于我呢？我不知道我应作何感受，作何评价。我说："你什么时候走？"

"如果没事的话，现在就可以走了。"拉赫玛尼诺夫说着，向躺在地上的呆傻青年伸出手掌，九个蓝色的光球从他们的喉咙处飞了出来，钻进拉赫玛尼诺夫的手心。取出魔手之后，呆傻青年继续安睡。我再次羡慕起他们来，他们也涉及了这次离奇古怪的事情，却毫不生疑，一无所知，世界在他们眼中的状态是一成不变的,他们生活在永恒的安逸之中。就像史前的动物一样,呆傻青年们一生下来就已具备了最高的智慧。

"我已经在这个时代播下了一双魔手。"拉赫玛尼诺夫说道,"它已经在你身上了,你将成为这个时代的音乐天才。你不是一直想去柴可夫斯基音乐学院学钢琴吗?你可以轻易考上,而且不需要学习就已经是世界上最出色的钢琴师了。你将作为这个时代的拉赫玛尼诺夫存在。实现这个愿望,算是我对你的报答。还是那句话,要善用魔手,我将取消你身上魔手的战斗功能,你也不必再为超能力之类的东西困扰,专心钻研音乐就好了。"

"可我现在不想成这样的天才了。"我说,"我只希望你帮我达成一个愿望。"

拉赫玛尼诺夫有些诧异:"什么意思,你还真是有点让人弄不懂了。"

"很简单,我想回到现实的生活。"我说。

相忘于江湖 换魂

"我想像他们一样。"我指指躺在地上的呆傻青年们说,"像他们一样转瞬忘记所有稀奇古怪的事情,一无所知地活在世界上。或者像那些庸庸碌碌的人一样,沉溺于平凡琐事,忘掉世界尽头还有另一个世界。"

"也就是说,你这个摇摆人终将倒向现实的一边了?"拉赫玛尼诺夫道。

"只是我而已,不是所有的摇摆人。我是摇摆人,既想保全理想,又想在现实世界找到位置,游移不定,两边为难。摇摆人是人类里奇特的物种,但也可能是每个人成长的必然阶段。有的人会投向现实,有的人会投向理想,但无论哪种,都是一种孤注一掷、不可逆转的结局。魔手的真相让我感到理想也是虚妄的,因为不管多伟大的音乐天才,都不是自己弹琴，而是魔手在弹。我只想忘掉这一切，追求最庸俗的利益，恪守最庸俗的伦理，乐于最庸俗的享受，最后嗝儿屁着凉，毫不可惜。"

"但这似乎不是你应有的结局。"拉赫玛尼诺夫眯着眼睛看着我说。

"你不要再说天将降大任于斯人之类的套话了。"我说，"我受不了那个累，没理想没追求了行吗？魔手附着在我身上，但你也一定有法子把它转给别人。听说过没头脑和不高兴的故事么？让别人去当不高兴吧，我就想当没头脑。"

"你还真有些像史前的那些动物。"

"对了，哥们儿看透了，顿悟了，没执着心了，准备大隐隐于市了。"我一连串儿说着。

"那么你帮我推荐一个人，你说把魔手给谁呢？黑哥应该已经死了，魔手必须要有一个载体。"

"给张彻吧，"我想了想说，"他真爱音乐，一直就梦想着当约翰·列侬。"

"你的要求我能办到，而且你这么坚决地想这么做，我也只能答应。"拉赫玛尼诺夫和我在牧场上走着。我不时四处张望，想找到黑哥。找了一会儿，我很快就在一处草丛里发现了黑哥的尸体。他脸朝下趴着，两手深深抠进土里，大张着嘴。看来是想吐吐不出，一口气没喘上来，活活被憋死了。他构思自杀构思了那么长时间，为了完美地死去绞尽脑汁，踌躇不前，一直没有付诸实践，却终归死于这么轻松而荒诞的方式。

拉赫玛尼诺夫用手抚过黑哥的头顶，黑哥便像那些异乡人一样化成了飞灰，随风飘散了。就连选择自杀都不能实现，生活的玩笑也开得太残酷了。

我们来到牧场办公室的楼下，看到波罗乃兹停在院里。上楼去看时，只见张彻正骑在老流氓脖子上，一左一右地抽他嘴巴。而后者仰面朝天，口吐白沫，不省人事。

"醒醒，醒醒。"张彻对老流氓吼道。

我蹲下去摸摸老流氓的人中，游丝般还有一口气。看来是被异乡人用什么法子弄晕了。

"你回来时就这样吗？"我问张彻。

"是啊，"他说，"一回来你们都不在，只剩下他这么躺着，是不是让土匪给抢了？要不就是呆傻青年暴动了？"

"没有没有，什么事儿都没有。"我说，"你到哪个城里去了？买到通讯仪器了么？"

张彻困惑地挠着脑袋说："没买着。是到最近的一个县城里，不知怎么回事，那里的通讯器材店都不敢开门了，说是莫名其妙失踪了很多人。"

不出意外，那些人都变成了异乡人。我说："只能解释成见鬼了。"

"见鬼了。"张彻说着又冲着拉赫玛尼诺夫说，"这位是谁，怎么没见过？"

我刚想起来张彻没见过拉赫玛尼诺夫，还没决定怎么解释，拉赫玛尼诺夫说："鬼。"

"大叔别开玩笑啊。"张彻皮笑肉不笑地说。

"外星人，他是外星人。"我实话实说，索性把异乡人、史前的动物、外星人和魔手的事都告诉了他，讲完以后，我摊开手，"你信也罢，不信也罢，这些都是我亲眼所见亲耳所闻的。也许这一切都是南柯一梦，但很无奈，我还在梦里。"

张彻听完，掏出一根烟点上，又递给我一根。抽完了烟，他仔细地用脚把烟头碾灭才歪着嘴说："太离谱了吧，这也太离谱了吧。"

"是离谱，确实够离谱的。"我说，"不过没办法，都是真的，纯粹是现实主义描写。假如你不信，可以让你看看。"说着我伸出手，让魔手的光亮映蓝了半扇墙，周身笼罩在蓝光之中。

"好像是真的。"张彻愣愣地说道。假如耶稣不显示神迹，也不会有那么多追随者，宗教也好外星人也好，都必须经过这么一个仪式。

"没灯泡吧?"我说着收起了蓝光,对他道,"别的我也不想多说了,只想问你,还愿意不愿意变成约翰·列侬?"

"想。"张彻咽着唾沫,不假思索地说。

"换魂术在我们星球也是一项用途广泛的技术。"在空旷黑暗的房间里,拉赫玛尼诺夫端着一杯伏特加酒靠在窗边对我们说,"它用来治愈缺乏艺术爱好的外星人。既想追求艺术又想在世俗生活中高人一等的摇摆人在地球有,在外星也有。只不过外星的摇摆人来得更夸张,他们想要利用魔手的力量来统治其他星球。摇摆人在外星被视为患有一种疾病,通常认为是两种性格的矛盾导致,也即艺术的性格和世俗的性格。治愈的手段很简单,但从理论上来说永远不能彻底治愈,就是找一个健全的、性格中只有单纯的艺术追求的外星人和病人进行性格互换。假如病人的性格中有一半属于艺术,一半属于世俗,两种性格斗争不止,使病人痛苦无比,那么就将他那一半世俗性格中的再一半换到健康人身上,健康人换给他总量为四分之一的艺术性格。其结果是两个人都有四分之三的艺术性格,四分之一的世俗性格,艺术性格占优势地位,就可以慢慢同化世俗性格,使之发生转变。即使不能转变,也能有效地压抑住权力、财富等欲望,防止它们为害宇宙。

"但这种技术并不对地球人适用,因为地球人的灵魂中世俗性格太多了，几乎没有艺术追求，无论怎么交换，都是世俗性格占优，反而有可能会让艺术性格完全被世俗性格同化。但因地制宜，具体情况具体分析，换魂术似乎在你们两个身上适用。你们两人都属于摇摆人，既有一半艺术追求，又有一半世俗欲望。经过换魂，我将一个人的世俗性格与另一个人的艺术性格交换，可以造就一个纯然的艺术天才和一个彻底的庸俗市民。"

说到这里，拉赫玛尼诺夫看着我低吟："既然你主动要求忘掉经历过的那些事，不愿与魔手再发生瓜葛，我只能把你换成一个彻头彻尾的俗人。作为补偿，在换魂的过程中，你能获得经商的天才、投资的天才和钩心斗角的天才，总之，是在这个时代生活最重要的本领。你将变成一个世俗生活里的成功人士，假如这将使你如愿以偿的话。而张彻，你将变得为音乐殒身不恤，没有半点顾虑。不要在乎才能的问题，只要有魔手，这个时代最出色的吉他手非你莫属。"

解释清楚以后，拉赫玛尼诺夫问我们："最后再履行一个郑重的仪式：交换灵魂，是出于你们自由意志的所为，对不对？"

"是。"我笑了，"怎么搞得像婚礼一样。"

"那么换魂之后，我们俩还能见面么？"张彻问，"看到自己的灵魂正在另一个人体内显现，不是很奇怪么？"

"当然还能见面。"拉赫玛尼诺夫说,"不过你想,你们还会有见面的兴趣么?一个循规蹈矩的俗人和离经叛道的艺术家之间怎么能有友谊?"

"那么提前告别吧。"我拍拍张彻的肩膀,"相忘于江湖。"

"相忘于江湖。"他也搂了一下我的肩膀说。我的意念飘忽了一下,明白自己将正式与所有荒诞不经的生活告别,与二十多年一如既往的生活状态告别,排除一切杂念和困惑,变成一个随处可见的"社会中坚"。这不是我想要的未来,却是迫不得已的抉择。我再次想了一下动物般的女孩,正是因为我迷恋她无以复加,才选择将她彻底遗忘。

而此时此刻,她的面庞已经开始在我脑海中模糊。这让我悲伤无比,因为我明白,我想忘却的只是我自己而已。

"开始吧。"拉赫玛尼诺夫说着,从兜里掏出一粒蓝色的小药片。

蓝色的小药片就像普通的小药片一样,只不过闪闪发着蓝光。假如在平时,我们一定会就此开两句玩笑,因为它实在让人联想起伟哥。但我什么都没说,默默接了过来。

药片长约一厘米,重约一克,我和张彻每人吃掉一半。每人吃掉长约半厘米,重约半克。

吃完以后,我一句话也没有说,转身就走。这一转过身去，我在有生之年就再也没见过拉赫玛尼诺夫和张彻。

来到院里，我还开走了波罗乃兹汽车，希望做个纪念。但没出几公里，我就开始无法忍受这辆充满噪声、车厢狭小的拼装货了。我想要一辆带真皮座椅、十二碟CD、卫星巡航系统和自动天窗的宝马745轿车。

回到学校后，我搬出了筒子楼，住到了宿舍。一年以后，我顺利毕业，开始找工作。在这期间，我和尹红住到了一起。她告诉我，自从那天当头一链子锁将我打翻在地，她就决定死等我了，不打我也不会爱得这么深。

我无动于衷地听完她翻身道情般的诉说后，像完成任务一般对她说："我爱你。"

而后，尹红向我出示了lee牌牛仔裤里包裹的内容，不可谓不出色。每天晚上将自己掏空以后，我们在清晨像所有情侣一样空洞地笑着，信心十足地去找工作。

尹红很快被一家报社雇用，成为社会新闻记者。她的工作是到马路上像捡钢镚儿一样捡新闻，诸如风吹大树砸奔驰、小区井盖被人偷之类的消息每天重复上报，报社和读者两方面乐此不疲。

我则去参加一家经营日用品的巨型跨国公司的考试。假如中国是世界加工厂，中国人民就是世界的民工，我立志成为一名世界包工头。对这种包工头的另外一个称呼是：成功人士。

那家公司的考题被我忘得干干净净，说实话是没怎么看懂，都是一些英文版的脑筋急转弯。我愣着神坐了一个钟头，提起笔来在卷子上乱写。有一道题考的是英文会话能力，问"把钉子钉进板子里"应该怎样说。我不假思索，提笔就写"a pin fuck a board"。

这样考下来，我居然百里挑一地脱颖而出，被跨国公司选上了。我明白，那肯定是拉赫玛尼诺夫暗中相助的结果。那家公司每月付给我十个民工的月薪，而我每天只需要工作十六个小时，仅相当于两个民工的劳动量，当个包工头真是划算。我的工作是代理北京地区某一品牌女性护理液的销售，半年干下来成绩斐然，大约可以为五十万名女性长期清洗下身。跨国公司大喜，又调我推销卫生巾。这份工作具有很大的挑战性，因为卫生巾分为许多种：加长的、夜用的、超薄的、防侧漏的、有网纹的，还有粉红色和黑色的。这些卫生巾适用于不同女性，因此每天晚上只研究一个女性是不够的，于是我钻研业务，勇攀高峰，下班之后还要加班加点，和客户去夜总会，研究数量众多的女性。最少的时候，一晚上也要深入研究一个，最多的时候，一晚上三五个摆在一起比较研究。后来发现，卫生巾的销量，取决于女性月经的流量，于是我突发奇想，联络了一家跨国食品公司，请他们研究一种能让女性月经不断的口香糖。让北京市的五百万女性患上血崩形同垂死的王熙凤，这是一个多么大胆的创意。在知识经济时代，最可贵的就是创意。一个报告打上去，跨国公司深感我是个不可多得的旷世奇才，干脆将我调入了公司高层，使我得以和真正的成功人士混在了一起。

三年以后，我和尹红搬进了城北的一个别墅住宅区，我买了一辆比大象还要大的宝马745轿车。我每天一早就出门，去开董事会、销售代表会、业务拓展会等诸多会，开完会和外国大老板去打高尔夫球，追求一杆进洞，晚上照例到夜总会去研究女性。而尹红早已待在家里什么也不干了，她对我的行径不闻不问，只知道恶狠狠地花钱。

我在跨国公司能够提升得那么快，想必全是拉赫玛尼诺夫的功劳，因为我发现，每一单生意我做赚了也升职，做赔了也升职。这让我更加放心大胆，有的时候干脆不上班，坐在夜总会等着升职。果然升了。

尹红在买了一千多件大衣、半吨化妆品和一游泳池的香水之后，忽然又对学校生活产生了兴趣。她迷上了穿上运动鞋和牛仔裤扎上马尾辫到师范大学里装纯情。装了半个月纯情以后，她在别墅后面修建了一幢与学校一模一样的琴房，重新开始拉小提琴。而我听到莫扎特、门德尔松和柴可夫斯基的曲子,已经一点感触也没有了。他们的作品听起来全一个味儿,音乐和打嗝放屁冲马桶的声音也全一个味儿。

作为一个新兴成功人士,这个社会普遍认为我这种人有知识、有品位。有知识的证据是我看《财富》杂志,有品位的证据是我看《时尚》杂志。我也开始频繁在这两本杂志上露脸:穿着色泽邪恶的条纹西服,叼着手工哈瓦那雪茄,端着一个捷克出产的玻璃方杯。《财富》杂志罗列了我办公室的每一个细节,《时尚》则展示我的家居布置——一处北美现代主义的奢华居所,在那本杂志上,我被冠以一个法国名字,好像还有贵族头衔。公司赞助了各种文化活动,从第五代导演耗资巨大的电影到把自己关在笼子里三个月不吃饭往身上文《圣经·旧约》的行为艺术家一应俱全,我担任过两次亚洲小姐选美的评委,在央视某晚会上露过十几秒钟的脸,还作为投资方代表出席过一支著名爱乐乐团的演出,演出开始前和印度籍指挥合影,共同缅怀一位"比烟花更寂寞"的已故女大提琴家。我头头是道地背诵了一通音乐史常识,连柴可夫斯基作品的编号都背得清清楚楚,让在场的权威音乐家大为叹服。没什么,这都是我们成功人士应该做的,电影里成功人士都是这样——我的表情这样告诉他们。但音乐会开始没五分钟我就溜出去泡酒吧了——根本听不进去。

有一天我回到家，尹红把我拉到琴房，我赫然看见那里摆着一部德国三角钢琴。钢琴的标签都没有拆，是刚从德国运过来的，标价十五万。尹红说："你几年没弹琴了？"

她可能还想给我一个惊喜，我只好坐到钢琴前。我记得几年前，我可以一连坐上一个下午，怎么弹也弹不腻。那时候最喜欢弹谁的作品来着？柴可夫斯基、拉赫玛尼诺夫，都是东欧作曲家。

尹红将一本柴可夫斯基钢琴曲的曲谱放在谱架上，我翻了翻，那些蝌蚪也似曾相识。蝌蚪在五线谱上游来游去，相当于指头在琴键上动来动去，钢琴大概就是这个原理。

于是我按下第一个音，钢琴响了，第二个音，也响了。但我感觉两个音根本连不到一块，其效果和木工用锤子砸钉子一个效果：当当当。我又按了几下，发现自己听不出音高来了，也听不出长短音，手指也变得像假肢一样，根本弹不出一个像样的音阶。

我明白了，我的音乐感觉在换魂中全部丢失了，我变成了当初的张彻。

我极度烦躁，从钢琴上跳起来出门，来到车库边上点上一根烟。那辆宝马745像巨大动物一般，眼睛里映着我手上的火星。车库深处还放着一辆奇破无比的微型汽车，就是张彻组装的波罗乃兹。我不知道为什么一直没有把它扔掉。

我已经变成了一个有钱没音乐才能的人，我成功了。时间就将这么过去。

半年以后，我忽然接到了张彻的来信。我不知道他是如何知道我的地址的，信像斑马群里蹿出的一头鹿一样出现在信箱里，和厚厚一摞商务报纸、时尚刊物摆在一起。信封是邮局里最便宜的牛皮纸袋，寄来的时候已经皱皱巴巴，纸面上还有被什么液体浸脏的痕迹。

这几年来，我从未与人通过写信的方式联系，通常不是打电话、写电子邮件就是叫快递。看到那样的信封，我立刻想到是张彻。

浸脏封皮的液体让我联想到很多：洗脸水、尿液和喝剩下的啤酒。在那个时候，地下室里只有这些液态物。

我打开信封，取出的信纸很薄，质地粗劣。在正面写字，反面也会透出很深的印迹，使用这种纸，"力透纸背"不是一件难事。信是用常见的绘图铅笔写的，字迹歪歪扭扭，正是张彻的。信上没有开头也没有落款，没有一切问候和对眼下情况的交代，他只向我叙述了一件事情。

张彻在社会上闲散了三年后，他的父母忽然对儿子产生了责任感，他们强行把他送到英国去读书。但来到甲壳虫乐队的故乡之后，张彻迅速从学校退了学，躲进了一间地下室当起了非法移民。因为魔手附身，他的琴技已经出神入化，很快加入了一个地下乐队。乐队成员对他崇拜不已，将他奉为大师。隔三岔五，他们会在地下仓库演出约翰·列侬的作品，为缺衣少食的青少年和生活落魄的老人提供精神食粮。曾经有两家音像公司想与张彻签约，但他每次都逃之夭夭，因为他没有身份证。乐队的朋友和听众还多次帮他逃过了移民局的检查，一个有左翼思想的朋友为他们的乐队起了个名字，叫作"活在人民中间"。在民间生活了一段时间，人民反馈给乐队如下物品：过期面包、女人和毒品。他们没日没夜地躲在地下仓库里，吸毒乱交，充满美感地腐烂。

不出几年，张彻就将烂成一泡民间的大便。魔手从黑哥转移到他身上，连续催化了两个人的腐烂。这可能是这个时代的下场。而张彻要告诉我的事，是一天夜里的奇遇。

那个晚上，张彻和他的乐队在地下仓库里演出。演出之前，先有几个中学生从学校的下水道钻进来，把乐队成员散落一地的易拉罐、吃剩的面包和已经风干的粪便收拾干净。长发绞成一团、瘦得如同一根面条的摇滚乐手则躺在墙角看着小伙子们收拾，并时不常地朝动脉里扎上一针。不久以后，观众陆陆续续地出现了，他们大多是些工厂里的工人、餐馆服务员和愤世嫉俗的大学生。空气里弥漫着体臭、洋葱产生的臭屁和大麻的味道。等到摇滚乐手们过足了毒瘾，张彻把针头往外一拔，拎着吉他上台，开始演出。他们依次演奏甲壳虫乐队的名曲，每一首到最后都成了张彻的即兴吉他表演，不仅观众，就连乐手也被他的技巧迷住了。他们对张彻大喊大叫，兴奋得浑身抽搐，地下仓库的气氛达到了高潮。而这个时候，张彻看到角落里，一个姑娘正在默默地看着他。

那是一个金发碧眼的白种女孩，个子不高，身材消瘦。她靠在水泥墙上，静静地看着张彻，仿佛不存在于人声鼎沸的地下仓库一般。张彻在她的注视下一阵发冷，想要丢开她，却又忍不住向她看去。他一边弹琴一边与姑娘四目相对，眼神交汇处，一切声音似乎都消失了。就这样三个小时的演出结束了，观众们心满意足地离去。张彻再找那女孩时，她已经不见了。

女孩的消失让张彻失魂落魄，他离开仓库，回到自己居住的地下室，大口灌瑞典伏特加，希望早些睡着。烈酒很快让这个孱弱的年轻人昏了过去，几个小时后才睁开眼。这时他看到那姑娘正站在他面前。

虽然只会说几句简单的英语，但他还是试图和姑娘交流。他问那姑娘："你叫什么？"

而姑娘则像没听懂一样，漠然看着他。他开始怀疑她是个聋子了，而聋子为什么要来听音乐呢？张彻头痛欲裂，正想站起来抽一根烟，那姑娘却一纵身将他扑倒在床上，吻住了他。

"她的动作和某种动物一样,但究竟是哪种,我却判断不出来。"这是张彻在信上写的原话。那一夜,他和那姑娘滚在肮脏的充气床垫上。他看到姑娘的脚和人的不同,它们和动物的蹄子一样,脚踝还长着茸毛。她的鞋子一定是特制的,而张彻明白,这个姑娘也是一个异乡人。

张彻疲倦地昏迷过去之后,那姑娘就消失了。在此后的一个月里,他每天晚上都在等她,她也从未出现过。

张彻想要告诉我的就是这件事。魔手还在他的身上,异乡人并没有抢走它。看来依然有一些异乡人的后代散落在人间,但他们已经不愿与人类为敌,而希望接受人类的生活方式,打发一生。在信的最后,张彻告诉我,他相信自己已经活不了多久了,时刻准备像黑哥一样化成飞灰。

看完他的信以后,我感到自己也对活着丧失了兴趣。假如在这个时候用手枪打穿太阳穴,我会觉得毫不可惜。这个发现并未使我惊讶,似乎在决定换魂的那一刻,我已经预料到了结果。

> 我们不知道这样握着
> 手，握了多长时间

相守

　　当人生乏味透顶之时，崩溃也是顺理成章的事情。我的浮华生活又持续了两年，但过起来只像一天。早上，我穿着同样风格的衣服，开着万变不离其宗的豪华汽车，到公司大楼的顶层开会，会议主旨只有一个：如何让更多的女性购买我们的卫生巾、洗发水和化妆品？中午吃工作餐，晚上去夜总会和酒吧。周末去打一次高尔夫球，每个月洗一次牙。五年如一日。我不知道那些大腹便便、头发花白的外国老板是如何忍受下来的，他们可是二十年如一日、三十年如一日。

　　到了第二年的下半年，我看到办公桌就想吐，看到电脑屏幕就想吐，看到高尔夫球场就想吐。一个人在办公室里的时候，我一根接一根地点燃三五牌香烟，也不抽，一动不动地看着水晶烟灰缸发呆。假如没人敲门的话，这样就能打发掉一个上午。

有一天，我拒绝了和客户吃饭的安排，态度之强硬让外国老板惊诧不已。他们既保持着距离又表示关切，问我是不是身体不舒服。

"我痛经啦，行不行？"

他们耸了耸肩。第二天，我的办公桌上出现了一盒治疗痔疮的贴剂。这种行为让我恶心到了极点。

我成天灰头土脸，头发两个月也不理，裤子像五毛钱一包的卫生纸一样全是皱褶。但外国老板们对此并不在意，因为我经手的生意，不管是我如何心不在焉漏洞百出，都能狠赚一笔。他们越发将我的表现视为天才。

而在这两年里，尹红患上了抑郁症。最长六个月不和她说一句话的态度，让她明白我根本就没在意过她。她把自己关在琴房里，没日没夜地拉莫扎特和门德尔松，而那些音乐我根本听不懂，只觉得恶心。除了拉琴，她唯一的爱好就是疯狂地购买乐器，每当琴声戛然而止，她就会开上宝马745轿车，蓬头垢面地冲向乐器商店，看到什么买什么。后院的空地上已经堆满了钢琴、小提琴、大提琴、圆号、巴松，甚至还有一部特别制作的管风琴和早已绝迹的羽管风琴。那些乐器在空地上历经风吹日晒，也没人来护理，很快就裂缝的裂缝、生锈的生锈。隔着玻璃看着乐器们默默无闻地死去，尹红拉着维也纳的小提琴曲,脸上露出残酷的笑。

最终让我决定走上绝路的是一次刺杀事件。刺杀的目标是我,实施刺杀的则是一个和我一同进入公司的同事。他也三十不到,是个满脸疲倦的男人。几年以来,他一直在公司金字塔的塔基部分徘徊,而塔尖距离他那么遥远,这让他感到了无法忍受的压力。他憎恶朝九晚五、周末无偿加班、脸上必须面带微笑露出一嘴好牙的生活,又对我的青云直上愤恨不已。于是有一天,他尾随我进了电梯,忽然用一柄瑞士匕首刺向了我。

我只看到他的眼睛像死鱼一样无限膨胀,来不及躲闪,便顺势将手一抬,抓住了他的刀刃。当电梯门打开的时候,其他人看到我手里攥着刀刃,裤腿上全是血迹,面无表情地和那个男人对视。

保安立刻冲上来抓住了他,一个外国老板跑过来问我怎么样,我像机器人一样松开手,让匕首落到地上,什么也没说,就进了办公室。让我奇怪的是,我的手一点也感觉不到疼,只有血在汩汩涌出。曾几何时,这只手上发出过耀眼的蓝光。

在血泊里,我手插着兜出了门。

我从公司出来,开了三个小时的车,来到一个地下批发市场。摊贩们看到我身上的血迹,都不敢与我搭讪。我一言不发地在市场里转了一圈,不久便有一个穿着皮夹克的汉子跟上来问我要不要枪。

我给了他身上的全部现款,买了一把六四式自动手枪和十发子弹。子弹是他硬要送给我的,照我的意思,一发足矣。

买到枪以后,我把车开到几里以外的山脚下,走到车外点上一根烟,把一颗子弹放进弹夹,试了试保险栓,又把其他九颗子弹全扔了。枪还是把新枪,想必是从部队里偷出来的。把烟头丢到地上之后,我向自己的太阳穴开了枪。

用枪打穿脑袋的感觉,大概人类的历史里尚无记录。这说明这种自杀方式的成功率极其高,从未失败过。我自己的猜想,应该是眼前猛然变红,然后一片漆黑,堕入没有时间流动的深渊之中。但事实并非如此。

我明明听到了枪响,并清晰地感到了子弹穿过脑颅的速度,我想我的脑袋是被打爆了。但眼前白光一闪,我又睁开了眼,依然看到了宝马745轿车、脚下的杂草和不远处的荒山。九颗子弹还散落在地上,我的脚下还多了一个弹壳。看来子弹不是臭子,那么是没打中?我摸了摸额头,那里赫然有一个大洞。我弯下腰,在反光镜上照了照,太阳穴上确实有一个大洞，但没有血流出来，只有呼呼漏风的弹孔。

我打中了自己，但没有死。正在纳闷间，拉赫玛尼诺夫出现了。事隔五年后，他又来到了我面前，依然穿着厚呢子大衣和亚麻衬衫，长着半秃顶和神经质的眼睛，眼袋很大。

"这是怎么回事？"我指着自己的弹孔问他。

"现在你应该知道你是什么人了吧？"他说。

"什么意思？"

"我早就想告诉你，但出于观察的目的，没有直说。"他从我的口袋里掏出香烟，抽出一根说，"实际上你也不是地球人。"

"我是——外星人？"我问。

"和我一样。"他说，"确切地说，你应该是外星人在地球上的后代，你的祖先生下了你，就离开了地球，回到了故乡。你从小和地球人一起长大，不知道自己的身份。对于我们来说，你倒是一个值得研究的个案，我们想知道一个外星人如果真正过起地球人的生活，会是何种结果。"

"现在明白了吧？"我又指着自己的弹孔说。

"明白了。你这种摇摆人注定将飘离在世界之外。"他说，"真正融入生活的努力失败了。"

"那么我现在究竟死了没有？"我说。

"当然没有，子弹打不死外星人，只有魔手才能。"他说。

"那九双魔手呢,你把它们都送走了?"

"放到了历史上的各个时代中,除了这个时代的那双,全都成就了辉煌的艺术家。"

"这个时代的那双也同样。张彻是一个称职的艺术家。"

"也可以这样说。"

我也点上一根烟,抽的时候怀疑烟雾从弹孔里冒了出来:"那么我现在该干什么?"

"你想干什么就干什么。"拉赫玛尼诺夫说,"你作为地球人的生涯已经结束了。依照我的建议,你可以回外星去,那儿是你的故乡。我可以给你配一双魔手——"

"我不要。我对当钢琴师没兴趣。"我说,"我也不回去。你应该知道我想要什么。那个被动物带走的女孩在哪儿你知道吧?我想要去找她。她到哪儿我就到哪儿,我们可以不返回人间,不干扰人类的生活,我也可以和动物们生活在一起。这样动物们也就不会干涉我们了吧?"

"你可以去,没问题。"拉赫玛尼诺夫说,"假如有可能的话,我也回去找安琳,可她已经死了。外星人爱上动物异乡人,这似乎是我们在地球上的宿命。"

"那么她在哪儿?还是人形么?是否已经变回了动物?"

"有没有被变成动物,这我不知道。但她回到动物中后,完全无法和动物们融合在一起,她已经有了一颗人类的心。

这颗心是你给她的,她因为你而无法恢复成动物。她向动物们要求,把她独自一人流放在西北的沙漠,就这样默默老去。动物们答应了她的要求。"

"那地方在哪儿?"

"塔里木盆地向东五百公里左右,那儿从来没有人去过。"

"那好,"我打开宝马745的车门,"我走了。"

"再会。"拉赫玛尼诺夫说。

"再会。"

我将宝马745开回别墅区,停进车库,又开出那辆六汽缸的波罗乃兹汽车。回到院子里,我向琴房看了一眼,尹红还在拉琴,她和我只隔着一道玻璃。她看见我头上的弹孔,没有丝毫惊异的表情,我进而明白,她已经看不见我了。我已经恢复成了外星人,只要不想,就可以不被常人发现。但我听到了她的琴声,是门德尔松小提琴协奏曲,曲调优美,清澈动听。在重新拥有音乐感觉之后,我听到的第一段乐曲竟然是尹红拉的。这是我第一次对她产生温情。

我开动波罗乃兹,很长时间没开,它依然动力充沛,打开音响,传出了让人干劲十足的甲壳虫乐曲。我上路了。

在一个月的时间里,我穿越了七个省区,沿着黄河走了两千公里，又向北挺进。一路上我没有吃饭，也没有睡觉，但一点也不累。路过零星散落的商店时，我就用T恤衫缠住脑袋，进去买烟和大瓶装的白酒；汽车需要加油或者检修时，我抽着烟向西北眺望。

到达拉赫玛尼诺夫所说的那片戈壁时，是一天傍晚。波罗乃兹汽车在碎石路上颠簸，四下连一棵树也没有。此时我已经几天没有见到过一个人了。

夕阳降临了隔壁，我望着遥远的天际，看到晚霞红得像血一样。这样的景色，我曾在几年前见过，当时我正第一次为动物般的女孩弹琴。柔和的红光笼罩着戈壁，就连酷热的风也凉爽了起来，仿佛听到天空正在小声低吟。我放慢了车速，时间凝固成了固态，这一画面像从创世时就存在，直到地老天荒也不会更改：我在晚霞如血的傍晚奔向动物般的女孩。

地形终于有了变化，戈壁上凸起一个小山，山完全由岩石构成，上面也没有一草一木。我把车开到山脚下，往山上观望，看到一个人影正坐在峭壁边上，默默地眺望远方。

我下了车，慢慢向山上爬去，攀登到一半，看清楚那人影就是动物般的女孩。我没有出声，呼吸几乎停滞，丧失了意识，如同梦游一般往上爬。几分钟后，我来到了她身后。她的头发被风吹起，飘飘欲飞，侧面的脸庞笼罩着一层淡淡的金光。

我站在她身后,没有出声,顺着她的方向,与她一起望了一会儿晚霞。过了一会儿,她抬起头来,也一言不发,握住了我的手。

我们不知道这样握着手,握了多长时间。

她告诉我,离开人间的日子里,她与动物们在地球上不知疲倦地迁徙,去过水草丰美的热带沼泽,也到达过冰雪皑皑的高纬度平原。动物们尽力让她恢复本性,到了那时,她将自然从人形躯壳中脱离出去,永远成为一只动物。但它们没法阻止她的心思,也就是说,我留在了她心里,使她不能再走回头路。她和她妈妈一样,永远成了动物中的异类,它们只能让她独自一人住在戈壁上,与世隔绝,直到忘了我为止。

她说:"但我没法做到,本想永远待在这里呢。"

"我曾经做到过忘了你,却没法忍受这个事实。"我告诉她,"就像生命必将结束一样,我必将找到你。"

"现在我已经不知道自己是谁了,我不是动物,也不是人,你也一样,不是钢琴师,也没法回到人的世界了。我们该去哪儿?"

"说是没处可去,但终归会有一个去处:世界的边缘——

既在世界之中又在世界之外。"

"在世界之中又不与这个世界发生关系?"

"对,就咱们俩。"

之后的日子里,我们像隐身人一样穿行在世界之中。我们飞在天空,贴着地面游弋,但人们却无法看见。这就是世界的边缘。它不在天涯海角,却在我们的生活里。我不知道是否有生命像我们一样,生活在这广阔的世界边缘。我相信一定有,但却看不到他们,就像他们看不到我们。我们在英国的地下室看到了吸毒垂死的张彻,静静地听过他用魔手弹奏约翰·列侬;在北京郊外的一个村庄里看到了老流氓和九个呆傻青年,破烂山已经卖掉,他们用非法获利生活在一起,相亲相爱。

在夜深人静时,我们更愿意潜入剧院或者音乐厅,我在钢琴上弹奏一曲柴可夫斯基或拉赫玛尼诺夫。虽然没有魔手,但她依然长久地听着,眼睛看着我,如千年古井。